धूल पौधों पर

गोविन्द मिश्र

वाणी प्रकाशन

वाणी प्रकाशन

4695, 21-ए, दरियागंज, नयी दिल्ली 110 002

शाखा

अशोक राजपथ, पटना 800 004

फ़ोन: +91 11 23273167 फ़ैक्स: +91 11 23275710

www.vaniprakashan.in
vaniprakashan@gmail.com

DHOOL PAUDHON PAR
by Govind Mishra

ISBN : 978-81-8143-965-9
Novel

संस्करण 2008, 2013
आवृत्ति संस्करण 2014

मूल्य : ₹ 325

न्यू कृष्णा ऑफ़सेट, दिल्ली-110 093 में मुद्रित

वाणी प्रकाशन का लोगो मक़बूल फ़िदा हुसेन की कूची से

धूल पौधों पर

तुम कौन हो, क्या हो?

पढ़ाई और तैयारी वाले शुरू के साल निकाल दो और बाद के सालों में बाहरी दुनिया में जो तुमने अर्जित किया उसे पकड़ लो। तुम यह हो— ऐसा माना जा सकता है क्या, मान लिया जाता है। लोग तुम्हें उसी रूप में पहचानते हैं, तुम भी। जबकि होना चाहिए था उल्टा,... कि तुम शरू के साल ही होते—वह जो तुम थे जब सांसारिकता ने तुम्हें कलुषित नहीं किया था, जब तुम्हारा सत्व तुम्हारे भीतर था, बाहर बह नहीं गया था। बाद के सालों को गुजरते ही तुम्हें अपने से झाड़कर बाहर निकाल फेकना चाहिए था, जिससे कि तुम वही पुराने निकल आते, असली तुम। बाद के सालों में तो हम अपने लिए एक इज़्जत बनाते हैं... वह पद-दर-पद पदोन्नतियों से हो, चाहे रूपये-पैसे-जायदाद इकट्ठा करने से हो, चाहे तरह-तरह से प्रचारित किसिम किसिम की सज्जनता-नैतिकता आदि से। अब देखो तुम अभी क्या हो... एक पद, समाजशास्त्र से सम्बन्धित इस प्रतिष्ठित संस्था के निदेशक। लोग तुम्हें इसी पद से पहचानते हैं। चूँकि आजकल सिर्फ़ प्राप्ति से उतनी प्रतिष्ठा नहीं बनती, तो तुमने अपने व्यक्तित्व में सक्रिय समाजसेवक को भी जोड़ लिया है। जब चाहे उस पर टंग लिये! बाहर दिखाने के लिए कि देखो तुम पद के अलावा भी कुछ हो, तुम समाजसेवी संस्थाओं से जुड़े। इसके लिए तुम्हारे भीतर कुछ रहा भी होगा पर कशिश यहाँ भी उसी चीज़ की थी—इज़्ज़त! यश! मतलब यह कि तुम तुम नहीं हो पाये, इज़्ज़त का एक लौंदा बनकर रह गये। आदमी होने की बजाय एक तस्वीर, जिसे तुम खुद ही इधर-उधर जिधर जब ज़रूरत हुई सरकाते रहते हो। कुलमिलाकर यह तस्वीर एक कुलीन, संस्कारित, संभ्रान्त, समृद्ध, ख्यातिप्राप्त, इज़्ज़तदार पढ़े-लिखे बौद्धिक की है, जो देखने में भी आकर्षक है। माने हर लिहाज़ से पूर्ण तस्वीर... जिसका जो पक्ष जब चाहे तुम ज्यादा उजागर करके आगे बढ़ा सकते हो। उम्दा जीवन के लिए उतना ही उम्दा नुस्खा! अपनी सुविधा के लिए तुमने ऐसा भी बना लिया है कि जो जो तुम दिखना चाहते हो... वह सब बताना न पड़े... यहाँ तक कि वह बन्दोबस्त तक भी

दिखाई न दे। इतने स्वाभाविक ढंग से यह प्रतिष्ठापूर्ण व्यक्तित्व तुम्हारा पर्याय हो गया है कि तुम इसको भेद भीतर का कुछ जानने की जरूरत तक महसूस नहीं करते... पर कभी ऐसे मौके आते हैं कि हल्की चटक उभर ही आती है, तुम्हें दिखाई भी दे जाती है। चाहो तो तुम उस फांक के भीतर झांक लो और चाहो तो अदेखा करके फिर उसी इत्मीनान भरी आत्ममुग्धता में खो जाओ कि बाहर लोग जो देख रहे हैं, या कि जो तुम सोचते हो वे देख रहे हैं, वही तुम हो। ज्यादातर तुम यही करते हो।

एक विभाग का बुलावा आया कि तुम वहां आकर छात्रों को सम्बोधित करो। दो लड़कियाँ बुलाने आयीं—तुमने टटोल लिया कि तुम्हें सुनने जो बैठेंगे वे बहुत नहीं होंगे। तुम भीतर से भड़क गये—क्या मेरी ख्याति यह है कि कहीं भी पहुँच जाऊँ! बड़े समारोहों के उद्घाटन, अध्यक्षता ही मुझ पर शोभित होते हैं, छोटे कार्यक्रमों में जाना मेरी ख्याति के अनुरूप नहीं है और तुमने उस तारीख में व्यस्त होने का बहाना बनाकर छात्राओं को चलता कर दिया, दो तीन नाम जिन्हें बुलाया जा सकता है उन्हें सुझा भी दिये। अब देखो यह झूठ... यह झूठ भी तुम्हारा हिस्सा है, और अपनी ख्याति पर रस ले लेकर चिपकना, उसे छाती से लगाये रखना, उसे सुरक्षित रखना—यह भी। पूछने का मन तो होता है कि ख्याति जो तुम सोचते हो तुम्हारी है, वह क्या बाहर सचमुच वही है? या यह सिर्फ चापलूसी है, जो आसपास वाले हर संभव मौके पर तुम्हें चम्मच से चटाया करते हैं। क्या तुम्हारे बारे में ख़राब सोचने वाले हैं ही नहीं या कि तुम्हारे बारे में ठीक-ठीक सोचने वाले ही नहीं हैं? तुम्हारे बारे में गर कोई ठीक सोच है तो वह क्या है! और अगर सचमुच तुम्हारा परिचय यह ख्याति ही है तो इसका कितना अंश ऐसा है जो तुमने या तुम्हारे कर्मों ने अर्जित किया है, कितना ऐसा है जो तुमने स्वयं इधर-उधर से अपने बारे में प्रचारित कर अपने व्यक्तित्व पर चस्पा किया हुआ है!

फिलहाल केन्द्रित अगर तुम्हारी समाज-सेवा पर ही करें तो क्या सचमुच उसका वह वज़न है, जितने बांट ख्याति के तराजू के दूसरे पलड़े पर रखे हैं? लिखी किताबों की संख्या से तुम लोगों के लिए सही तौल प्रमाणित कर भी दो, तो क्या किताबों के भीतर, उनकी गुणात्मकता, उनमें झलकती तुम्हारी ईमानदारी... क्या इन पर सवाल नहीं उठाये जा सकते? वहां कितना सचमुच लेखन है, कितना सिर्फ शब्द-जाल? तुमने क्या सचमुच अपने जीवन का बड़ा हिस्सा समाजसेवा को दिया, उसके नाम पर जो किया क्या उसमें अपना सत्व, अपना श्रेष्ठ उतारा या जो किया नहीं किया... उसे लिखा भी और इस तरह एक चीज़ को दो-दो बार भुंजाया। समाज को बदलने, उसमें हस्तक्षेप का आडम्बर तुम चहुं ओर घुमाते रहे, अपने को भी उस प्रतीति से बहलाते रहे... पर क्या तुम्हारे भीतर समाज या व्यक्ति के लिए सचमुच पीड़ा थी, या उसे सिर्फ

अपनी ख्याति के लिए इस्तेमाल कर लेने की कशमकश? चलो मान लेते हैं कि श्रम प्रचार-अचार का तुमने नहीं किया, इत्तफ़ाक कि बढ़िया-बढ़िया चीज़ों वाली तुम्हारी यह तस्वीर बस गढ़ गयी... तुम्हारे इर्दगिर्द उग आयी। पर पार्टनर! यह तो सही है कि तुम इस तस्वीर को लिये-लिये घूम रहे हो, प्रमुदित हो, उसे नकली जानते हुए भी उसे अलग नहीं करते खुद से... अपने लिए भी नहीं। नकली से चिपके रहना तुम्हें सुविधाजनक जो लगता है... वह न भी सही तो आलस्य में तुम उस तस्वीर से चिपके बैठे रहते हो। उसे छोड़ने में श्रम है, तकलीफ़ भी है... यूं कि वह भीतर तुम्हें तुम्हारी तहस-नहस दिखा सकती है। तुम उसे देखना नहीं चाहते। दिखावा... पोज़... इसे लिये-लिये तुम कबसे चल रहे हो। अभ।गे हो कि तुम्हारी जिंदगी में कोई ऐसा व्यक्ति नहीं आया जो इस आवरण को चाकू से फाड़ कर रख देता। अफसोस कि अपनी तमाम बुद्धिमत्ता के बावजूद तुम ऐसे ही, बिना अपने को देखे संसार से चले जाओगे क्योंकि आईना तो तुम्हारे सामने रखा ही नहीं गया।

तुम कहो भी कि तुम्हारे साथ यह ज्यादती है पर यह सच है कि तुम्हें लोग, तुमसे नहीं उन चीज़ों से पहचानते हैं जो तुमने उस तस्वीर के सहारे अर्जित की हैं—उस देश में जहां लोगों को शौच के लिए भी ढकी जगह मुनस्सर नहीं वहां यह बड़ा घर... सामने का यह लॉन, आवाज़ करके खुलता हुआ यह लोहे का फाटक, पोर्टिको के नीचे खड़ी यह कार... और इनसे अन्दाज़ हो जाता है उस बैलेन्स का जो बैंक में तुम्हारा है, लॉकर जो तुम्हारा निश्चित होगा, यहां और दूसरे शहरों में जायदाद भी जो होगी...

देखा नहीं जो छात्राएँ अभी-अभी गयीं उनकी आंखें फैल-फैलकर यही सब देख रही थीं। वे जानती हैं, नहीं उन्हें इन चीज़ों से ही अन्दाज़ा हो जाता है कि तुमने बड़े बड़े पद सुशोभित किये होंगे, प्रसिद्धि और समृद्धि तुम्हारी होंगी क्योंकि तभी तो वे चीज़ें हैं जो उन्हें दिखीं... बंगला, कार आदि। वे समाजशास्त्र की उच्च कक्षा की छात्राएँ भले हों पर उन्होंने तुम्हारा लिखा धेला भर नहीं पढ़ा, तुम्हारा कोई काम ठीक से नहीं जाना, तुम्हें कभी बोलते नहीं सुना... पर उन्हें अन्दाज़ा है कि तुम बड़े आदमी हो। ऐसा अन्दाज़ा हर किसी को हो जाता है। तुम्हारे इस बंगले से वही खाका उभरता है। लड़कियां तुम्हारे घर आकर, तुम्हारे वैभव की झलक देखकर आतंकित हुईं और मान बैठीं कि तुम सचमुच वही हो जो कहे जाते हो—उच्च स्तर के बौद्धिक, प्रतिष्ठित समाज सेवी। जब तुमने उन्हें मना किया तब तुम उनकी नज़रों में दो बालिश्त और ऊपर उठ गये, लेकिन अपनी नज़र में भी उठे क्या? नहीं न... और यह तुम्हारे बहुत नीचे कहीं कुलमुलाता रहा।

बरामदे से तुम लड़कियों को बाहर जाते देखते रहे, लोहे के गेट की बन्द होने पर

जो आवाज़ होती है वह सुनते रहे, थोड़ा प्रमुदित होते रहे कि उन्हें मना करके तुमने अपनी कीर्ति में और इजाफ़ा कर लिया है!

•••

"सर मैं समाजशास्त्र में एम.फिल. कर रही हूँ। क्या मैं बैठ सकती हूँ?"

"हाँ... हाँ... प्लीज़..."

प्रेमप्रकाश अपनी पढ़ाई की मेज़ पर थे। वह सामने के सोफे पर बैठ गयी। साधारण लम्बाई वाली छरहरी देह जाड़े के कपड़ों से ढकी थी। सामान्य छात्राओं से थोड़ा उम्र बड़ी होने के बावजूद वह छात्रा ही दिखती थी। हल्का गोरा रंग, साधारण नाकनक्श—न तीखे, न भोंडे। बौबकट घने काले बालों पर स्कार्फ, होठों पर लाल लिपिस्टिक। कुछ जाड़े, कुछ हल्की क्रीम पुती होने के कारण चेहरे का रंग दबा था। प्रेमप्रकाश ने गौर किया—उसके हाथ चेहरे से ज्यादा गोरे दिखते थे। वह सामान्य रूप से आकर्षक थी... यों कि अगर देखो तो देखते चले जाने का मन भले ही न करता हो, उधर से आँख उचटती भी नहीं थी।

"सर! मैं आपको अपने विभाग में एक व्याख्यान देने का निमंत्रण देने आई हूँ।"

"आपके यहां से दो छात्राएँ कल आई तो थीं... मैंने उन्हें बता दिया था कि मैं नहीं आ सकूंगा।"

"मुझे मालूम है, मैं फिर भी आयी हूँ।"

"क्यों?"

"क्योंकि हम सब आपको सुनने के बहुत उत्सुक हैं... आप अपनी सुविधा का समय बता दीजिये, हम उसी दिन रख लेंगे, पर आना आपको है..."

प्रेमप्रकाश ने देखा उसके धुंधले गोरे चेहरे से हल्का तेज़ फूट रहा था... दबादबा आत्मविश्वास। उस लड़की को मालूम था कि उसकी स्थिति किसी भी दृष्टि से विशेष नहीं थी—न वह खुद, न उसका विषय, न उसका विभाग ही, फिर भी...

"क्यों?"

"क्योंकि मैं अपने हेड को कहकर आयी हूँ कि मैं आप को ले आऊँगी, कैसे भी।"

“वाह! यह तो बड़ी मज़ेदार बात हुई कि मेरा फैसला भी तुमने ले लिया।”

“सर! हम सभी की बहुत इच्छा है कि आप आयें।”

“क्यों भाई!”

“क्योंकि हम लोगों में आपको सुनने की प्यास है और आप लोगों को भी हम छात्रों के बीच आना चाहिए, वर्ना हमें रोशनी कहाँ से मिलेगी।”

“आप लोग, जो अपने कोर्स से बाहर कुछ पढ़ते नहीं हैं, न पढ़ना चाहते हैं... उनमें क्या प्यास होगी, कुछ जानने के लिए या कि रोशनी के लिए! आपके लिए आपके लेक्चरर लोग काफी हैं। आपकी कक्षाओं में जो पढ़ाया जाता है... दैट्स इनफ!”

“यह सही है कि हममें से ज्यादातर वही हैं जो आप बता रहे हैं... लेकिन कुछ ऐसे भी होंगे जो अपनी परिस्थिति के कारण बाहर का नहीं पढ़ पाते, विश्वविद्यालय आ लेते हैं–यही बहुत है। अगर आप उनकी परिस्थिति कभी जानेंगे तो उनके लिए ऐसा नहीं कहेंगे।”

“उन छात्रों के बीच जिनके पल्ले मेरी बात भी शायद ही पड़े... वहां जाकर मैं क्या करूंगा!” प्रेमप्रकाश, देश के प्रसिद्ध समाजशास्त्री, वहीं अटके हुए थे।

“उनमें से अगर एक भी ऐसा निकल आया जिसे आपकी कही हुई बातों में से एक भी छू गयी, आलोकित कर गयी... तो उसकी ही खातिर आपको जाना चाहिए।”

“कहाँ है वह?”

“मुझे क्या पता... आपके बोलने के दौरान वह हो सकता है, नहीं भी हो सकता है।”

“माने उस एक की खातिर जो वहां हो सकता है, नहीं भी हो सकता... ज्यादा संभावना है कि नहीं ही होगा–क्या मुझे सब कहीं, ऐसी छोटी जगहों पर भी जाना चाहिए?”

“हाँ... क्योंकि जैसा आपने कहा आपके लिखे को तो सब पढ़ते नहीं।”

“जिन्हें ज़रूरत होगी... वे ढूंढ़ निकालेंगे... पढ़ेंगे, आज नहीं तो कल। आप लोग नहीं तो आपको जो पढ़ाते हैं वे पढ़ेंगे। वे भी नहीं तो मुझे क्या...”

“लेकिन जो नहीं पढ़ते या नहीं पढ़ पाते... उनमें अपनी बात फैलाने के लिए अगर आपको बोलने का थोड़ा सहारा लेना पड़े तो क्या बुरा है।”

“प्रेक्टिकल समाजसेवा या समाजशास्त्रीय विषयों पर लेखन–असल चीज़ें ये हैं। बोलना, इधर-उधर कहीं भी भाषण देते फिरना कुछ नहीं है उनके सामने... अपना समय बरबाद करना है।” प्रेमप्रकाश झुंझलाये।

“आपके लिखे का, आपके सोचने का कुछ अंश तो आ ही जाता होगा बोलने

में... फिर आप लोगों के सामने खड़े होते हैं... आपका व्यक्तित्व सामने होता है।"

प्रेमप्रकाश अपने में खो गये। यह सही है कि हमारा कर्म और हमारा लेखन सबसे पहले हम पर असर डालता है। तभी लगातार वैसे काम और लेखन से हमारा व्यक्तित्व उस तरह का बन जाता है। कुछ लोगों ने कहा भी है कि सर! आपके व्यक्तित्व से तरंगें उठती हैं... क्या पता सच हो। तब जो यह साधारण, अनपढ़-सी महिलानुमा लड़की कह रही है, उसमें दम है।

"ठीक है, तुम लोगों की जिद है तो आ जाऊँगा, पाँच तारीख को तीन बजे, सुबह नहीं... वह समय मेरे अपने लिये होता है।"

"धन्यवाद, हमें स्वीकार है।"

"अपने हैड से तो पूछ लीजिये कि उन्हें यह समय सुविधाजनक है या नहीं।"

"मैं उन्हें तैयार कर लूंगी, आप चिन्ता न करें।"

"कैसे?"

"जैसे आपको कर लिया।"

प्रेमप्रकाश हँसे, पीछे-पीछे वह भी। वातावरण मिठास भरा हो गया पर कुछ क्षणों को ही, क्योंकि फौरन वे उठ गये।

"ठीक है, कोई लेने आ जाय।"

"सर हमारे यहाँ कार नहीं है, न ही विभाग के पास रूपये कि टैक्सी में ले जा सकूँ। मैं आ जाऊँगी और आपको अपनी गाड़ी में पीछे बिठाकर ले चलूंगी।" उसने गेट के बाहर खड़ा अपना दो पहिया स्कूटर दिखा दिया। वहाँ उसे ही गाड़ी कहते थे।

प्रेमप्रकाश घर के भीतर जाते-जाते रूक गये, एकाएक चुप... उसकी तरफ देखे जा रहे थे—आखिर इसने समझ क्या रखा है उन्हें—औसत से नीचे श्रोताओं के लिए जा रहे हैं, मानदेय की भी कोई मांग नहीं और अब ऊपर से स्कूटर में बैठकर जाओ। लोग क्या कहेंगे। स्कूटर पर बैठने का सोचते हुए भीतर डर की लहरें भी उठने लगी थीं—यह स्कूटर नाम की चीज़ उन्होंने कभी नहीं चलाई। विद्यार्थी जीवन में साइकिल थी, फिर सीधा कार ले ली।

"आपने कुछ कहा नहीं।"

"दरअसल मुझे स्कूटर पर बैठने में डर लगता है।" उनके मुंह से सच निकल गया।

उधर झरने की तरह हँसी फूट पड़ी। वह हँसती चली गयी... "आपको डर लगता है... स्कूटर में बैठने से... सच?" हँसी के बीच ऐसा कुछ बोलते हुए वह हँसती ही जा रही थी... खुनखुनाती हँसी... "आप तो एकदम बच्चे हैं!"

"डरने की ज़रूरत नहीं है, मैं हूँ न।" हँसी थमने पर उसने गम्भीरता से कहा।

उस क्षण वह अपनी उम्र से बहुत बड़ी हो गयी थी।

"मैं जिन्दगी में एक दो बार ही स्कूटर पर बैठा हूँगा।"

"सचमुच? समाजसेवी को तो सामान्य जन की हर चीज़ का तजुर्बा होता है।"

वह सही है—प्रेमप्रकाश सोच रहे थे। एक बार समुद्र में नहाते समय वे अपने एक कवि मित्र पर इसी तरह हँसे थे— "तुम क्या जानोगे सागर को, जब तक तुमने उसमें घुसकर उसकी थपेड़ों को अपने शरीर पर महसूसा नहीं"... वे बार-बार कवि मित्र से कह रहे थे, जो उन्हें सागर में नहाते देख रश्क कर रहा था... पर सागर में घुसने से वह बहुत डरता था। मज़ाक यह कि उसने सागर पर कुछ कविताएँ भी लिखी थीं और उन्हें वह अपनी अच्छी कविताओं में गिनता था।

"आपकी यह कार... खुद चलाते हैं आप?"

"हाँ।"

"चार पहिये की चला सकते हैं और दोपहिये से डर लगता है?"

वह फिर हँसने लगी थी। बाहर आम की एक डगाल नये किसलयों के साथ हिल रही थी।

"चलिए... लेने आ जाना। चलूंगा में अपनी गाड़ी मैं।"

"थैंक यू सर! मैं पाँच तारीख को पौने तीन बजे आ जाऊँगी। सवेरे किसी समय फोन करके आपको याद भी दिला दूंगी।"

"ठीक है।"

•••

वह अतरे-चौथे प्रेमप्रकाश के घर आने लगी। उनकी मां और पत्नी से बहुत जल्दी अन्तरंग हो गई... उनसे काफी देर तक बातें करती रहती। आते-जाते प्रेमप्रकाश के कमरे में झांकना, उनसे नमस्ते करना नहीं भूलती। जब वह घर में होती, उस तमाम दर्म्यान प्रेमप्रकाश का घर एक चहक से गूंजता होता, वह घर जिसमें तीन बुजुर्ग बन्दे सुस्त-सुस्त रेंगते थे, जिस कारण एक तरह का धुंधलापन, बासीपन, उबास वहाँ बराबर रहते थे। वह आती तो जैसे सुबह को अपनी गठरी में लिये हुए, जिसे खोलकर

वह उस घर में सुबह की गर्माहट बिखेर देती। प्रेमप्रकाश से ज्यादा बात नहीं करती थी, डरती कि उनका समय बड़ा कीमती है, वे किसी बड़े चिन्तन या लेखन में लगे होंगे। उसे क्या मालुम कि जितनी देर वह वहां होती, प्रेमप्रकाश का ध्यान उसी पर लगा होता।

उस दिन विश्वविद्यालय में स्वागत भाषण उसी ने दिया, धन्यवाद ज्ञापन भी उसी का... जैसे छात्रों-प्रोफेसरों के बीच वही वह थी... अंधेरे में उजाले की लकीर सी। प्रेमप्रकाश को वापस घर भेजने भी वही आयी। लौटते में कार चलाते हुए प्रेमप्रकाश की हथेली गियर को अपनी मुट्ठी में लिये थी कि जाने कहां से आकर उसकी हथेली उनकी हथेली के ऊपर वैसे ही बैठ गयी, जैसी उनकी गियर पर थी। थोड़ी देर वहीं बिछी रही। प्रेमप्रकाश कुछ महसूस कर पाते, इसके पहले उसने वापस खींच ली थी।

इसका तात्पर्य? मैं सोचता रहा। हमारी हर क्रिया का कोई तात्पर्य, कोई अभिप्राय होता ही है क्या, अवचेतन से प्रेरित, अनायास क्रियाओं का भी? जहां तक वह उसकी एक बड़ी ही निर्दोष, छोटी-सी, आकस्मिक क्रिया थी, निरभिप्राय। उसे याद भी नहीं होगी। या बहुत से बहुत कृतज्ञता थी जो उसने प्रकट की—कि मैं उसके कहने पर व्याख्यान देने गया। उसकी तरफ़ से और कुछ होता तो मुझे दिखाई देता।

यूनिवर्सिटी—कैम्पस के पेड़ों पर नये पत्ते आ रहे थे। मौसम जाड़े की झुरमुराहट से बाहर निकलने की कोशिश में था। कहीं से कुटरूक की आवाज़ आ रही थी... मौसम के मिज़ाज में बदलाव की सूचना। प्रेमप्रकाश की तबीयत उसके साथ यूनिवर्सिटी कैम्पस में घूमने की हो आयी थी, उतरती शाम उसके साथ, किसी सुनसान बेंचे पर बैठने की, यूनिवर्सिटी में जब वे पढ़ते थे, उन दिनों को वापस लाने की चाह...

जब्त करके रह गये। वह क्या सोचेगी, जो उन्हें बेंच पर बैठे देखेंगे वे क्या सोचेंगे... प्रोफेसर की उम्र का बुजुर्ग एक छात्रा के साथ!

एक रोज़ लाल शाल के बाहर निकलते उसके गोरे हाथ दिख गये। चिकने कोमल... जैसे तराशे हुए। ऐसा लगा जैसे संवेदनशीलता उन सुंदर हाथों से हल्की हवा की तरह उठ रही है। मेरी नज़रों का पिघलाव गौर कर उसने अपनी बाहों को फौरन शाल से ढक लिया। वह अचकचायी थी, शायद उसे हल्का गुस्सा भी आया हो मेरे उस तरह देखने पर लेकिन उसका चेहरा निर्विकार था। जैसे आदतन उसने अपनी बाहों को शाल के भीतर ले लिया था। मैंने उन बाहों को उस तरह नहीं देखा था जैसे उसकी और चीज़ों को देखता हूं।

दरअसल देखा भी नहीं था। वे दिख गयी अकस्मात, और फिर मैं देखता चला गया। जब तक कि उसने ढक न लीं।

आज जब वह लौट रही थी तो उसे भेजने सड़क पर उसके स्कूटर तक चला गया। स्कूटर की सीट पर बैठने में उसकी सलवार का पैर की तरफ़ का हिस्सा थोड़ा उठा और सैंडिल के ऊपर एड़ी झलक गयी। खूब गोरी, रक्तिम, गोल, आनुपातिक एड़ी। नीचे झलकता साफ़ तलवा, झिलमिलाता। बस एक पल, सलवार ने फिर आकर पैर के उस हिस्से को ढक लिया था।

कंचनजंगा की चोटियां इसी तरह बाहर आकर झलकती हैं और फौरन ही बादलों में छिप जाती हैं।

हर स्त्री का कोई खास अंग या उसकी कोई खास भंगिमा उसके व्यक्तित्व की विशेष बुनावट को व्यंजित करते हैं। इस लड़की की सुन्दर देहयष्ठि या आंखों ने मेरा ध्यान नहीं खींचा, बाहें और एड़ी ही क्यों? क्या कहती हैं ये?

वह विवाहित है। उसने प्रेमप्रकाश को सपत्नीक अपने घर बुलाया। प्रेमप्रकाश तैयार हो गये, कोई ठुनकठुन्नी नहीं इस बार।

•••

उसका घर...

सास-जैसे चोट खायी बाघिनी। चेहरा हर वक्त खिंचा-खिंचा। खोखियाती आंखों से वह नये व्यक्ति को भी तरेर कर देखती है... जैसे सारे संसार ने उसके साथ अत्याचार किया था, वह बदला नहीं ले पायी थी पर बराबर फिराक में थी। उसका चेहरा कभी नहीं पिघलता, एक क्षण को भी उसमें प्रेम की कोई छाया नहीं उभरती। उसकी तबीयत का हाल पूछते-पूछते प्रेमप्रकाश नेकनीयत में पूछ बैठे कि उसे क्या बीमारी है तो उधर से तीखा सा जवाब आया—"आपका सवाल ही ग़लत है। यह पूछिये कि कौन बीमारी है जो नहीं है।" वैसे वह ब्लडप्रेशर और डायबिटीज़ की मरीज है जो संसार का हर तीसरा व्यक्ति है। वह हर समय नाराज रहती है। शरीर दुबला-पतला है, रोगी जैसा कतई नहीं... शायद शरीर को बीमार उसके मन ने किया

है। संतुष्ट व्यक्ति का चेहरा कैसे रसमग्न स्थिति में ठहरा हुआ होता है, शरीर बेडौल हो तो उसे भी एक संतुलन में धारण किये हुए। इस स्त्री का शरीर आनुपातिक है... लेकिन मन उखड़ा-उखड़ा, इसलिए उसका शरीर भी वितृष्णा पैदा करता है। उसके लिए अपना हल्का शरीर भी बोझ है... जिसे उठाये-उठाये वह खिचुरती रहती है, जैसे सारी दुनिया की तरह उसका शरीर भी उसका दुश्मन है... उस पर कब से अत्याचार कर रहा है। हर समय वह शरीर को अपने से परे करना चाहती है। वह घर के ऐसे काम करती है, जिनमें बहुत सधाव की जरूरत न हो जैसे गेहूं—चावल बीनना, गेहूं धोना-सुखाना या बाई न आई हो तो बर्तन-कपड़ा धोना, झाडू पोंछा लगाना। खाना नहीं बनाती। सवेरे का खाना वह... माने उसकी बहू—और शाम का खाना ससुर के जिम्मे है। वह इस्त्री कभी नहीं करती, क्योंकि तब कपड़े के जल जाने का सौ प्रतिशत अंदेशा रहता है। इसी तरह वे काम—जिनमें भूल जाने से बहुत गड़बड़ी हो सकती है या जो एक स्तर की पूर्णता, इसलिए करने वाले में दक्षता की मांग करते हैं—वह नहीं करती। इसलिए उसमें और भी आत्मविश्वास की कमी और उस कारण कड़ुवाहट आ गयी हैं। फिलहाल उसका दिन मामूली कामों में लगे रहने, काम करते हुए अपनी दुर्दशा पर रोते रहने... बीच-बीच में जो निशाने पर आ गया उस पर ऐसे अग्निबाण चलाने में, कि वह दिनोंदिन झुलसता रह जाये... इनमें कटता है। उसकी दिनचर्या समय से नहीं बंधी है—... कहो तो तीन-तीन बजे तक नहाये ही नहीं, कौन काम कितने बजे तक खिंचता चला जाये। इसी तरह खाने का तय नहीं है। सवेरे का खाना वैसे भी सब अलग-अलग अपनी सुविधा और आवश्यकतानुसार खाते हैं, शाम को एक साथ... अगर सास तैयार हुई तो मेज़ पर बैठ जाती है। कोई उसकी प्रतीक्षा नहीं करता, उल्टे सब डरते हैं—पता नहीं खाने के दर्म्यान ही कब किसको क्या कह बैठे। फिर भी कोई उससे खुलकर नहीं कह सकता कि मां जी आप बाद में अलग से खा लेना... तो औपचारिकता निबाहने के लिए उसे खाने के समय एक बार आवाज़ दे दी जाती है। वह नहीं आयी, तो सब राहत की सांस लेते हैं। सामान्यतः कोई उसे छेड़ता नहीं... वह अपनी बुदबुदाहट पर तिरती रहती है। बीच कहीं ऐसा समय आया जब उसकी आत्मदया सीमा पार कर गयी—तब वह लड़ने पर आ जाती है... अक्सर पति से, कभी-कभी बहू और अपने लड़के से भी... पर लड़के से दबे-दबे... इसलिए नहीं कि उसे बहुत चाहती है, इसलिए कि डरती है कि उसे खो न बैठे।

ऐसी महिला का पति—उसका ससुर—जो है वही हो सकता था। समय से पहले बूढ़ा, पत्नी अगर समय की विराटता में बहने वाली तो यह घंटा-मिनटों में अपने को बांध कर रखनेवाला—चार बजे उठना है, पांच बजे कुत्ते को फड़ाकत के लिए ले जाना है, आकर नहाना है, नहाने के एक घंटे बाद तक, जब तक देवी देवताओं को जल

चढ़ाना, पूजा अर्चना नहीं कर लेना है, बोलना नहीं है... मनुष्य जाति की परछाईं भी न पड़े तो अच्छा; अगर वह संभव नहीं तो कम से कम उसकी जीभ और अपनी जीभ के कलुष से तो बचना ही है। वैसे भी वह कम बोलता है। जब पत्नी कर्कशा हो, कर्कशता उसके चेहरे पर काली स्याही के स्टाम्प की तरह चस्पा रहती हो, जो जरा सी कुरेदना पर लू के थपेड़ों की मार करती हो... वहां चुप रहने, मुंह छिपाये इधर-उधर होते रहने के अलावा चारा ही और क्या था। पत्नी अपने दुर्भाय के लिए पूरी तरह जिम्मेदार अपने पति को ही मानती है—नाकारा, जिसकी वजह से वह नौकरानी बन कर रह गई—जब वह कमाता था तब भी। एक नाचीज़ विभाग का क्लर्क जिसे काम करने की भी अक्ल न हो, बेईमानी की क्या कमा सकता है। तनख़्वाह भर घर में आती रही... वह रो रोकर महीने का खर्च चलाती रही। और अब जब कि वह सास है, तब क्या हो गई... झाड़ू पोंछा करने वाली बाई! जब-जब वह पति की तरफ़ देखती है, अपनी आंखों से कहती नज़र आती है—देख, तूने मुझे यह बना दिया... इसलिए वह उसकी नज़रों से बचता है, दिन भर इधर से उधर, उधर से इधर होता रहता है। गनीमत कि घर दोतल्ला है, वह ऊपर के कमरे में सोती है और यह नीचे के कमरे में। उसके हिस्से का काम भी वह कर देता है जैसे रात को भात और तरकारी बना देनां, लेकिन जीवन उसका कुत्ते के इर्दगिर्द ही है। उसे कुत्ते ने वह दिया जो पत्नी ने कभी नहीं दिया—बिना किसी शिकायत के प्यार। वह दोनों समय उसे बाहर ले जाता है। कितने काम हैं जो उसने खुद को व्यस्त रखने के लिए पाल लिये हैं—पूजापाठ, टी.वी. में प्रवचन सुनना, धार्मिक ग्रन्थ पढ़ना, रसोईघर के काम, बाजार-हाट... और भी जो काम मिलें, बटोरता चला जाता है। सबके दर्म्यान नज़र कुत्ते पर रहती है। आते जाते बराबर उसकी टोह लेता रहता है ताकि एक मिनट को भी खाली न रहे। पत्नी की खौखियाती आंखें अपनी पीठ पर हमेशा महसूस करता है, उनसे भागता रहता है। एक-एक पल व्यस्त रहे, मन हमेशा तृप्त, शान्त रहे... ऐसी कोशिश करता है। इसलिए बुढ़ापे की कई बीमारियों से अब भी दूर है। शरीर कुलमिलाकर निरोग है, जितना जरूरी है उतना ही बोलता है और किसी के पास बैठने के लिए लालायित नहीं रहता, क्योंकि तब पत्नी की आंखें सीधा बेधती हैं उसे...

इस निरोग आदमी और उस रोगी स्त्री से उत्पन्न पुत्र उसका पति है...

बाप ने एक डिप्लोमा करा दिया था जिसके बल पर वह एक प्रायवेट फर्म में लग गया। बैठे ज्योतिष की एक डिग्री ले ली। दफ्तर से लौटते ही वह पैंट-कमीज ऐसे उतार फेंकता है जैसे वे भारी बोझ हों। चटक लाल रंग की लुंगी-कुर्ता डाल, माथे पर पीला चन्दन पोत, हाथों और गले में बड़े-बड़े माला पहन मकान के उस हिस्से में चला जायेगा जिसमें उसने देवी का मंदिर बना लिया है। देवी की बड़ी प्रतिमा के नीचे

सीढ़ियोंदार सिंहासन में सभी देवी-देवताओं के विग्रह हैं, दायीं तरफ़ एक किनारे उसके गुरु की मढ़ी हुई फोटो तो बायीं तरफ़ वैसे ही कोने पर अपनी भी वैसी ही मढ़ी हुई फोटो, देवताओं और गुरु की बराबरी पर! जीते जी देवता बन गया! मंदिर के बगल में एक सीट वाला बड़ा सोफ़ा है, यह गद्दी है जिस पर वह बैठता है... युवा गुरु! कोई उससे मिलने किसी समय आये... वह घर के पीछे वाले रास्ते से मंदिर पहुंच जायेगा और गद्दी पर जा बिराजेगा, वहीं मिलेगा।

उसने जब अपने सास-ससुर से प्रेमप्रकाश और उनकी पत्नी को मिलवाया तो वह पास बैठी रही, बातचीत में शरीक रही... लेकिन पति से मिलने के लिए उन दोनों को मंदिर वाले हिस्से में ठेलकर वापस घर वाले हिस्से में चली आई।

मंदिर में आंखों को चुभने वाला लाल ही लाल रंग था—देवी की पोशाक और जीभ, नीचे बिछे फर्श का रंग, एक सीट वाले सोफे का रंग, उसके बगल में रखी थाली भी लाल जिसमें चने और इलायची दाने थे। उसका पति महन्त बना सोफे की गद्दी पर बैठा था। बैठने के लिए दूसरा कुछ वहां नहीं था, सिवा फर्श के जिसपर प्रेमप्रकाश और उनकी पत्नी बैठ गये। युवा गुरु बैठने के लिए नहीं कहा था—महात्मा लोग कहां कुछ कहते हैं! व्यवस्था ऐसी थी कि आगन्तुक या तो खड़े रहें या युवागुरु के पैरों के नीचे बैठ जायें। इस तरह युवागुरु सबको अपने नीचे ज़मीन पर ही बिठाता था, भले ही कोई उम्र, शिक्षा या कमाई में कितना बड़ा हो। उस समय वह सामने वाले को कम, अपने एक पांव में पड़े मोटे सफेद कड़े को ज्यादा देखता था। ऐसा लगता था कि जिस धर्म-घटक में उसने दीक्षा ली थी, वह कड़ा उसका प्रतीक था और स्वयं को सन्तत्व की प्रतीति देने, दूसरों को दिलाने के लिए वह उस पैर को रुक-रुक कर हिलाता रहता और कड़े को बराबर निरखता रहता। घर हालांकि पिता का बनवाया था पर घर के बाहर जो लाल रंग की तख्ती लगी थी उस पर युवा गुरु का नाम था—नाम के पहले स्वामी और बाद में आनन्द। मंदिर में सवेरे शाम, निश्चित घंटों में पूजा-आरती होती, रात को इस गद्दी पर बैठ वह लोगों की समस्याएं सुनता, उन्हें सुलझाने के उपाय सुझात, कुंडली देख भविष्य बताता—जिसे जानने की उत्सुकता सबमें होती है। रात के अलावा जहां भी कोई आ गया, वह इन कामों के लिए इसी गद्दी पर आ विराजता। वह आधुनिक स्वामी था क्योंकि उसकी मोटी उंगलियों में अगर विभिन्न नगों भरी मोटी-मोटी अंगूठियां थीं तो हाथ में माला की जगह मोबाइल था।

वह छोटे बाल रखता था ताकि माथा चौड़ा और उस पर लगाया पीला चन्दन... वही वह दिखे। मुंह बड़े रसगुल्ले-सा, जो एक जगह से फट गया हो, मोटे होठ, मोटी उंगलियां... प्रेमप्रकाश को लगा जितनी ही वह लड़की नुकीली और तेज थी उतना ही उसका पति भदभद और ठस था। तकनीकी शिक्षा और धर्म का ऐसा मिश्रण

जो कुछ नहीं बन पाया था, और दोनों चीज़ों के सत्व भी गंवा बैठा था। युवा गुरु उम्मीद करता था कि उससे श्रद्धापूर्वक विनत होकर कुछ पूछा जाये तो जहां भारतीय महिलायें हों वहां इसकी क्या कमी। फर्श पर बैठने के पहले प्रेमप्रकाश और उनकी पत्नी ने मंदिर में दर्शन किये, इक्यावन रूपये चढ़ाये। प्रेमप्रकाश की पत्नी अपने बेटे के भविष्य के बारे में चिन्तित थी जो दक्षिण के एक महानगर में नौकरी कर रहा था। उन्होंने उसकी कुंडली गुरुजी के आगे बढ़ा दी। युवा गुरु ने उल्टा-पल्टा, कुछ देर उंगलियों पर गिनते रहे, विचारते रहे... फिर बोले—

"वैसे विस्तार से कुंडली फल लिख कर बना देंगे... पर मोटी-मोटी बातें कुछ पूछना हो तो बतायें। कुंडली अच्छी है। स्वास्थ्य अच्छा है। इसके माँ-बाप अच्छे हैं, उनसे इसे सदा कुछ-न-कुछ मिलता रहेगा।"

क्या बात है! प्रेमप्रकाश भीतर-भीतर हँसे—अगर कुंडली युवक की है तो स्वास्थ्य अच्छा होगा ही, माँ-बाप को वह जान ही चुका था, वे सम्पन्न हैं तो बच्चे को उनसे मिलेगा ही कुछ। विस्तृत फल लिखकर बना देगा या बनवा देगा किसी से। उनकी पत्नी मुग्धभाव से सुने जा रही थी। इन्हीं औरतों के बल पर ये स्वामी लोग पलते हैं। प्रेमप्रकाश को शरारत सूझी और युवा गुरु से पूछ बैठे—

"इस बच्चे के विवाह कितने लिखे हैं?"

"एक ही दृष्टिगोचर होता है, वैवाहिक जीवन अच्छा है।" कुंडली में कुछ ढूंढते हुए युवागुरु ने कहा।

प्रेमप्रकाश ने अपनी पत्नी की तरफ़ देखकर इशारा किया कि देख लो जिसके सामने तुम श्रद्धानत हो, उसका भविष्यज्ञान यह है। असलियत यह थी कि उनके लड़के की पहली शादी में जबर्दस्त कलह हुआ था और वह टूट गयी थी। कुछ दिनों पहले दूसरा विवाह हुआ था, जिसे लेकर भी वे दोनों चिंतित थे क्योंकि उनके बेटे का स्वभाव उग्र था। प्रेमप्रकाश की पत्नी फिर भी हतोत्साहित नहीं हुई थी, उसने अपनी कुंडली बढ़ा दी थी और अपने बारे में पूछने लगी।

दोनों के वार्तालाप के दौरान प्रेमप्रकाश चुप बैठे रहे। सिंहासन में देवताओं के बीच पधरी युवागुरु की अपनी फोटो उनका ध्यान बार-बार खींचती थी। वे सोच रहे थे—ज्ञान के अभाव में कैसे कोई व्यक्ति धर्मगुरु हो सकता है? अध्ययन जरूरी है। अगर युवागुरु ने अपने धर्मशास्त्रों का ही अध्ययन किया होता तो स्व, अहं को मिटाने, दबाने, धूमिल करने की बात जो वहां बार-बार की जाती है... उससे प्रभावित हुए बिना वह कैसे रह सकता था और तब क्या यह अपनी फोटो वहां रखता जहाँ रखी हुई थी... देवताओं और अपने गुरु की बराबरी पर? उसकी प्रोफैशनल पढ़ाई—जितनी और जो भी थी—जानकारी वाली थी, उसमें ज्ञान कहाँ। यह सिंहासननुमा सोफा जिस

पर बैठ, यह आदमी परम प्रमुदित है और पैर का वह कड़ा जिसे यह बार-बार देखता है... दोनों इस बात की तरफ इशारा करते हैं कि इस आदमी में प्रतिष्ठा के लिये जबर्दस्त भूख है, जो इसे अपनी नौकरी से हासिल नहीं होने वाली... वैसे काम कितना भी छोटा हो अगर कोई लगन, ईमानदारी और कुशलता से करे तो आस-पास के लोगों के बीच अच्छी प्रतिष्ठा बन जाती है लेकिन युवागुरु को वह रास्ता लम्बा दिखता था। हो सकता है वह अतिरिक्त आय का स्रोत बनाना चाहता हो—लोग कुंडली बनवायें, पढ़वायें, भविष्य-फल तैयार करने की फीस वह ले, कौन सा नग पहनना है... इसे बताने के साथ-साथ नग भी उपलब्ध कराये, उसके पैसे खड़े करे, मंदिर में चढ़ावा आदि आये, कन्सलटेशन की खास फीस... लेकिन इनका सिर्फ अन्दाज़ा ही होता था क्योंकि शहर में इस धन्धे में लगे सैकड़ों लोग थे। कितनी आमदनी हो सकती थी! प्रतिष्ठा की प्यास मुख्य दिखती थी।

"आप अपने भविष्य के बारे में नहीं पूछेंगे?" युवा गुरु ने पत्नी से फुर्सत पाकर प्रेमप्रकाश की तरफ़ देखा।

"मेरा भविष्य? जिस पद तक पहुंचना था, पहुंच गया, अब तो जो है वह अतीत है। भविष्य के लिए मैं कुछ करता भी नहीं हूं।"

"ऐसा नहीं है। आशा ही जीवन है। जब तक जीवन है, आशा नहीं त्यागनी चाहिए।"

"ज्यादातर लोग आदतन जीते हैं। उम्र बढ़ती जाती है, वे जिये चले जाते हैं... मशीन की तरह। जीवन में कुछ होता नहीं।"

"जीवन निरंतर गतिमान है।"

उधर युगगुरु फिकरे पर फिकरे छोड़ता जा रहा था, इधर प्रेमप्रकाश स्वयं को लेकर अपने भीतर उलझे जा रहे थे... सचमुच अब क्या बचा जीवन में। कुछ किताबें और छपकर आ जायेंगी, एक-दो सम्मान और मिल जायेंगे, शायद अवकाश प्राप्ति के पहले एकाध, इससे थोड़ा अधिक प्रतिष्ठित पद मिल जाये... और क्या होने वाला है अब!

"आपके आस-पास जो लोग हैं... माता-पिता, पत्नी, बच्चे? उनके बारे में जिज्ञासा होना स्वाभाविक है। वही पूछिये।"

"पिता रहे नहीं। माँ 81 साल की है, उनका भविष्य यह कि पांच-छः साल इसी तरह घिसटेंगी। पत्नी का यह है कि उसकी दिलचस्पी बच्चों में बढ़ती जायेगी, भविष्य जो कि शून्य है उसको लेकर चिन्तित रहेगी, गठिया होगा, पति से तकरार बढ़ेगी। बच्चे हैं दो... एक के बारे में आपने बता ही दिया, दूसरे के बारे में ये अगली बार पूछ लेंगी।"

हंसते हुए अपना भविष्य स्वयं बताकर प्रेमप्रकाश उठ गये, न उठते तो पत्नी जाने कितनी देर और हिल्गी रहती।

युवागुरु ने अपनी मोटी उंगलियों वाले हाथ से बगल की लाल थाली से चने, इलायची और मूंगफली के दाने उठाये और बारी-बारी से दोनों के हाथों में डाल दिये। प्रेमप्रकाश ने प्रसाद में गुरु की हथेलियों से रिसता पसीना साफ़-साफ़ महसूस किया... वितृष्णा हुई... खा तो सकते नहीं थे, उन दानों का क्या करें... समझ में नहीं आया तो हाथ में लिये रहे।

"आया करिये" युवा गुरु ने कहा। प्रत्युत्तर में प्रेमप्रकाश कुछ नहीं बोले तो पत्नी ही बोलीं—

"बहुत शांति मिलती है मंदिर में, आप जैसे व्यक्तियों का संग ज्ञान बढ़ाता है।"

"बिल्कुल।"

यह शब्द युवा गुरु बार-बार बोलता था। एक तो उस शब्द का अर्थ ही... फिर इसे पीछे बोलने का उसका स्वर... युवा गुरु में अपार तृप्ति झलकती थी। वह योगियों के जैसा 'सुख-दुःखे समे कृत्वा' वाला भाव नहीं था, न ही संसार से उदासीनता का। किसी बड़े अहं वाले व्यक्ति का अंह की तृप्ति होने पर हेकड़ी वाला भाव भी नहीं था। एक गुप्पा-सा व्यक्ति, जिसके पास न ज्ञान है न वाक्पटुता ही, स्वामी होने के लायक कुछ भी विशेष नहीं, वह भारतीय जनता की उस प्रवृत्ति का फायदा उठाये जा रहा था जिसमें आदमी-औरतें रास्ते पड़ते किसी भी मंदिर को सड़क से ही शीश नवाते चले जाते हैं, एक रास्ते के उसी मंदिर के सामने दस-दस बार शीश नवाते हैं, जहां से दिन में दस बार गुज़रते हैं। ऐसे लोगों के बीच स्वामी या गुरु बन जाना कितना आसान था। वह यह व्यक्ति बन गया था। वह बनने की काब्लियत उसमें नहीं थी—यह भान उसे दूर-दूर तक नहीं था। वह तो अपने आस-पास उतराते आदमी-औरतों के बीच स्वयं को विशिष्ट पाकर प्रमुदित था... जैसे उसे जीवन का सार अभी ही मिल गया हो। जो सामान्य, बहुत सुनी-सुनायी बातें उसके मुंह से निकलती थीं, उसे वह ज्ञान के टुकड़े समझ भीतर-भीतर झूमता। भले ही वे बातें ज्ञान की न हों, वह कोई महापुरुष न हो... पर वैसा माना जा रहा था और यह ज्यादा महत्वपूर्ण था। उस समय और परिवेश में जहां अगर व्यक्ति महत्वपूर्ण नहीं है तो वह कुछ भी नहीं है। साधारण होते हुए भी वह साधारण नहीं रहना चाहता था, तो विशिष्ट वह एक साधारण रास्ते चलकर बन गया था। वह लोगों को थोड़ा खींचता, वे खिंचते चले आते। लोगों के सामने उसका चेहरा हमेशा एक सा ही रहता—हल्का मुस्कुराता, सामने वाले की तरफ मीठे-मीठे देखता हुआ जैसे कि कह रहा हो—'तुम्हारे साथ सब कुछ अच्छा हो रहा है और मेरे साथ भी।' इस सबको क्या कहा जायेगा—कुछ विशेष बन जाने की सामान्य लालसा, जो किसी में भी हो सकती है...

लौटते हुए प्रेमप्रकाश सोच रहे थे... पर इतनी जल्दी भी किसी से वितृष्णा हो सकती है, जैसी उन्हें युवा गुरु से हो बैठी? इन तीनों के बीच वह कैसे रहती होगी ... वह नुकीली लड़की... इनकी बहू!

•••

हालांकि उसका शोध-लेख सीधे-सीधे प्रेमप्रकाश के क्षेत्र से सम्बन्धित नहीं था, पर व्यापक विषय तो समाजशास्त्र ही था। प्रेमप्रकाश प्रसिद्ध समाजशास्त्री थे। अगर किसी तरह उनका साक्षात्कार आ जाये तो शोधलेख वज़नी हो जायेगा... उसने सोचा और साक्षात्कार के लिए समय लेकर प्रेमप्रकाश की स्टडी में जा पहुंची। शोध से सम्बन्धित बातचीत खत्म होने-होने तक वह उनसे काफी खुल गयी थी। उसके बहुत से सवाल कालेजीय थे लेकिन प्रेमप्रकाश बिल्कुल नहीं झुंझलाये और बहुत ही धीरज के साथ उत्तर देते रहे। अब शोध सम्बन्धी बचीखुची बातें और उनसे उठती दीगर बातें चल रही थीं... जो खत्म होने वाली ही न दिखती थीं। वह उनके साथ अलग, अकेले में बातें कर रही है... यह संकोच उड़कर जाने कहां चला गया था। उल्टे एक पुलक रह रहकर भीतर उठती थी।

"सर! जीवन में कोई ऐसा रास्ता होता है क्या कि जिस पर चलने लगो, तो दूसरे किसी रास्ते पर पैर रखते ही भटकना जैसा साफ़ नज़र आने लगे।"

"यह जानने के लिए तो तुम्हें किसी सन्त के पास जाना पड़ेगा... तुम्हारे घर में तो है एक..."

प्रेमप्रकाश हंसे पर वह गंभीर हो गयी, जैसे किसी ने उसके साथ बहुत भद्दा मज़ाक कर दिया हो। उसका चेहरा हल्का काला पड़ गया था। चमकते बालों की एक पतली लड़ सामने झूल आयी थी... उसके चेहरे को दो भागों में विभक्त करती एक रेखा। एकाएक उसकी आंखें इतनी उदास हो आयीं कि प्रेमप्रकाश सहम गये।

"मेरा मतलब... इस प्रश्न से बड़े-बड़े सन्त महात्मा जूझते रहे हैं, आज भी जूझ रहे हैं... मैं तो एक मामूली आदमी हूँ।"

वह कुछ नहीं बोली। बात उसे लग गयी थी, और वह वहीं अटक कर रह गयी थी।

"मैं मज़ाक कर रहा था... दरअसल मैं या तुम्हारे पति जैसे लोग उस सवाल से टकराने लायक ही नहीं है। तुम्हारा प्रश्न जिस रास्ते की ओर इशारा करता है, वह कोई व्यक्ति अपने लिए ढूंढ़ सकता है, बशर्ते उसकी चेतना उतना ऊँची उठ जाये। हमारी चेतना उस स्तर तक उठ नहीं पाती... संतत्व ओढ़ लेने भर से क्या होता है!"

प्रेमप्रकाश की सफाई ने उसके खिंचाव को थोड़ा ढीला किया। जिस कैद में वह कुछ पलों पहले आ फंसी थी, उससे बाहर निकली।

"आप बता सकते हैं, चाहेंगे तो।"

"तुम सोचती हो कि मेरी चेतना उस ऊँचाई की है?"

"ऊँचाई से ज्यादा ज़रूरी होती है ईमानदारी। आप जो विभाग में बोले, वही घर में बोलते हैं, और जो थोड़ा बहुत जान पायी हूं, वही करते हैं। वही जीते हैं। यह ईमानदारी उस ऊँचाई से बड़ी चीज़ है जिसे आप सन्त-महात्मा से जोड़ते हैं।"

"मुझ पर कृपा करो... मुझे फुलाओ मत।" प्रेमप्रकाश ने हंसते हुए कहा–"मैं जानता हूं मनुष्य की सैकड़ों खामियां मुझमें हैं। मैं उन्हें दूर करने की कोशिश भी नहीं करता, मैं मनुष्य होकर खुश हूं।"

"वह ठीक है... लेकिन आप जरूर इस विषय पर सोचते होंगे... या कभी सोचा होगा। आप टाल रहे हैं, क्योंकि मैं पात्र नहीं हूं।"

"ऐसा नहीं है कि तुम पात्र नहीं हो। तुमसे अच्छा पात्र और कौन होगा... मेधावी हो, नयी पीढ़ी की हो, तुममें उत्सुकता है... पर मेरी समझ में नहीं आ रहा कि क्या कहूं क्योंकि मैं अपने लिए वैसा कोई रास्ता ढूंढ़ नहीं पाया, कोशिश ही नहीं की।"

"अच्छा वह छोड़िये। यह बताइये कि एक कोई रास्ता जिसे समाज आपको पकड़ा देता है, एक तरह से आपको उसके सामने रख देता है कि कुछ और नहीं... अब चलो इसी पर, चलते रहो जीवन भर... क्या वह ऐसा होता है कि किसी दूसरे रास्ते पर चले नहीं कि भटकने जैसा तुरप्त लगने लगे।"

"अक्सर ऐसा ही होता है... सामाजिक व्यवस्था के तहत। दूसरा रास्ता हमेशा होता है, लेकिन उस पर चलना दूसरे लोगों को भटकाव या पागलपन जैसा दिखता है। उस पर वही चल पाते हैं जिन्हें अपने आप पर विश्वास हो। बहुत कम चल पाते हैं, अधिकतर लोगों में तो अक्सर द्वन्द्ध ही होता रहता है–अपने चुने रास्ते पर चलें या समाज द्वारा मान्य रास्ते पर!"

"सही कौन होता है–अपना या समाज का?"

"क्या सही, क्या ग़लत कहना कभी आसान नहीं होता। इतना कहा जा सकता है कि समाज द्वारा निर्धारित रास्ते पर चलने में संघर्ष नहीं है। व्यक्ति जब अपना रास्ता स्वयं बनाता है, उस पर चलता है तो तक़लीफें उठानी पड़ती हैं–पग-पग पर कांटे!"

"इसीलिए ज्यादातर लोग समाज द्वारा निर्धारित रास्ते पर चलते हैं।"

"शायद हां।"

"आप किस रास्ते पर चले?"

"मुझे तो लगता है कि मैं चला ही नहीं लुढ़कता रहा जो रास्ते सामने आये, उन पर। दरअसल यह बौद्धिक नाम का जो प्राणी होता है न, वह बुनियादी तौर पर बड़ा कायर होता है—एस्केपिस्ट। मैं भाग-भाग कर किताबों में छिपता रहा। बाहर निकला तो कुछ विश्लेषण किये, स्थापनाएं कीं, कुछ सिद्धान्त गढ़े, उनका या उनकी सन्धि से बनाये विचारों का प्रतिपादन किया... पर वह करते ही लगता कि कहीं मैं झूठ हूं। झूठ नहीं तो ग़लत जरूर हूं। ऐसी अवधारणायें बनाकर हम आदमी का अहित ही करते हैं—आदमी को बेवजह बरगला देते हैं, वह जो इत्मीनान से अपना जीवन जिये जा रहा था, कैसे भी, बड़ी-बड़ी बातों से दूर, छोटी-छोटी रोजमर्रा की चीज़ों में सुख लेता हुआ, उन्हें ही सब कुछ मानता हुआ।"

क्या सबके सामने मैं यह कह सकता था, जो इस लड़की के आगे कह गया? इसके सामने झूठ नहीं बोला जाता, खुद से साक्षात्कार कराती है वह। भीतर का सच बाहर आये बिना नहीं रह पाता।

"मतलब ज्ञान व्यर्थ है?"

"वह तो मैं नहीं कहता... पर अक्सर मुझे अनपढ़ व्यक्ति अपने जीवन को बेहतर ढंग से जीते दिखा है। जितना ही आदमी प्रबुद्ध हुआ, वह बौद्धिकता के जाल में फंसता चला जाता है, जबकि अनपढ़ उसकी शलाकाओं से तो मुक्त है, कम से कम।"

"तभी वह समाज के बनाये रास्ते पर आंख मूंदे चला जाता है... जैसे बैलगाड़ी वाले बने बनाये रास्ते पर बैल...।"

"वह तो ज्यादातर लोग करते हैं। बहुत हुआ तो स्वयं को भ्रम देने के लिए कि हम अपने मन का कर रहे हैं कोई छोटा-मोटा रास्ता अपने लिए बना लिया... जैसे मैंने अपने लिये थोड़ी बहुत समाजसेवा बना ली या यह पढ़ना-लिखना। पर मुख्य रास्ता जिस पर चल रहे हैं, वह तो समाज वाला ही रहा!"

"कोई मुख्य रास्ता ही अपने अनुसार बनाये, उस पर चले... तो उसका अपनी दिशा में, अपने ढंग से चलना, दूसरे को भटकाव दिखेगा?"

"जरूर, खासतौर से तब जब वह रास्ता समाज का मान्य रास्ता न हो।"

"सभी को भटकाव दिखेगा, आप जैसे पढ़े लिखे लोगों को भी?"

"कुछ ऐसे निकल सकते हैं जो उस व्यक्ति के संदर्भ में सोचें जिसका जीवन है और उस रास्ते को जायज़ ठहरा दें...वर्ना ज्यादातर तो सामाजिक मान्यताओं के अनुसार ही सोचते हैं।"

"फिर उनके पढ़ने लिखने का क्या फायदा हुआ।"

"पढ़ना-लिखना पढ़ने-लिखने के क्षेत्र में। जीवन के लिए तो, जैसे सबसे समाज की अपेक्षा रहती है, वही पढ़े–लिखों से भी होती है–मान्य को मानो।"

"आप जैसे लोग उस मान्य को बदल नहीं सकते?"

प्रेमप्रकाश चुप हो गये, उसकी तरफ़ देखने लगे-सोचने की क्षमता रखती थी वह लड़की। सोचते और अपनी बात को रखते हुए उसमें एक पैनापन आ जाता था। जहां उनकी सोच एक बिन्दु के आगे उस तरफ़ सरकने लगता था जहां ज़माने से कही जा रही अच्छी-अच्छी बातें थीं, वे मौलिक या ईमानदार नहीं रह पाते थे... वहीं यह लड़की अपने सोच में काफी दूर तक ईमानदार और मौलिक हो लेती थी।

"आपने कुछ कहा नहीं..."

"हम अपने जीवन में प्रेम-घृणा, राग-द्वेष, क्रोध, उदासी, उदासीनता, करुणा आदि को अपने खास ढंग से जी लेते हैं, या जीने से स्वयं को नहीं रोकते... या उस तरह जीते हुए धीरे-धीरे उन भावों को लांघ जाना, उदात्त होना–अपने स्वभाव के अनुसार हम थोड़ा-बहुत यह भी कर लेते हैं... पर समाज में जो मान्य है उसे इतनी आसानी से नहीं बदला जा सकता।"

"कैसे लगे कि हम जीवित हैं, जीवन में क्या लाने का प्रयत्न करें?"

"यह भी सबके लिए अलग-अलग होगा।"

"आपके लिए क्या है...प्राप्तियां?"

"प्राप्तियां...मुझे बहुत आकर्षित नहीं करतीं। ऐसा कोई काम जो किसी प्राप्ति के लिए किया जाय, वह उस चीज़ का बोध नहीं करा सकता तो तुम पूछ रही थीं–लगे कि जीवित हैं, वैसा कुछ, क्योंकि एक प्राप्ति दूसरी, दूसरी तीसरी की ओर ले जाती है और हम स्वयं को, सिर्फ दौड़ते हुए दिखाई देते हैं... अगर ईमानदारी से देखते हैं। दौड़ना, हांफते–हुए दौड़ते रहना...क्या यह जीवन है, जीवन का सार है? जीवित होने का बोध वही काम करा सकता है जिसका लक्ष्य वह स्वयं हो, कुछ अन्य नहीं–जैसे प्रार्थना का लक्ष्य प्रार्थना ही, भगवत प्राप्ति भी नहीं, उससे शांति भी नहीं। करीब-करीब हर व्यक्ति के जीवन में ऐसे दुःख आते हैं, जिनके सामने उसे अपनी सारी प्राप्तियां, सफलताएं खोखली दिखाई देने लगती हैं...इसलिए जीवन से, या उसके किसी कर्म से प्राप्ति की बात करना निरी मूर्खता के अलावा कुछ नहीं।"

"ऐसे कर्म जिनका लक्ष्य वे स्वयं हैं...ये तो उन्हें मिलते हैं जिन्हें जीवन में इत्मीनान मिला है। जो बेचारे अपने जीवन की बुनियादी जरूरतें पूरी करने में लगे हुए हैं, उनके लिए संघर्ष कर रहे हैं...वे अगर अपने जीवन में सार ढूंढ़ें तो कहां?

"शायद उन्हें, सार अपने संघर्ष में दिखाई देगा। तुम्हारी यह बात भी मुझे ठीक

लगती है कि यह सार-वार की बात उसी जीवन में उठती है जिसमें इत्मीनान है। बाकी लोगों को फुर्सत ही कहां है...कभी-कभी मुझे लगता है, सोचना ही अपने आप में एक लक्जरी है..."

"नहीं...हर व्यक्ति कभी न कभी ठहर कर अपने जीवन के बारे में सोचता है। स्तर फर्क हो सकते हैं। लेकिन साधारण से साधारण आदमी भी अपने दैनन्दिन संघर्ष के बीच कहीं ठिठक जाता है... सोचता है जो वह है, जो उसका जीवन है...जो वह था, जो वह हो सकता है। यह बात और है कि वह अपने सोच में मौलिक नहीं हो पाता, उसे कोई तरतीब नहीं दे पाता, बहुत ऊँचा नहीं उठ पाता...उसके पहले ही मस्जिद-मंदिर-गिरिजा में अपना सिर रख सोच की सारी कशमकश से निज़ात पा लेता है। उसमें ही कहीं पहुंचा हुआ महसूस करता है।"

"अपने लिए तुम क्या सोचती हो?"

"सोच वे सकते हैं जिन्हें कम से कम इतना विश्वास तो हो कि जीवन उनका है। मैं तो यही नहीं सोच पाती कि मेरा यह जीवन मेरा है। अब देखिये, अगर मेरे पति की कृपा न होती तो मैं पढ़ ही न पाती...मेरे कितने बच्चे हों—यह मेरे हाथ में है क्या। मेरे हाथ में कुछ भी नहीं है।"

"तुम्हारा आशय भारतीय नारी की स्थिति से है?"

"नहीं, कई भारतीय नारियां तो बहुत आगे निकल गयीं। मेरा आशय सिर्फ अपने से है..."

कहते-कहते उसके चेहरे पर गहरी उदासी बिछ आयी। वह आगे नहीं बोली, शायद उसका गला रूंध आया था। वह बाहर की तरफ देख रही थी—आरामकुर्सी जिस पर प्रेमप्रकाश बैठे थे, उसके पार बरामदा, बरामदे के पार घर की चारदीवारी...उसके पार खड़खड़िया सड़क जो बरसों से नहीं बनी थी।

वह नयी-नयी बरसात का मौसम था। आसमान में काले बादल इक्ट्ठा होने लगे थे। पहले हल्का छिड़काव हुआ तो ज़मीन से गमकती हुई खुशबू उठ बैठी और नथुनों पर दस्तक देने लगी। पीछे-पीछे हवा आई...उस खुशबू को अपने में घोल सारे वातावरण में बिखेर देने को आतुर। एक तो शाम, ऊपर से बरसाती बादल...जिनकी छाया में उसका चेहरा और धुंधला हो गया था। मूर्तिवत वह बाहर की तरफ देखे जा रही थी जैसे सो रही हो... फर्क इतना कि उसकी आंखें एकटक खुली हुई थीं।

अंधेरा बिछ रहा था, तेज़ पानी गिरने के आसार थे...उसे निकलना चाहिए... सामने देखते-देखते वह जागी-सी। अपना सामान संभालने लगी, उठने की तैयारी में ...लेकिन वह उठी-उठी कि पानी गिरने लगा।

ये वे बादल नहीं थे कि छिड़काव करके गुज़र जायेंगे, न ही यह ऐसे शहर की बरसात थी कि अभी यहां और देखते-देखते वहां...वह ठहरने वाली थी। बरसात अपनी चाल चली जा रही थी, वह अपनी। पहले कमरे के बाहर, फिर बरामदे में उतारी अपनी सैंडिलों में पैर डालते हुए...जैसे बरसात थी ही नहीं। उसे यह भी ध्यान नहीं रहा था कि भीतर जाकर प्रेमप्रकाश की पत्नी और मां से नमस्कार कर ले, जैसे जाने के पहले वह हमेशा करती थी...

"अरे...रे...ऐसे में तुम कैसे जाओगी। थोड़ा रूक जाओ..." प्रेमप्रकाश ने पीछे से उठते हुए टोका।

"नहीं...निकल जाऊँगी"...वह बिना उनकी तरफ़ मुड़े बोली, वैसी ही एक स्वर वाली आवाज़ जैसी कि एकटक नज़र शून्य में।

"भीग जाओगी...थोड़ा रूक जाओ, शायद बरसात थम जाये।"

"नहीं थमेगी।"

"तुम्हें कैसे मालूम?"

"इसलिए कि मुझे जाना है।"

"वाह! यानि सारी प्रकृति तुम्हारे खिलाफ़ है। बरसाती है तुम्हारे पास?"

"नहीं।"

"अच्छा...सुनो...तुम स्कूटर यहां पोर्टिको में लगा दो। मैं तुम्हें कार से छोड़ आता हूं। कल सुबह आकर स्कूटर ले जाना।"

उसने कुछ नहीं कहा।

बरसात से थोड़ा बचाव के लिए दुपट्टा बालों पर डाला और स्कूटर लाकर पोर्टिको की छाया में खड़ा कर दिया, कार की बराबरी पर। फिर बाहर जाकर फाटक खोल दिया। तब तक प्रेमप्रकाश कार की चाबी ले आये थे, भीतर बता भी आये कि वे उसे छोड़ने जा रहे हैं। उन्होंने कार बाहर निकाली, उसने फाटक बन्द किया। इस क्रम में वह भीगी भी...पर भीगने से बचने के लिए उसने ज़रा भी जल्दी नहीं की। वह कार तक आयी तो प्रेमप्रकाश ने बैठे-बैठे बायें हाथ से दरवाजा खोल दिया। वह बगल की सीट पर बैठ गयी...जहां उस दिन बैठी थी जब उन्हें विभाग ले गयी थी।

बरसात बहुत तेज़ नहीं पर लगातार थी, कार के अन्दर से अहसास शीशे और सामने बोनट पर गिरती बूंदों को देखकर होता था।

वह खासी बेपरवाह है, बरसाती तक नहीं रखती। स्कूटर में जाती तो जरूर तरबतर हो जाती, बीमार भी पड़ सकती थी। एकाएक क्या हो जाता है उसे, साक्षात्कार के समय सामान्य थी, जहां उसके जीवन की बात आयी कि ट्रान्स में पहुंच गयी। ट्रान्स में ही मेरा कहा सुन स्कूटर अन्दर किया, उसी में फाटक

खोला, कार के अन्दर बैठी, और उसी में अब भी थी लगातार चुप।

थोड़ी दूर चलकर प्रेमप्रकाश को लगा कि कार बड़ी सड़क पर होने के बजाय भीतरी तंग सड़क पर थी—एक तरफ पेड़, दूसरी तरफ बंगले, थोड़े-थोड़े फासले पर। चारों ओर गीलापन, सुनसान। वे कब, कहां से इस सड़क पर उतर आये...उसने भी नहीं टोका। उन्होंने एक तरफ गाड़ी रोक दी और इधर-उधर देखते हुए रास्ते की पहचान करने लगे। वे पेड़ों के नीचे थे, बरसात पत्तों के रास्ते कार पर टपाटप पड़ रही थी। इधर-उधर बिजली के खम्भों पर जल रहे लट्टुओं पर बौछार पड़ती हुई दिखती थी, जैसे छोटे-छोटे भुनगे रोशनी पर उतराने, उस पर जल मरने को उतारू हों। चारों तरफ़ बारिश की आवाज़ थी जो उनके ऊपर पेड़ों पर और भी जोर से बज रही थी।

"शायद हम भटक गये हैं...एक तो अंधेरा, ऊपर से बरसात। रास्ता नहीं सूझता।"

उधर से कोई आवाज़ नहीं, जैसे वहां वह थी ही नहीं।

सामने से नज़रें हटाकर प्रेमप्रकाश ने उसकी तरफ़ देखा। कार की उस सीट पर वह उसी तरह बैठी थी जैसे थोड़ी देर पहले प्रेमप्रकाश की स्टडी की कुर्सी पर...बेजान नजरें सामने तकती हुई, चेहरा मुर्झाया हुआ। आंखों में वीरानी दूर-दूर तक, जैसे दूर तक जाता हुआ कोई सुनसान उजाड़ रास्ता। तभी कुछ चमकता दिखाई दिया। प्रेमप्रकाश को पहले तो लगा बिजली चमकी है...फिर लगा जैसे कुछ वनस्पतियां अंधेरे में चमक रही हैं—उसके गोर-गोर हाथ कुर्ते की बांह से आधा बाहर निकल आये थे, सुडौल, आनुपातिक, गोल गोल...इतने चिकने कि उंगली रखो तो फिसलती चली जाय।

उजले-उजले वे हाथ बोलते थे।

प्रेमप्रकाश ने इधर के हाथ को उठाकर उसकी हथेली को चूम लिया, फिर जैसे मदहोशी में उसकी पूरी बांह को चूमते चले गये, कलाई से कोहनी तक, बाहों की चिकनाई पर अपनी आंखें बार-बार रगड़ते हुए। होठ उसकी हथेली के ऊपरी हिस्से पर थे कि नजरें उसके चेहरे की तरफ़ गई—उसकी आंखें वैसी ही—निर्जीव, बियाबान ...सुनसान खोहें!

कितना लम्बा ट्रान्स है यह जो बैठक से यहां तक चला आया। उसकी नज़रें वैसी ही, लगातार। इसी में उसने स्कूटर चलाकर पोर्टिको में खड़ा किया। वहां से लगाकर मेरे उसकी पूरी बांह को चूमने तक, वह मुझे रीती आंखों से ही देखती रही, अब भी वैसे ही देखे जा रही है। मेरी भी क्या दीवानगी, कहां से उग आयी। वह गुस्सा हो सकती थी। यों देखने से अच्छा वही होता।

"गाड़ी चलाइये। रास्ता उधर से है..." अपना हाथ अलग करते हुए उसने कहा। स्वर में थोड़ा सख्ती थी।

•••

एक दिन सुबह-सुबह उसका फोन आया। प्रेमप्रकाश पढ़ाई में लगे थे, माँ-पत्नी नहाने धोने में। फोन पर उनकी आवाज़ पहचानते ही उसने अपना नाम बताया और बस...जैसे कोई पतला झरना किसी पत्थर के अटकाव में रूका पड़ा हो, उसके हटते ही झर-झर बहने लगा...

मैं क्या हूं...यह बताइये...काग़ज का एक टुकड़ा जिसे जूते की मोटी एड़ी से घिस कर कोई छेद-छेद कर दे...या जानवर का बच्चा जिस पर से गाड़ी निकाल दी जाये और आप बिना पीछे देखे फर्राते हुए आगे निकल गये...

प्रेमप्रकाश घबरा गये—क्या वह उस दिन के उनके व्यवहार के लिए उन्हें कटघरे में खड़ा कर रही थी?

"मैं कोई चीज़ हूं, जानवर हूं या पत्नी हूं तो इसलिए मनुष्य भी नहीं हूं? मेरी इच्छा-अनिच्छा कुछ नहीं...रात भर उसने मुझे एक जबर कुत्ते की तरह चींथा...मेरे शरीर का कोई हिस्सा नहीं छोड़ा...यहां तक कि मेरे बाल खींचे, जबर्दस्ती मेरे कपड़े उतार फेंके, छाती पर नाखूनों से लकीरें खींच दी, इधर-उधर कहीं भी दांत गड़ाये। रात भर मुझे रौंदता रहा...

उसकी आवाज़ जो शुरू में भर्रायी हुई थी, यहां पहुंचकर जवाब दे गयी...और वह रोने लगी। थोड़ी देर में उसने फिर बोलना शुरू किया—वही आवाज़...भारी, फटी हुई...जैसे गुस्से और पस्ती के बीच कहीं फंसकर रह गयी हो।

"कितना अपमान है यह...कोई आपको यों पीसता चला जाय...इसके बाद जीने की इच्छा क्या बचेगी। दरिन्दा है वह। पाखंडी। मंदिर की गद्दी पर सन्त बनकर बैठता है तो चेहरे को अपने पेट की तरह बना लेगा—गोल-गोल। शरीर थुलथुल, मुंह फुलफुल...सामने वाले के लिए कैसी मिठास...वही रात के अंधेरे में अपनी बीवी के लिए ऐसा क्रूर हो जाता है। बाहर तिलक लगाये घूमता है, लोगों की तकलीफें सुनता

है, उनसे निकलने के उपाय सुझाता है उन्हें, और अपनी ही पत्नी के साथ...तो क्या पत्नी एक अलग ही नस्ल है, मनुष्य नहीं। भले ही उस लड़की की विवाह के लिए ज़रा भी इच्छा न रही हो पर सात फेरे हो गये तो फिर आप स्वामी हैं, पूर्ण अधिकार है आपका? जान से मार डालने पर कानून उंगली उठायेगा तो रोज-रोज यों, तिल-तिल मारते चले जाओ...आत्मा को कुचल कर रख दो, पति का अधिकार है वह! हर ऐसी रात मैं मरती हूं, अपने शरीर के एक-एक हिस्से से घृणा होती है, जीवित होने से ही नफरत उठती है...पर बेशरम की तरह दूसरे दिन मैं फिर चल पड़ती हूं। उसका सम्पूर्ण अधिकार है, मेरा अधिकार कुछ भी नहीं, अपनी इच्छा-अनिच्छा रखने का भी अधिकार नहीं। सिर्फ इसलिए कि मैं नारी हूं...शादी हम दोनों की हुई है तो उसका यह सब अधिकार है, मेरा अधिकार क्या है...? मेरा जीवन किसलिए...सिर्फ इसलिए कि बस यों ही रोज-रोज रौंदी जाती रहूं, पिसूं? क्या मैं जीवित भी हूं? मैं जीना नहीं चाहती...

"देखो...देखो" प्रेमप्रकाश घबरा गये थे—"ऐसा नहीं सोचते..."

"क्या नहीं सोचते?" उसने उन्हें करीब-करीब डांट दिया—वह मेरे साथ हिंसक पशु की तरह व्यवहार करे और मैं उसके खिलाफ़ सोच भी नहीं सकती...इसलिए कि वह मेरा पति है...यही कहेंगे आप और क्या कहेंगे..."

"नहीं मेरा इशारा उस तरफ़ था...जो तुम न जीने की बात कर रही थी। वैसा नहीं सोचना चाहिए..."

"क्यों नहीं सोचना चाहिए...क्या आप एक वजह बता सकते हैं जिसके लिए मैं जिऊँ।"

"हां, अपने बच्चे की खातिर।"

"उसके जन्मने में मेरी इच्छा नहीं थी। उस आदमी के माँ-बाप को एक खिलौना चाहिए था अपना समय बिताने के लिए। मेरा बच्चा क्या बनेगा इस माहौल में? मैं उसे ऐसे पाखंडी पंडित के अलावा क्या बना सकूंगी...पंडित, जिससे मैं नफरत करती हूं...दिन में माथे पर तिलक पोतकर साधु, रात को पत्नी के साथ इस तरह...दानव, राक्षस।"

"सुनो, मैं मानता हूं...यह अत्याचार है।"

"सिर्फ अत्याचार? या तो आप सही शब्द का इस्तेमाल नहीं जानते—जो मैं नहीं मानती या फिर जानबूझकर उसके कृत्य को कम करके कह रहे हैं क्योंकि आप भी पुरुष हैं।"

"देखो...इस मामले पर हम बैठकर बातें करेंगे, सिर्फ तुम और मैं। अभी शांत हो जाओ। तुम जब चाहे आ सकती हो।"

"मुझे नहीं आना..."

और उसने फोन रख दिया। जिस तीखेपन से उसने वह कहा उससे प्रेमप्रकाश छटपटा कर रह गये।

शायद इस गुस्से के नीचे...बहुत नीचे दबा हुआ उसका वह आक्रोश भी है जो उस बरसात वाली रात कार में मेरे व्यवहार पर प्रकट हुआ था, जिस तरह उसने अपनी बांह मेरे होठों से हटायी थी और गाड़ी चलाने को कहा था। क्या मैंने तब उसकी इच्छा-अनिच्छा का ख्याल किया था? एक वहशीपन में उसकी बांह को पीता चला गया था। भले ही उस वक्त उसने सीधे-सीधे कुछ न कहा पर आंखों में आक्रोश तो उभर ही आया था, बैठा रहा होगा भीतर, अब पति के खिलाफ़ गुस्से में मिलकर प्रकट हो रहा था। वह सोच रही होगी कि इस पुरूष का व्यवहार भी बुनियादी तौर पर उसके पति जैसा ही है। ताज्जुब कि मुझे लेकर उसका वह आक्रोश शायद पूरी तरह ठंडा भी न हुआ हो और मुझी को वह अपने इतने अंतरंग प्रसंग का राज़दार बना गयी। क्या सोचकर उसने मुझसे यह सब कहने का फैसला किया होगा या फिर कोई फैसला, यहां तक कि थोड़ा बहुत सोचना भी नहीं था वहां, एकाएक फोन उठाया और झर-झर बह निकला भीतर का गुबारा जो भी सामने आया है उस पर।

नहीं, पति की ऐसी बातें वह सबसे नहीं कह सकती थी!

ऐसी लड़की आत्महत्या भी कर सकती है!

फोन लगाऊं? मैंने तो उसका फोन नम्बर भी नहीं लिया अब तक। शुरू से यही इत्मीनान था कि वह कर लिया करेगी या आ जायेगी, जब चाहेगी—आखिर छोटी है। उस शाम के अपने व्यवहार के बाद वह उम्मीद भी छोड़ दी थी।

जैसे कोई घायल चिड़िया गेट पर लताओं का जो यह मंडप सा बन गया है, उस पर आ बैठी है। वहीं बैठे अपने घाव सहला रही है, पंख फड़फड़ाती है, पंखों के नीचे खून के धब्बे दिखाई दे जाते हैं। मैं उसे लेने के लिए उधर को बढ़ता हूं। घबरा कर उसी समय वह उड़ने के लिए तैयार होने लगती है, उस घायल अवस्था में भी। मैं लौट आता हूं। चिड़िया वहीं बैठे अपने घायल पंख सहलाती रहती है, असुरक्षा में इधर-उधर तकती हुई...मेरी तरफ़ भी।

कैसा है यह आदमी...उसका पति। जब मंदिर के अपने सिंहासन पर बैठता है तो चेहरा वैसा ही गोल-गोल जैसा शरीर, मुंह फुलफुल...रसगुल्ला, चेहरे पर ऐसी मिठास, सामने वाले के लिए कैसी आर्द्रता...वही रात के अंधेरे में अपने निकटतम व्यक्ति के लिए ऐसा क्रूर कैसे हो जाता होगा। हैसियत की वजह से ही क्या इतना फर्क? पहले में हैसियत एक गुरु की है तो करुणा, दया, आशीर्वाद...दूसरे में पति की है, इसलिए

एकाधिकार, नृशंसता, दबोचने वाली प्रवृत्ति...पुरुषों ने ही यह धारणा बनायी हुई है कि ऐसी कठोरता से स्त्री प्रसन्न होती है, पर यहां तो प्रभाव कितना उल्टा हुआ था...

•••

आने को उसने साफ मना किया था, लेकिन कुछ दिनों बाद वह आई। प्रेमप्रकाश उसमें फोन पर की गयी उन बातों की खरोंचें ढूंढ रहे थे...जो उसने उस दिन की थीं। पर वहां कुछ नहीं था। शायद उसे याद भी नहीं था कि उसने उनसे बहुत परिचय न होने के बावजूद क्या-क्या कह डाला था। उस समय वह चहकती हुई चिड़िया थी, यूनिवर्सिटी से लौट रही थी। उसके हाथ में मिठाई का एक छोटा सा डिब्बा और अपनी मार्कशीट थी। उसका एम.फिल. का नतीजा आया था—प्रथम श्रेणी, यूनिवर्सिटी में द्वितीय। सीधे उनके कमरे में न आकर वह खाने वाली मेज पर पहुंची थी, सबसे पहले माँ को अपने नतीजे की खबर सुनाई, फिर पत्नी को...ऐसी आवाज़ में कि अपने कमरे में बैठे प्रेमप्रकाश भी सुन लें। तत्काल उसके सामने घर के तीनों व्यक्ति खाने वाली मेज पर इकट्ठे हो गये थे।

उसने अपनी मार्कशीट प्रेमप्रकाश को दे दी। वे चश्मा लगाकर मार्कशीट देखने लगे। मां और पत्नी ने उसे आशीर्वाद दिया, उसने मिठाई का डिब्बा खोल दिया, मां और पत्नी ने मिठाई ले ली। फिर उसने मिठाई प्रेमप्रकाश की तरफ बढ़ा दी। उन्होंने मिठाई का एक टुकड़ा उठाया, अपने मुंह की तरफ ले जा रहे थे कि हाथ उसके मुंह की तरफ चला गया...

"बहुत-बहुत बधाई...घर गृहस्थी देखते हुए भी ऐसे अच्छे नम्बर..."

मिठाई लिये प्रेमप्रकाश का हाथ उसके मुंह की तरफ आया...उसका मुंह अपने आप खुल गया और उनके हाथ से मिठाई लेकर बन्द हो गया। उसका चेहरा हल्का-सा लाल हुआ, पर झेंप या वैसा कुछ तनिक भी नहीं था वहां। जहां तक प्रेमप्रकाश का सवाल था तो उन्हें पता ही नहीं था कि वे क्या कर रहे हैं। माँ-पत्नी थोड़ा हैरत से उनकी तरफ़ देख रही थीं। उनके संस्कारों के अनुसार प्रेमप्रकाश का उसके साथ इतना आत्मीय हो जाना गैरवाजिब था।

"सर! मैं यूनिवर्सिटी में फर्स्ट थी, मुझे जानबूझकर दूसरे नम्बर पर किया गया है।"

"कैसे?"

"देखिये तीसरे पर्चे में ही मेरे नम्बर कम हैं, कम किये गये हैं। इस पर्चे को जांचने वाला बाहर का परीक्षक नहीं, मेरे हैड डॉ. कौशिक ही हैं। वे पहले ही करुणा से कह चुके थे कि यूनिवर्सिटी टौप वही करेगी।"

"क्या करुणा उनकी रिश्तेदार है?"

"नहीं...पर वह रईस परिवार की है और हमारे हैड के बारे में आप किसी से पूछ लीजिये। वे पैसे लेते हैं।"

"तुमने नहीं दिये?"

"मैं कहां से देती...पति की यही मेहरबानी काफी कि उन्होंने मुझे पढ़ने भेज दिया। हमारे यहां पैसे हैं कहां..."

प्रेमप्रकाश ने मार्कशीट को फिर से देखा। सचमुच जिस विद्यार्थी को हर पर्चे में सत्तर प्रतिशत से ऊपर अंक मिल रहे हों वह एक पर्चे में 37 प्रतिशत पर कैसे अटक सकता है? उसके साथ ऐसा ही हुआ था। उन्हें उससे फिर गहरी सहानुभूति हो आई—कैसा लगता होगा उसे कि हर क्षेत्र में उसके साथ बेइन्साफी होती है—घर में, बाहर भी।

"चलो कोई बात नहीं। ये न्म्बर भी कम नहीं हैं।"

"नम्बर की बात नहीं. मुझे गोल्ड मैडिल नहीं मिलेगा। हाईस्कूल में मैंने टौप किया था मेरे नाम गोल्ड मैडिल घोषित हुआ। पूछा गया कि मैं गोल्ड मैडिल चाहूंगी या कैश...मां ने कैश लिखवा कर भेज दिया। मेरी बड़ी इच्छा थी कि मैं मंच पर जाकर गोल्ड मैडिल लूँ...लेकिन उसके बदले रूपये घर भेज दिय गये। गोल्ड मैडिल मुझे तब भी नहीं मिला...इस बार भी नहीं। मैं जो चाहती हूं, कभी नहीं मिलता..."

उसकी आंखों में आँसू छलछला आये, गिरने को हुए तो उसने दुपट्टे से पोंछ लिये। कुछ पलों पहले जो इतना चहक रही थी, वह इतनी जल्दी रूआँसा हो गयी। उजला चेहरा मुर्झा गया था...वह खुद को संभाल रही थी, बहादुर बनने की कोशिश कर रही थी। उसमें इतनी जल्दी-जल्दी परिवर्तन कैसे आते हैं...प्रेमप्रकाश सोच रहे थे...या कि भीतर उदासी की चट्टान है जिसे थोड़ी देर के लिए चहक या खुशी की बदली आकर ढाँप लेती है, बदली उड़ी नहीं कि चट्टान फिर ऊपर, अपना आकार फैलाती हुई, उसे और दबाती हुई।

उसकी उदासी देखकर प्रेमप्रकाश व्यग्र हो उठे। इस वक्त वह अकेली उनके कमरे में होती तो वे उसे हल्के से चिपकाकर थपथपाना चाहते। वे क्या करें...? उन्होंने

उसकी आँखों में झाँकने की कोशिश की कि शायद उस रोज अपने पति की अंतरंग बात को लेकर जो उसने उन्हें अपना राज़दार बनाया था, उसका कोई अवशेष वहां हो। वहां वैसा कुछ नहीं था।

वह माँ और प्रेमप्रकाश की पत्नी के साथ आँगन में जा बैठी। प्रेमप्रकाश वापस अपने कमरे लौट आये, थोड़ी देर बाद बाहर निकले तो देखा तीनों महिलाओं में महिलाओं वाली बातें चल रही है। उन्होंने सुनने की कोशिश की...बीच-बीच में वह बुदबुदाती-सी थी...शायद बिना किसी के पूछे यों ही या कि कोई प्रसंग उस तरह का चल रहा था–'उसके घर में बड़ा पंडिताऊ माहौल है, जो उसे पसन्द नहीं। उसे भी पूजा-पाठ में बैठने में मजबूर किया जाता है...घंटो बरबाद होते हैं, लिखना-पढ़ना कितना मुश्किल होता है, वह सिर्फ़ चार घंटे सोती है...' वह ऐसा कुछ कह रही थी।

उसके भीतर बहुत कुछ है जो बाहर आना चाहता है। क्या वह यह भी नहीं देखती कि किससे कहना चाहिए, किससे नहीं। माँ और पत्नी से उसकी आत्मीयता ही कितनी है क्यों कह रही है उनसे वह सब? कोई नहीं है तो शायद वह जो मिले उससे कह डालती है–इसी तरह खुद को हल्का कर लेती है। हो सकता है उस वक्त वह माँ और पत्नी से नहीं कह रही, मुझसे कह रही है इसलिए वह आँगन में बैठी है और मैं अपनी स्टडी में। स्टडी का दरवाज़ा खुला है, मुझ तक आवाज़ पहुँच जाये। वह इतना तेज़ी से बोल रही है, जैसे कह रही हो-सुनो, तुम नहीं सुन रहे, फिर भी सुनो।

जाते वक्त वह प्रेमप्रकाश की स्टडी में खुलक आयी–

"नमस्ते सर! मैं जा रही हूं।"

"सुनो, इधर आओ..."

वह उनकी मेज़ के पास आ गयी। उन्होंने धीरे से कहा–

"सुनो...कल शाम चार बजे तुम मुझे झील के पार्क में मिलना...छोटी झील वाले पार्क के गेट पर...मुझे तुमसे कुछ बातें करना है...मैं मेन गेट पर खड़ा रहूँगा...पाँच-दस मिनट इधर-उधर हो सकते हैं...पर मिलूंगा वहीं...गेट पर...पार्क बड़ा है, इसलिए वहीं ..."

"आप खो भी गये तो मैं ढूँढ़ लूँगी"..."उसने उतने ही धीमे से कहा। उसकी आँखों में चमक थी जिसने मैडिल न मिलने की उदासी या उसके घर की विपरीत परिस्थिति के विषाद को दाब दिया था। खिली हुई चमक थी वह...और जैसे वह स्वयं भी उसे देख रही थी। उसे कोई छीन न ले...इसलिए फौरन और तेज़ी से बाहर चली गयी...जैसे कोई बच्चा अपनी पसंद की मिठाई मुट्ठी में दबाकर भागता है।

•••

"मुझे ऐसा लगा जैसे तुम मुझसे कुछ कहना चाहती हो, जिसे कहने का समय और एकांत तुम्हें मिल नहीं पाता।" पार्क में प्रेमप्रकाश ने उससे कहा।

वह उनकी तरफ़ कुछ टटोलती हुई देखने लगी...जैसे सोच रही हो—'क्या वाकई?' या वे नज़रें जैसे उन्हें तौल रही थीं...

"तुमने कुछ कहा नहीं।"

"नहीं...ऐसा कुछ खास तो नहीं।"

"उस दिन तुमने फोन पर अपने पति के व्यवहार के बारे में मुझे कितना कुछ बता डाला।"

"बाद में मुझे खुद ताज्जुब हुआ अपने व्यवहार पर, शर्म भी आई।"

"किसी और को भी बताई वे बातें?"

"क्या वैसी बातें सब को बतायी जा सकती हैं?"

"नहीं, अपनी किसी अन्तरंग सहेली...या मित्र..."

"मेरे पास ऐसा कोई नहीं है।"

"पहले कभी किसी से की ऐसी बातें?"

"नहीं।"

"तो मुझसे ही क्यों?"

"पता नहीं...सोचा नहीं कहने के पहले। सोच लेती, तो न कहती। शायद उस दिन मन पर दबाव बहुत ज्यादा था। आपको खराब लगा?"

"नहीं...कह डाला करो, कह डालना चाहिए। मुझे लगता है कि बाहर तुम जितनी खुश घूमती हो, भीतर उतनी ही उदास हो...बाहर जितनी उन्मुक्त, भीतर उतनी ही दबी-दबी। घुटन में रहती हो।

उसकी आँखें छलछला आयीं। प्रेमप्रकाश ने अपनी तरफ़ के उसके कन्धे को थपथपाया।

"तुम्हें एक दोस्त चाहिए। जब तक कोई नहीं बनता मुझे ही अपना दोस्त समझो।"

हल्की भीगी आँखों से वह फिर प्रेमप्रकाश की तरफ़ उसी तरह देखने लगी...जैसे उन्हें टटोल रही हो, तौल रही हो, फिर सामने के मंझौले कद वाले एक पुराने झाड़ को देखने लगी। पतली डालियों वाला, गोल-गोल काटा गया...तराशा हुआ वह एक आदमकद झाड़ था, तारों में कैद...समय-समय पर इधर-उधर से काटते-छांटते हुए जिसे एक आनुपातिक गोलाई में ढाल दिया गया था। झाड़ की पत्तियों पर धूल थी जिसके कारण एक बासीपन उससे उठता था। एक चिड़िया डगालों के भीतर ऊपर-नीचे, इधर-उधर चींचीं करते हुए हो रही थी।

"कुछ बोल नहीं रही।" प्रेमप्रकाश ने फिर कुरेदा।

"आपके पास बैठना अच्छा लगता है।" सामने देखते हुए ही उसने कहा।

"पर तुम तो मुझे देख भी नहीं रही।"

"उससे क्या फर्क पड़ता है, आप हैं तो...

उनके बीच थोड़ी देर खामोशी रही। प्रेमप्रकाश ने उसे फिर और नहीं कुरेदा... कोई मशीन थोड़े ही है आदमी कि बटन दबाया और चालू। उन्हें लगा जैसे वह अपनी उम्र से बड़ी हो गयी है...गहरी। जो क्षण सामने से गुज़र रहे थे, उन्हें पकड़ रही थी... जैसे वे बड़े कीमती थे, उस कालखंड को जी रही थी।

"मुझे विश्वास नहीं हो रहा कि इस समय आपके पास इस पार्क में बैठी हूँ।"

"क्यों...? इसमें क्या खास बात है... घर में बात करने लायक एकान्त नहीं था तो यहां चले आये। सब आते हैं।"

"हां... पर हर को आप नहीं नसीब।"

"सब मेरे लिए ऐसी ही बड़ी-बड़ी बातें बोलने लगते हैं, तुम भी बोल रही हो।"

"उस वज़ह से नहीं कि आप प्रसिद्ध आदमी हैं, बड़े आदमी हैं। इसलिए कि आपमें करुणा है। कोई मेरे लिए कभी ठिठका नहीं... सब सोचते हैं कि नारी है, पत्नी है, तो दुःख मेरे जीवन का हिस्सा होगा ही। उस दिन मैं भड़भड़ा गयी थी, आपसे पता नहीं क्या-क्या कह बैठी... मुझे ठीक से याद भी नहीं... और आप इतने दुःखी हो गये कि अब तक याद रखे हैं?"

"वह क्या तुम्हारी कोई ऐसी तकलीफ़ थी जो अप्रत्याशित आई और चली गई, फिर नहीं आने वाली... अस्थायी-सी कोई चीज़..."

"नहीं, वैसी तो नहीं। वह अपनी जगह है और फिर फिर आती है। कभी किसी से कह नहीं पायी, आपसे पता नहीं कैसे कह गयी। मेरी बुनियादी तकलीफ़ है ऐसे वातावरण में होना जो मेरे मन के बिल्कुल खिलाफ़ है—पूजा-पाठ का वातावरण। जब ईश्वर ने मुझे कुछ नहीं दिया तो मेरी श्रद्धा उसमें कैसे हो,...और जब श्रद्धा न हो तो आप पूजा-पाठ में क्यों शरीक हों। मुझे मंदिर की पूजा-पाठ में शरीक होना पड़ता है क्योंकि में गुरुआइन हूँ... इन्होंने दीक्षा ली, साथ में मुझे भी दिला दी तो हर पूजा में इनके साथ मुझे बैठना पड़ता है। बड़ी उम्र के लोग मेरे पैर छूते हैं क्योंकि मैं गुरुआइन हूँ... जबकि मेरे भीतर श्रद्धा नहीं है। बाहर यह बात जाहिर होती है तो गुरुजी यानि की मेरे पति की प्रतिष्ठा को धक्का लगता है—यह कैसा पूजापाठ करने वाला जिसकी पूजा का असर उसके घर में ही नहीं, वह कैसी दीक्षा जो उसकी पत्नी को ही संस्कारित नहीं कर पायी। मुझे लगता है कि मैं न केवल इस स्वांग में शामिल हो रही हूं...उन लोगों के साथ धोखा कर रही हूँ जो विनत भाव से पूजापाठ में आते हैं।"

उसके चेहरे पर वेदना की एक छोटी आर्क-सी उछल आयी थी।

"इसका हल तो बहुत आसान है। तुम मत बैठो पूजापाठ में...साफ कह दो कि तुम्हारा मन नहीं लगता उसमें।"

"मैं क्या यह कह सकती हूँ? हमारे समाज में स्त्री की क्या स्थिति है—आप नहीं जानते।"

"जानता हूं।"

"नहीं जानते आप। आपने पढ़ा है, सुना है, आप उस पर लिख सकते हैं, बोल सकते हैं। महसूस आप नहीं कर सकते जब तक कि उस विशेष समाज में, विशेष वर्ग की स्त्री आप स्वयं न हों। मेरे घर में जो तीन लोग हैं—मेरे पति, सास, ससुर, तीनों यों हैं अलग-अलग तरह के, लेकिन एक चीज़ तीनों में सामान्य है—बहू पर अधिकार मानना, उसे प्रतारणा देना। उनके लिए यह इतनी स्वाभाविक बात है कि उसे वह प्रतारणा ही नहीं मानते। तीनों यह मानते हैं कि बहू का अलग कोई अस्तित्व होता ही नहीं, नहीं होना चाहिए, वह तो सिर्फ़ बहू है। तीनों के प्रतारणा देने के तरीक़े अलग हैं—ससुर—कोई भी कहेगा एक साधु पुरुष—वे मुझे सीधे कुछ न कहेंगे, लेकिन लू के थपेड़ों की मार देंगे। आते आते भुनभुनायेंगे—इस घर में तो रिटायर्ड और बूढ़ों से काम कराया जाता है, सुबह से खटो तब दो रोटियाँ खाने को मिलती हैं, मेरी माँ सुबह चार बजे उठ जाती थी, आज की बहूएं दोपहर तक सोती हैं...या ऐसा ही कुछ। सास सीधा वार करती है—माथे पर भृकुटियां चढ़ा तरेरकर देखती हुई, कर्कश आवाज़—'जानती है कि उंगली दबी है इसलिए कैंची की तरह जबान चलाती है, वर्ना काटकर रख देती, हम सवेरे उठकर सास-ससुर के पैर छूते थे और यह ऐसे मुंह बनाकर निकल जाती है जैसे हम कीड़े-मकौड़े हों, हमारे कारण राज कर रही है, मेरा आदमी अपनी पेंशन घर में लगाता है, यह बड़ा मकान जिसमें तू महारानी बनी बैठी है यह किसका बनवाया है...मेरे आदमी का।' ऐसी ही बातें...हर दूसरे रोज। और पति...मैं कैद में रहूं, घर में बाइयों की तरह काम करूँ इसके लिए सारी जुगाड़ करता रहेगा—'तू वहां जाना चाहती है...सोच ले, मां-बाप क्या कहेंगे।' मैं उनके स्वामीजी वाले मोटे-मोटे लम्बे चौड़े...अधोवस्त्र, कुर्ता, उत्तरीय...उन्हें भी धोती हूँ, प्रेस करती हूं। उसे यह नहीं लगता कि अगर एक वाशिंग मशीन ले ली जाय तो उसकी पत्नी को कितना आराम मिल जायेगा, कहेगा कि जब ऊपर का कमरा बनवाने के लिए पिताजी ने अपने खाते से पैसे निकलवाये थे, हमने कहा था कि हमारे पास नहीं हैं...अब वे क्या सोचेंगे, कहां से आ गये पैसे...तू सोच ले' जो पति के काम हैं, उनके लिए भी मुझे आगे कर देगा—'तू चली जा, उन लोगों से जाकाकर बात कर।' तीखी से तीखी बात करेगा, कभी-कभी हाथ भी चला देगा...और पांच मिनट बाद सीढ़ी पर खड़े होकर शू शू...

करेगा, सीटी बजाकर मेरा ध्यान खींचेगा, हाथ को झटकायेगा कि भूल जा, भूल जा...इतना आसान होता है क्या। इतनी जल्दी भूला जा सकता है क्या? कोई भी उसकी पत्नी से भद्दा मज़ाक कर दे, पत्नी की सुरक्षा की ज़रा चिंता नहीं...उसे सिर्फ पति के अधिकार चाहिए। कुछ बोलो तो कहेंगा—गलती की मैंने तुझे पढ़ाकर। यह सही है कि मैं अगर पढ़ सकी तो विवाह के बाद ही और उसके पैसे लगे...लेकिन बात-बात में यह सुनाना? पढ़ाई के बीच ही उन्हें बच्चा चाहिए था—सास गुर्राती हम क्या यों ही हाथ पर हाथ धरे बैठे रहें, बेटे की शादी से हमें क्या मिला, हमें भी तो खेलने को खिलौना चाहिए... उनके तानों से आजिज़ आकर मैंने पढ़ाई के दौरान बच्चा किया, रात-रात भर सोती नहीं थी, उन दिनों। उस सबसे क्या हासिल हुआ। आज सब मुझसे असंतुष्ट हैं। तीनों की शिकायत है कि मैं मंदिर में नहीं बैठती, वहां का झाड़ू-पोंछा नहीं करती, पंडित जी के ग्राहक बनाने के लिए आसामियों को आकर्षित नहीं करती, महावर लगाकर औरतों के पास नहीं बैठती...लाल कपड़े पहन गुरुआइन बन पूरे समय मंदिर में नहीं रहती!"

जो अपने में खोयी जैसी, अपने आपसे ही बुदबुदाती बोलती चली गयी थी, वहां आकर थम गयी। उसके चेहरे पर भीतर दबा आक्रोश उछल आया था, चेहरा लाल हो आया था। प्रेमप्रकाश न होते तो शायद वह खखार कर थूकती...वहीं।

प्रेमप्रकाश के भीतर बैठा समाजशास्त्री विश्लेषण करने लगा—वह एक पिछड़े प्रान्त के एक कस्बे में मध्यवर्गीय परिवार की है, जहां कल तक औरतें अशिक्षित ही होती थीं। वह भी थी ही...वह तो नये समय की नयी रोशनी कहिये कि विवाह के बाद उसे अपना कम पढ़ा होना खटका, उसके भीतर पढ़ने की लौ उठी। पैदाइशी कुशाग्र बुद्धि थी, मेहनती थी...तो पढ़ गयी...लेकिन वहां बहू की परिकल्पना तो अब भी पारम्परिक है—सबकी सेवा करने वाली दासी। उसने अगर गलती से अपने अस्तित्व, अपने बारे में सोच लिया तो पतिता हो गयी। दुर्भाग्य से भारत में चाहे समय जितना आगे आ गया हो, आर्थिक प्रगति चाहे जितनी हो गयी...कस्बाई मध्यवर्ग की मानसिकता अगर बदलाव की तरफ़ जा रही है तो रेंग-रेंग कर ही। वह अपने बारे में सवाल करने लगी थी...जैसे बच्चा भाषा सीखने की उम्र में पहुँच जाता है, एकाएक...और समाज था जो विकास की उस स्वाभाविक प्रक्रिया को आंखें दिखाता...इस लड़की की ये हिम्मत! उस घर में रहते हुए तो यह लड़की पागल हो जायेगी।

"तुम्हें घर के बाहर निकलना चाहिए, नौकरी करना चाहिए।"

वह कुछ नहीं बोली। प्रेमप्रकाश ही अपनी बात पर सहम गये। अपने देश में क्या नौकरी इतनी आसानी से मिलती है! अगर कोई व्यक्ति नौकरी मिल जाने से ही मरने

से बच जाने वाला हो...तब भी न मिले...पर क्यों नहीं मिलती...

उनके भीतर कोई चीख रहा था, पर वह खामोश बैठी सामने देख रही थी—वही तारों में फँसा लताओं के बड़े गुच्छे जैसा मंझौला झाड़, पत्तों पर धूल की पर्त। भीतर उचकती कूदती, कुछ खोजती चिड़िया अब वहां नहीं थी। थोड़ी दूर पर सैर के लिए बनी ईंटों की पंगडंडी पर इक्का-दुक्का लोग चल रहे थे...रुक रुककर।

"आपको यह शहर अच्छा लगता है?" कुछ देर बाद वह बोली, उसने विषय बदला था।

"इसे शहर कहेंगे या बड़ा कस्बा?"

"जो भी...बस्ती कह लीजिये।"

"बस्तियों का क्या...कुल मिलाकर एक सी होती हैं सब जगह प्रदूषण है, सब जगह मच्छर हैं, सब जगह पौलीथीन की गन्दी थैलियाँ इधर से उधर उड़ती हुई, हर जगह पानी खराब। उस बस्ती में आप खुद को किस तरह बिठाते हैं...इस पर निर्भर करता है।"

"आपने खुद को किस तरह बिठाया है?"

"समझो एक पेड़ के नीचे अपना काम लेकर बैठ गया हूं।"

"क्या काम के अलावा कुछ और नहीं होता जिंदगी में?"

"क्यों नहीं...पर सोचने की बात है कि आप जिंदगी के जिस मुकाम पर हैं वहां क्या महत्वपूर्ण है आपके लिए। इस मुकाम पर मेरे लिए काम है।"

"मुझ जैसों के लिए क्या महत्वपूर्ण हो...जिनकी जिन्दगी में कोई मुकाम ही नहीं आना, सदा ऐसा ही रहने वाला है।"

"ऐसा नहीं है। देखो जीवन तो तुम्हारा भी आगे जा ही रहा है...विवाह के पहले क्या था, बाद में क्या हुआ...फिर पढ़ाई के पहले, पढ़ाई के बाद...बच्चा होने के पहले, उसके बाद...फिर अभी तो एक ही बच्चा है, दो तीन बच्चे होने के बाद तुम कुछ और होगी...हर मुकाम पर तुम्हारे काम अलग-अलग होंगे।

"अभी क्या काम होना चाहिए?"

"अभी तुम पढ़कर बाहर निकल रही हो। शिक्षा ने तुममें स्वयं को पहचानने की उत्सुकता जगाई है। तुम कर भी रही हो वह...अपने को पहचानने की कोशिश, तुम्हें जीवन से क्या चाहिए—यह जानने की कोशिश।"

"जहां हर चीज़ परिस्थितियों द्वारा तय किया जाना हो, वहां ऐसी कोशिशें कोई मतलब नहीं रखती। मैं कोई कोशिश नहीं कर रही।"

"उस तरह सायास थोड़ा होंगी ये कोशिशें। शिक्षा तुम्हारे चाहे-अनचाहे, तुम्हारे अवचेतन से यह कराती रहेगी।"

"फिलहाल तो मुझे शिक्षा का एक ही फायदा दिख रहा है...घर से बाहर थोड़ा देख पा रही हूं, आप जैसों से मिल पा रही हूं। आप क्या सोचते हैं—मेरी जैसी परिस्थितियों में भी क्या आदमी जीवन से अपेक्षाएं रख सकता है।"

"बहुत। पर यह सब तो तुम तय करोगी...समय चलते-चलते यह होता चलेगा। परिस्थितियां कभी इतनी शक्तिशाली नहीं होतीं कि संभावनाओं के लिए कोई रास्ता ही न बचे...चलें अब?"

"जी"...

"तुम जब चाहो मेरे पास आ सकती हो या मुझे कहीं बुला सकती हो। जो चाहे मुझसे कह सकती हो—यह विश्वास रखो। अकेला मत महसूस करो। निराश नहीं हुआ करो।"

प्रेमप्रकाश ने उसके सिर पर हाथ रखा। उसके बाल बहुत घने, काले और चमकदार थे। उनके नीचे चेहरे का मुर्झाया हुआ गोरा रंग। हाथ चेहरे से ज्यादा गोरे और पैर हाथों से भी ज्यादा गोरे...उसका असली रंग उजला था, भले ही स्याह से आच्छादित।

दोनों उठ खड़े हुए। उसकी आँखों में हल्की चमक थी। वह प्रेमप्रकाश के साथ बराबरी से चल रही थी। चलते हुए उसे बहुत भरा-भरा लग रहा था।

•••

लाल कपड़ों से उसे घिन छूटती थी। पति के कपड़े हटाये...इसके पहले जो वे उसके जिस्म से चिपके हुए हैं...एक बड़ा झूठ जो वह अपने जीव से चिपकाये हुए हैं—उन्हें उतार फेंके। मन में यह बात पक्की हुई तो उसने शाम की आरती, जिसमें उसकी उपस्थिति रोज की थी...उसमें जाना बन्द कर दिया, एकाएक। अनुपस्थिति पहले दिन ही दर्ज कर ली गयी। रात की पूजा से निवृत्त हो युवागुरु ने घर के हिस्से में कदम रखते ही पूछताछ शुरू कर दी—

"आरती में नहीं पहुंची, तबीयत तो ठीक है?"

"हां ठीक है।"

"तो क्यों नहीं आयी?"

नहीं आयी, आगे भी नहीं जाया करूंगी। मन नहीं करता।" युवागुरु उसमें इस यकायक परिवर्तन से भीतर-भीतर बौखला उठा...खुद पर काबू रखते हुए उसने संयत भाव से पूछा—

"क्यों नहीं करता मैं भी तो जानूं।"

"जब मन में श्रद्धा न हो तो यह सब दिखावा है। लोगों को छलना है।"

"कौन छल रहा है, किसमें नहीं है श्रद्धा...मुझमें या तुझमें?"

"मुझमें...मैं अपनी बात कर रही हूं।"

"पूजा-पाठ रोज करने, उसमें रोज-रोज सम्मिलित होने से श्रद्धा बनती है। जैसा श्रद्धाभाव चाहती है...आ जायेगा। पूजा-पाठ चलते रहना चाहिए।"

"नहीं, मैं सोचती हूं कि श्रद्धा हो तभी पूजा-पाठ का कोई मततब है।"

"अच्छा! सोचने भी लगी तू...पढ़-लिख गयी है न!"

वह कुछ नहीं बोली तो युवागुरु ने ही जारी रखा।

"पर तूने यह नहीं सोचा कि तुझे आरती में न देखकर लोग क्या सोचेंगे। उन्हें कैसा लगेगा।"

"जिन लोगों से मुझे कोई मतलब नहीं, उन्हें कैसा लगेगा—मुझे इस बात से क्या मतलब। उन्हें कैसा लगता है—मैं यह देखूं कि यह कि मुझे कैसा लगता है। और मैं कोई इतनी बड़ी हस्ती नहीं हूं कि लोग मुझे ढूंढ़ेंगे...मैं वहां नहीं दिखी तो। धीरे-धीरे सब अभ्यस्त हो जायेंगे, मेरे न होने के भी।"

"पूजा जो अधूरी होगी वह...?"

"आप हैं तो विधिविधान से कराने वाले। आप हैं तो पूजा पूर्ण ही होगी।"

"हम पति-पत्नी साथ पूजा करते आये हैं।"

"मुझमें अगर आप की बराबरी की श्रद्धा नहीं है, तो मेरा पूजा में शामिल होना ही उसे अपूर्ण बना देगा।"

"तुझे क्या मेरे साथ पूजा में बैठने में शर्म आती है।"

"मैं पत्नी हूं--इसमें शर्म की क्या बात, पर मैं गुरुआइन हूं—उससे शर्म आती है, क्योंकि मैं उसके लायक नहीं।"

"तो तू किसी पूजा में मेरे साथ नहीं बैठेगी?"

"घर की पूजा में बैठूंगी...जैसे हर पत्नी बैठती है। मंदिर की पूजा में नहीं, जहां मुझे गुरुआइन होकर बैठना होता है।"

"हम दोनों ने एक ही गुरु से दीक्षा ली थी...साथ पूजा नहीं करेंगे तो दीक्षा का क्या होगा...तुझे पाप लगेगा।"

“मुझे लगेगा न...आपको तो नहीं। आप निभाइये दीक्षा की शर्तें, मुझसे नहीं होता।”

“क्यों नहीं होता...अब तक कैसे होता था, एकाएक क्या हो गया?”

“एकाएक कुछ नहीं हुआ। मेरे मन में द्वन्द सालों से था। सोचती थी कि मुझमें श्रद्धा जाग जायेगी। वह नहीं हुआ।”

“पर अभी...एकाएक अभी क्या होगा गया?”

“मैंने कहा एकाएक कुछ नहीं है...सालों सोचने के बाद मैंने यह निर्णय किया।”

“पर निर्णय अभी ही क्यों हुआ...पहले या बाद में क्यों नहीं हुआ।”

“हर चीज़ का समय होता है, समय जहां आया तो हो गया। मुझे क्या मालूम अभी क्यों हुआ।”

“गुरुजी को पता चलेगा तो वे क्या कहेंगे?”

“क्या कहेंगे...सोच लेंगे कि इससे दीक्षा का अनुशासन नहीं निभा। वैसे गुरुजी को मेरे बारे में सोचने के अलावा बहुत से काम हैं।”

“तू धर्मच्युत हो जायेगी।”

“मैं होऊंगी न...आप तो नहीं।”

“तू बड़ा अलग-अलग सोचने लगी।”

“मैं पत्नी हूं...पर एक अलग जीव भी तो हूं। क्या आप हमेशा मेरे जैसा ही सोचते हैं? तो मुझसे ही वह उम्मीद क्यों...

“देखता हूं, तेरे पर उग रहे हैं।”

नाराजी-भरी कुटिलता से युवागुरु ने कहा और अपना ध्यान दूसरी तरफ़ करने के लिए टी.वी. के सामने जा बैठा।

•••

उस दिन वह बिन बताये प्रेमप्रकाश के घर चली आयी। पहले वह मां और पत्नी के पास गयी पर उनके पास ज्यादा देर नहीं ठहरी। औपचारिकता पूरी कर वह जल्दी ही प्रेमप्रकाश की स्टडी में आ गयी। प्रवेश करते हुए उसने थोड़ा ज़ोर का ‘नमस्ते सर’

किया। जवाब देना भूल वे उसकी चमकती आंखों को देखते रह गये। वह पास पड़ी कुर्सी पर बैठ गयी।

"बच्चे को लेने स्कूल जा रही थी...थोड़ा समय था सोचा इधर होती चलूं।"

"अच्छा किया...और कैसी हो?"

"जैसी दिखती हूं।"

"मुझे तो अच्छी दिख रही हो...

उसने सफेद चूड़ीदार पायजामा और लाल रंग का आधी बाहों वाला कुर्ता पहन रखा था। कुर्ते के गले और बाहों के सिरों पर चमकती कारीगरी थी। कुर्ता छोटा... चुस्त-चुस्त था, शायद काफी पहले का था... जब वह इन्टर में पढ़ती होगी...उस पर फब रहा था। दुपट्टे के नीचे उसकी बाहों का ऊपरी हिस्सा झलक रहा था, कोहनी के ऊपर गोरी मांसलता—न ज्यादा, न कम...आनुपातिक—जो कुर्ते के चुस्त फंसाव के नीचे गोल-गोल उतरती थी और फिर कोहनी के नीचे की गोरी चिकनाहट में मिल जाती थी। दुपट्टे का लाल रंग, और चमकती सफेद कारीगरी बाहों पर एक अनोखा सुनहरापन बिखेर रहे थे।

"क्या कुछ नया लिख रहे हैं?"

"लिखना न भी हो रहा हो तो कुछ-न-कुछ तो चलता रहता है...पुराना छूटा कुछ...आगे का अस्पष्ट-सा कुछ जो शायद आकार ले कभी, शायद न भी ले...इनकी छाया पड़ती रहती है...हमारे सोच पर, हमारे व्यक्तित्व पर, जो लिखा जा रहा है उस पर...तुम्हें नहीं लगता?"

"मैं क्या बताऊँ...लेखक होती तो शायद कुछ कह सकती।"

"लेकिन मुनष्य तो हो, जीवन तो तुम्हारा भी है, सोचने में शायद हम सभी के साथ ऐसा होता रहता है, हम प्रोफेशनल लोगों के साथ थोड़ा ज्यादा गहराई से हो लेता है...और क्या!"

वह खुद को टटोलने लगी। प्रेमप्रकाश आगे की बात ज्यादा करते हैं। उसके अपने जीवन में आगे क्या है...वे बिन्दु कौन हैं जो दूर टिमटिमाते हैं...हैं भी क्या कोई! वह अतीत के बोझ से झुकी रहती है, वर्तमान से जरूरत से ज्यादा आक्रांत है...भविष्य कहीं से नहीं झलकता...शायद है ही नहीं।

"गहराई से ही तो फर्क आ जाता है। कितने लोग तो कुछ सोचते ही नहीं...पढ़े लिखे लोग भी...बस खाना-पीना मस्ती करना। मुझे ऐसे लोगों से बड़ी ईर्ष्या होती है। मुझ जैसों को जीवन मजबूर करता है सोचने के लिए...पर हम लगातार और स्पष्ट नहीं सोच पाते। बीच कहीं छोड़ देते हैं, क्योंकि सोचने से अपने जीवन में कोई फर्क कहीं आ पा रहा है...ऐसा नहीं दिखता। आप लोग लगे रहते हैं...इसलिए स्पष्टता की ओर बढ़ भी पाते हैं।"

"मुझे तो लगता है मैं काफी कन्फ्यूज्ड हूं।"

"अपने भीतर होंगे, बाहर स्पष्ट हैं।"

"अच्छा? तुम्हें कैसे मालूम?"

"आपके बोलने से। आप बोले भी नहीं, तो आपकी उपस्थिति, व्यक्तित्व...बोलते हैं, स्पन्दन उठते हैं..."

"मेरी पत्नी को तो उल्टे...दिन में दस बार कोसती है वह अपने भाग्य को–ईश्वर कभी किसी को लेखक की पत्नी न बनाये।"

प्रेमप्रकाश हंसे।

"वृक्ष की खुशबू उस तक नहीं पहुंचती जो उसके नीचे चारपाई डालकर पड़ा हुआ है। जो उधर से गुज़रता है उसे तत्काल महसूस होती है।"

"अच्छा-अच्छा बस...यह बताओ वहां सब ठीक चल रहा है न?

"कहां?"

"घर में..."

"हां...ठीक है, जितना हो सकता है...

वह उठ गयी, जैसे घर के प्रसंग में उसे कतई दिलचस्पी नहीं थी। शैल्फ पर किताबों को देखती रही। उसके बाद एकदम दूसरी तरफ़ उस अल्मारी की तरफ़ बढ़ गयी जहां सजावट की चीज़ें, प्रेमप्रकाश को मिले पुरस्कार-सम्मान, मेडल्स आदि रखे हुए थे। यह घर का एकदम बाहरी हिस्से था, जहां से सीधे बरामदा और बाहर... प्रेमप्रकाश की स्टडी को छोड़कर घर के बाकी हिस्से की आड़ में पड़ता था। वह अल्मारी की चीज़ों को आगे झुक-झुक कर देख रही थी, बीच-बीच में मेडलों, ताम्रपत्रों पर लिखा हुआ पढ़ने लग जाती।

चुस्त कपड़ों में पीछे उछली हुई थी उसकी देहयष्टि...छरहरी, जैसे एकदम तराशी हुई-कमर पतली...नितम्ब पीछे की तरफ़ उठे हुए, टांगें जो नीचे क्रमशः पतली होती गयीं थीं...उजली एड़ी भी, चूड़ीदार पायजामे के नीचे कभी-कभी झलकती हुई...

प्रेमप्रकाश की निगाहें वापस ऊपरी हिस्से की तरफ़ उठ गयीं...वहां जहां खुला था–चिकनी गोरी बाहें...दोनों तरफ़ लाल कुर्ते में बंधी मांसल गोलाई जो सुनहरी होती हुइ नीचे उतरती थी...पीछे से और भरी-भरी...और गोल...और गोरी...

"आपको कितने मेडल्स, कितने सारे सम्मान मिले हैं..." वह अल्मारी में देखते, चहकते हुए कह रही थी।

इधर के दरवाज़े से भीतर एक नज़र डाल कि आसपास कोई नहीं है प्रेमप्रकाश उसकी तरफ़ खिंचते चले गये, पीछे से उससे जा चिपके उसकी बाहों को अपनी हथेलियों में भर, उसके नितम्बों से सट गये, सिर उसकी गर्दन में उतर गया। उसके

बालों की जड़ों से निकलती खुशबू उनके नथुनों में भर रही थी...

उसकी दोनों बाहों पर बारी-बारी से उनके होठ और आंखें फिसलते चले गये। उसे अपनी तरफ़ किया और उसके होठों को चूम लिया...

"ये...ये... क्या करते हैं...एक ताकतवर झटके से उसने प्रेमप्रकाश को करीब-करीब धक्का देते हुए खुद को अलग किया, होठों को कुर्ते के कन्धे वाले हिस्से पर खचोरते हुए चुम्बन को पोंछ डाला और पास के दरवाज़े से बरामदे में निकल गयी...घबराई, विक्षिप्त, थोड़ा क्रोधित भी। उसकी सांस धौंकनी सी चल रही थी।

कुछ क्षणों बाद पीछे-पीछे प्रेमप्रकाश निकले...शर्म से लंगड़ाती चाल। तब तक उसने खुद को संभाल लिया था, चेहरा अलबत्ता अब भी लाल था। एक भरपूर निगाह प्रेमप्रकाश पर डाल...वह लॉन की क्यारियों की तरफ़ बढ़ गयी, पास पड़ा पौधे सींचने वाला पाइप उठा लिया और नल खोल एक बड़े पौधे को पानी देने लगी, पहले नीचे फिर ऊपर पत्तों पर।

प्रेमप्रकाश को पास महसूस कर उसने कहा—

"देखिये, कितनी धूल बिछी है बेचारे पर! क्यारी में पाइप छोड़ देना कि पौधे को नीचे से पानी मिलता रहे—काफी नहीं होता।"

वह दूसरे पौधे पर चली गयी।

"पौधे भी नहाना चाहते हैं। उन्हें जब इस तरह नहलाओ तो कैसे लहलहा उठते हैं। देखिये कैसे मुस्कुरा रहे हैं, बोल नहीं सकते तो क्या..."

प्रेमप्रकाश उसे पौधों में खोया देख रहे थे। वे उसके ठीक पीछे थे, पर खुले में पहुंचकर वह निश्चिन्त हो गयी थी, कुछ पलों पहले की घबराहट...क्रोधे को पीछे फेंककर वह एकाएक पल्टी और धीरे से बोली—

"मुझसे नाराज़ मत होना...मुझे अपने संग रखना।"

उस वक्त जब वह दस सुना सकती थी और शर्मसार प्रेमप्रकाश चुपचाप सुनते रहते। प्रेमप्रकाश को अपनी तमाम बुद्धिमत्ता के बावजूद कुछ समझ में नहीं आ रहा था—न अपना व्यवहार, न वह ही जो फिर पौधों की तरफ मुंह करके नहलाने में लग गयी थी।

"अरे...बेटे के स्कूल छूटने का समय हो गया...मैं जाऊंगी..." एकाएक उसने कहा—"लीजिये बाकी पौधों को मेरी जगह आप नहलाइये।"

उसने पाइप को प्रेमप्रकाश के हाथ में पकड़ाया और दौड़ती हुई चली गयी। बाहर के गेट के खुलने, फिर बंद होने की आवाज़ आई, फिर पाइप से पौधों पर पानी गिरने भर की रह गयी।

•••

कितना फर्क है उस तुम में जो बाहर पहुंचता है और वह तुम जो दरअसल है। बाहर कितना सभ्य, कितना शालीन, कितना चरित्रवान, कितना करुणामय, कितना क्या-क्या कुछ...और असल में? मांस के लिए ललचाता एक भूखा भेड़िया। तुम पिये नहीं थे पर तुम्हारा व्यवहार शत प्रतिशत पियक्कड़ों जैसा था। मांस और मदिरा को यों ही नहीं साथ-साथ रखा जाता। मदिरा पीकर, मांस देखकर ही...आदमी क्या से क्या हो जाता है।

तुम्हारी कुंडली कई ज्योतिषयों से विचरवाई गई थी। अपने-अपने ज्ञान के अनुसार सबने तुम्हारे नक्षत्रविधान में शुक्र की महिमा गायी। जो थोड़ा उदार थे उन्होंने कहा कि शुक्र के कारण तुम्हारे जीवन में प्रेम आरम्भ से अंत तक रहेगा...पर एक जो सिनिक किस्म के थे, बोले—'सौ तरफ़ देखने का मजबूर, हजार खूंटों से बंधी एक बेचारी स्त्री आखिर दे भी क्या सकती है किसी को! वे जैसे बोलने में वैसे जीवन में भी थे, झक्की! उन्होंने कभी विवाह नहीं किया, जैसे कीचड़ से बचकर चलते हैं वैसे औरत से आजन्म बचते रहे। तीसरी कोटि के ज्योतिषी—कह सकते हो—कुछ ज्यादा ही क्रूर थे, पर हो सकता है वे यथार्थपरक रहे हों। उनका कहना था कि तुम्हारा शुक्र नीच का है। तुम्हारे सभी नक्षत्र उन्नति की ओर ले जाने वाले हैं, पर एक यह शुक्र उन सबकी टांगें खींचता है, तुम्हें विमार्ग की ओर ले जाने वाला, अपयश दिलाने वाला। अगर यह न होता तो तुम कहां के कहां पहुंचते। तुम्हें स्त्रियों से कभी छुट्टी न मिलेगी या तुम नहीं लोगे—बात एक ही है।

अजीब आदमी हो तुम। कहते हो कि जब तुम्हारी नियति ही है यह तो तुम कहां से जिम्मेदार हो। नियति जब तुम्हारा स्वभाव बनकर बैठ गयी तो तुम कर ही क्या सकते हो—रही बात ख्याति की तो वह जितनी मिलनी थी, मिल चुकी, तो अब उसके लिए प्रयत्न क्यों किये जायें, खासतौर से ऐसे प्रयत्न जो स्वभाव के विपरीत जाते हों। फिर ख्याति, उन्नति, हमेशा उसी के चक्कर में... क्या यही जीवन में सब कुछ है? स्वभाव के साथ-साथ, उसकी धार की दिशा में क्यों न बहने दिया जाय खुद को! बिगड़ जाते हो तो कहते हो कि जब तुम किसी खास दिशा में बहने की कोशिश नहीं करते, तो रोकने की भी कोशिश क्यों करो?

दलीलों और तर्कों से की गई व्यूहरचना तुम्हें सुरक्षा दे सकती है... पर उसका क्या करोगे जब तुम एक साथ अपनी और दूसरे की भी नज़रों में गिर जाते हो। तुम उसे करुणा देने चले थे...नहीं, उसे दिखा रहे थे, जैसे समाज को अपनी समाज-सेवा दिखाते रहते हो...दिखाना तुम्हारी आदत बन चुकी है। तुम्हें करुणा-अरुणा नहीं थी...तुम्हारी नज़र तो शिकार पर थी...जैसे शेर झाड़ियों में छिपा बैठा रहता है, या कि मगर रेत में पड़ा रहता है निष्प्राण-सा। तुम भी एकाएक झपटे...उसे मौका ही न दो

सोचने का...वह लड़की है, हर दृष्टि से तुमसे हीन, क्या कर सकेगी। भाग ही सकती थी बेचारी!

वह जो तुमसे अपने पति की क्रूरता का रोना रो रही थी, सोचती थी कि तुम फर्क हो...उसे तुम्हारी जरूरत है...उसे तुमसे भी वही मिला—सोचती होगी कि यह आदमी भी वैसे ही चींथने को दौड़ता है! तुम्हें क्या इससे कुछ फर्क नहीं पड़ता कि तुम उसकी नज़रों में इतनी जल्दी गिर गये?

पर चलने के पहले उसने क्यों यह कहा—'नाराज मत होना, मुझे अपने संग रखना'। इसका अभिप्राय? जिस वक्त तुम्हें लताड़ सकती थी, तब...?

•••

प्रेमप्रकाश को बुखार आ गया। वे भीतर-भीतर ग्लानि में घुल रहे थे। उससे खुलकर साफ-साफ माफी नहीं मांग सकते थे, बड़प्पन आड़े आता था, खुद को भी माफ नहीं कर सके थे। ऊपर से गुत्थी जो उसने पकड़ा दी थी—'मुझे अपने संग रखना'! समाजशास्त्र के अपने तमाम ज्ञान और अनुभव के बाद भी वे इस छोटे से जुमले का मतलब न समझ पाते, बार-बार उससे टकराते। उसने 'साथ' शब्द का इस्तेमाल नहीं किया, 'संग' कहा, 'रखना' कहा, रखियेगा नहीं। क्या शब्दों के प्रति वह इतनी सजग है, या उसकी निष्कलुषता ने ये शब्द स्वतः उठा लिये जैसे चिड़िया की चोंच में कूड़ाकचरा के बीच भी दाना आ जाता है! इन शब्दों का क्या कोई आशय था? सायास उठाये गये होते तो शायद न होता, अनायास उसके मुंह में आ गये...तो आशय होगा, भले ही उसे भी पता न हो।

बीमारी का पता उसे चला तो भागी-भागी आयी। प्रेमप्रकाश अपनी स्टडी की चारपाई पर ही लेटे थे। सीधे वहां पहुंच वह उनकी चारपाई में ही बीचों बीच बैठ गई, प्रेमप्रकाश के बहुत करीब और अपनी हथेली उनके माथे पर रख दी...'कैसे आ गया बुखार? सिर दुःखता है...दबा दूं?'

वह भावुकता गड़ती अगर प्रेमप्रकाश उसे न देखते—सचमुच वह भीतर तक आहत थी, आंखों में करुणा, प्रेम। प्रेमप्रकाश ने उसकी हथेली उठायी तो उनके होठ

हथेली के भीतरी हिस्से को स्वतः छू गये। हथेली भीतर नम थी...जैसे उसकी संवेदनशीलता, द्रवता वहां उतर आयी थी। तभी अन्दर से प्रेमप्रकाश की मां और पत्नी आ गये। उनकी निगाहें न प्रेमप्रकाश पर थीं, न उस पर, बल्कि उस जगह पर थी जहां वह बैठी हुई थी—पलंग के बीचोंबीच, जहां से उसका शरीर नहीं तो कपड़े प्रेमप्रकाश को करीब-करीब छूते थे। उनके संस्कारों के अनुसार लड़की की यह निर्लज्जता थी—पर पुरुष के बिस्तर पर इस तरह बैठना! उनकी घूरती आंखों से यह साफ़ था, पर उसने उनकी तरफ़ देखा भी नहीं...वहीं बैठी प्रेमप्रकाश से, उनका हाल, दवाइयां आदि के बारे में पूछती रही। वहां से तभी उठी जब दवा देने के लिए पानी लाने अन्दर जाना था। लौटी तो फिर सामने पड़ी कुर्सी पर बैठी और बीमारी से सम्बन्धित अन्य औपचारिक बातों से खुद को उलझा लिया। एकान्त जब मिला तो प्रेमप्रकाश धीमे से कह गये—

"उस दिन मेरा व्यवहार बहुत खराब था, माफ़ करना..."

"तो यह सब सोचते हुए ही आप बीमार पड़ गये हैं। सोचने को अच्छा कुछ नहीं है क्या?"

"नौकरी के बारे में तुमने क्या सोचा?"

"आप जैसा कहेंगे, पर मुझे अभी पी.एच.डी. करना है।"

"वह भी करो, साथ-साथ नौकरी भी करती जाओ। मेरी नज़र में एक प्रायवेट पत्रकारिता शिक्षण संस्थान है। वहां के सर्वेसर्वा वर्माजी से जाकर मिल लो कल के बाद कभी...मैं आज उनसे बात कर लूंगा।"

"पहले आप ठीक हो जाइये।"

"अरे, उठकर फोन ही तो करना है। तुम्हें अपने घर में पूछना पड़ेगा क्या?"

"वहां कोई इस लायक तो नहीं है कि पूछा जाय पर पहली बार घर से बाहर निकलूंगी तो...?

"हां, पूछ लेना चाहिए।"

"वैसे, तुम्हारा तो मन करता है न?"

"किस बात के लिए?"

"यही नौकरी करने के लिए..."

"आपने कहा, तो मेरे लिए बात खत्म..."

"किसी पर इतनी जल्दी इतना विश्वास जमा लेना गलत है। अभी तुम मुझे जानती तक नहीं। मैं खासा गन्दा आदमी हूं...नमूना देख चुकी हो।"

उसने कुछ नहीं कहा...अन्मनी सी इधर-उधर देखती रही।

"किसी पर भी इतना आश्रित नहीं होना चाहिए।" प्रेमप्रकाश ने आगे कहा—"अपने विवेक से तय करना सीखो।"

"अगर मेरा विवेक आपका कहा मानने को ही कहता हो तो?"

"यह विवेक नहीं, अन्धभक्ति है। तुम्हें स्वयं तय करके निर्णय लेना चाहिए अपनी जिंदगी के बारे में क्योंकि तुम्हीं उसे सबसे ज्यादा समझती हो, खुद को भी।"

"मैं दोनों को ही नहीं समझती...सोचने का अभ्यास ही नहीं हुआ क्योंकि शुरू से ही सोचने के लिए हतोत्साहित किया गया, अब तक। आप पहले आदमी हैं जिसने कहा कि सोचो। मैं फिलहाल पी.एच.डी. करना चाहती हूं।"

"वह तुम नौकरी के साथ-साथ भी कर सकती हो। मैं नौकरी के पक्ष में इसलिए हूं कि तुम्हारे घर का जो दमघोंटू वातावरण है उससे तुम बाहर निकल सकोगी, उससे दूर रह सकोगी पूरा दिन। लेकिन इन लोगों से पहले पूछ लेना चाहिए...उसके बाद ही मैं तुम्हें वर्मा जी के पास भेजूं। कहो तो तुम्हारे पति से मैं बात कर लूं।"

"जैसा आप ठीक समझें।"

"फिर वही...टिका दिया सिर अपना जो भी कहा उस पर।"

"थोड़ा समय तो लगेगा बदलने में।"

"वैसे मेरा उनसे बात कर लेना अच्छा रहेगा। तुम्हारे नौकरी पर जाने को लेकर आगे जो विवाद होंगे तो उसमें मैं गवाह रहूंगा कि पूछ तो लिया था।"

पत्नी और मां आ गये तो उन्होंने बातें फिर बीमारी की तरफ़ मोड़ दीं। पहले की बातें कोई ऐसी तो नहीं थीं जो मां या पत्नी के सामने न की जा सकें पर प्रेमप्रकाश जानते थे कि जिनसे उसका उनकी चारपाई पर यों ही बैठ जाना ही नहीं देखा गया था, उनके सामने वे उसकी नौकरी, उसके पति आदि की बातें कैसे कर सकते थे।

•••

प्रेमप्रकाश ने फोन करके उसके पति से पूछा तो युवागुरु गद्‌गद्, कृतकृत्य और भी बहुत कुछ था। मंदिर वह आती नहीं तो घर के कामों के साथ-साथ अगर कुछ रूपये कमाकर लाये तो क्या बुरा। जैसा गोल-गोल रसगुल्ला-सा उसका चेहरा था, वैसा ही मिठास छलकाता वह बोला...

"बहुत अच्छा रहेगा यह तो...बस आपका आशीर्वाद चाहिए।"

"नौकरी के लिए समय मिलेगा उसे?"

"बिल्कुल। सारा दिन घर में बैठी ही तो रहती है, आपका आशीर्वाद चाहिए।"

प्रेमप्रकाश को वह बात चुभी। वे जानते थे कि वह घर में कितना खटती है।

युवागुरु ने आराम से अपनी जिम्मेदारी प्रेमप्रकाश की तरफ़ सरका दी थी—'बस आपका आशीर्वाद चाहिए।' उन्हें उस व्यक्ति से थोड़ी ईर्ष्या हुई कि कुछ शब्दों के सहारे वह किस मज़े से इत्मीनान में रह लेता था—पत्नी से कहेगा—'देख ले...तू सोच ले...माने किसी भी फैसले की जिम्मेदारी पत्नी पर। भक्त-ग्राहकों से हर बात कर कहेगा...बिल्कुल...बिल्कुल...माने मैं तो तुम्हारी राय की ही पुष्टि कर रहा था और किसी से कुछ मांगना हो तो...'बस आपका आशीर्वाद चाहिए'। जब कभी वह फोन उठाता, और प्रेमप्रकाश पूछते कि वह क्या कर रही है, वह गर्व भरे सन्तोष के साथ कहता—खाना बना रही है! या कपड़े धो रही है...भीतर पत्नी काम कर रही हो, बाहर आदमी बैठा फोन सुने या टी.वी. देखे या बरामदे में मेज़ पर पैर रखे अखबार पढ़े...इससे बढ़िया जिंदगी और होती है कोई!

•••

वह नौकरी पर जाने लगी, लेकिन उसमें कोई बुनियादी बदलाव नहीं आया। आत्मविश्वास कम या ज्यादा नहीं हुआ। प्रेमप्रकाश के लिए कोई अनुग्रहीत होने वाला भाव...वह भी कहीं नहीं था। वह सोचती थी कि जो काम उसे मिला था, उसके लिए वह ज्यादा ही पढ़ी-लिखी है, जितनी मेहनत की अपेक्षा है, उससे ज्यादी ही करती है...तो नौकरी अगर मिली तो मिलना ही थी। जो तनख्वाह मिलती है, वह उससे ज्यादा का वह अपना श्रम और समय देती है। प्रेमप्रकाश से वह मिलती थी...इसलिए नहीं कि उन्होंने नौकरी दिलवाई, उनसे लाभ था...बल्कि इसलिए कि उनके पास बैठना उसे अच्छा लगता था। उनसे हर तरह की बातें कर सकती थी, उन्हें कुछ भी बताने में हिचक नहीं होती थी, उनकी बातें मानने का जी करता था, क्योंकि उन पर विश्वास जमता था। प्रेमप्रकाश ने जब कहा लिपिस्टिक लगाना बन्द कर दो, उससे होठों का

नैसर्गिक रंग जाता रहता है, उसने मान लिया। बाद में सोचती रही–किसके लिए नैसर्गिक रंग? पति को तो वह सिर्फ सहती है, उसे क्यों कुछ अच्छा देना नहीं चाहेगी। प्रेमप्रकाश ने क्या यह अपने लिए कहा पर उन्होंने उस दिन धक्का खाने के बाद कुछ ऐसा-वैसा नहीं किया। एक बार जब शाम को उनके घर कोई नहीं था तब रूकने को कहा था तो उसने खुद को उन्हें बड़ी शलीनता से समझाते हुए पाया–

"देखिये, वह घर जैसा भी है मैं उसकी कुछ हूं,। वहां रहती हूं, यहां से मुझे लौटकर वहीं जाना है, रोज जाना है। पता नहीं कितने दिनों तक वहीं, उन्हीं लोगों के साथ रहना है...तो समाज के कायदों से तो चलना होगा। मैं अंधेरा होने के पहले घर पहुंच जाती हूं।"

"भीतर से तो तुममें विद्रोह है, ऐसी मान्यताओं के खिलाफ़...ससुराल वालों के खिलाफ़?"

घृणा है एक-एक के लिए...लेकिन बाहर किसी की पत्नी, किसी की बहू के रोल्स भी तो अदा करने हैं।"

"मुझे नहीं मालूम यह है तुममें...इस तरह के दो विरोधी रोल्स खेल लेना।"

"नहीं है...मैं भी जानती हूं। एक-एक से जो मेरे रिश्ते हैं...उनके साथ आपसी व्यवहार में मेरी घृणा, विद्रोह झलक भी जाता है...उनसे असलियत नहीं छिपाती हूं। जैसे भी हैं वे रिश्ते उसका सामना उन्हें और मुझे दोनों को करना है, लेकिन बाहर उन लोगों की मानमर्यादा की खातिर मर्यादा में रहती हूं। यह मेरा उपकार है उन पर... उन्होंने जो मुझे पढ़ाया-लिखाया उस ऋण को चुकाती हूं इस तरह। मेरे लिए यह मजबूरी भी हो सकती है क्योंकि और विकल्प नहीं है मेरे पास।"

"मुझे लेकर भी तुम्हारी कोई मजबूरी है क्या?"

"नहीं...आपके पास मैं अपने मन से आती हूं। सच कहूं तो मैं जो भीतर से मृत थी उसे जीवित कर दिया है आपने। आपने सोचना सिखाया है मुझे–अपने बारे में, जीवन के बारे में।

"सीख गयीं?"

"नहीं...शुरू किया है। अब यह प्रक्रिया होती तो है...भले ही मैं कहीं पहुंचूं या नहीं। पहले तो कुछ नहीं होता था।"

"और जो तुम यह कहा करती हो–"मुझे अपने संग रखना?"

"मुझे आपका साथ चाहिए। इसीलिए जब-जब आप बुलाते हैं दौड़कर आती हूं, अपने आप आती हूं। इतना समझ गयी हूं कि आपका संग मुझे जीवित रखेगा।"

"तुम कभी अपनी तरफ़ से मिलने, बाहर कहीं मिलने को तो कहतीं नहीं।"

"रोकती भी नहीं हूं खुद को। जहां आप कहते हैं, चली आती हूं। सच बात यह

है कि मैं खुद को लादना नहीं चाहती आप पर। आपसे विनय करती हूं कि संग रखना तो यह जानकर कि मैं आपको कुछ नहीं दे सकती, कहीं से भी आपके लायक नहीं, आपके किसी काम की नहीं..."

"तुम्हें कैसे मालूम तुम मेरे किसी काम की नहीं। मेरे मन में तुम्हारे लिये आकर्षण है। तुम्हें अनुभव भी होता होगा।"

"होता है...आपसे कहना भी चाहती थी यह कि मुझमें कुछ नहीं है। शरीर में आपकी रूचि दिखती है, मेरी नहीं है। मर चुकी कहना ठीक नहीं होगा क्योंकि कभी थी ही नहीं। शुरू से ही हालात ऐसे रहे कि जगी नहीं...या कि उस पर ऐसे प्रहार हुए कि पनप ही नहीं पाई। पुरुष को शुरू से ही जिस रूप में देखा, उससे मन में घृणा जम गयी। पता नहीं आपके करीब कैसे आ गयी...वहां भी मुझे शारीरिक क्रियाओं से अरूचि ही है। सोचती हूं कुछ दिनों में आपकी भी इन चीज़ों को लेकर मुझमें रूचि नहीं बचेगी। मैं आपको आहत नहीं करना चाहती, पर क्या करूं।"

इसके बाद भी क्या आगे बढ़ा जा सकता है और कहाँ? फिर भी अगर मैं आगे बढ़ता हूं और मुझे मालूम है कि वह प्रतिकार नहीं करेगी तो यह उससे उसे नौकरी दिलवाने की फीस वसूलना होगा। मुझे अपने आपको खींच लेना चाहिए। जो भीतर से इतना दुःखी हो जैसी कि वह है उसे और दुःखी नहीं किया जा सकता। मेरा साथ उतना ही जितना उसे सम्बल दे, जीने की शक्ति दे।

•••

एक दिन उसने प्रेमप्रकाश को बताया कि उसके घर के लोग मौजूदा घर बेचकर दूसरा घर खरीद रहे हैं। वह थोड़ा दूर है पर सस्ता और बड़ा है। जमीन जायदाद का मामला है तो प्रेमप्रकाश भी देख-समझ लेते तो अच्छा रहता। सुनकर ही प्रेमप्रकाश ने हाथ झाड़ लिये—

"देखो भाई! जो तुमसे, तुम्हारे जीवन से सम्बन्ध रखता है...सिर्फ उससे मेरा मतलब है। तुम्हारे घर के लोग क्या-क्या करते हैं, मुझ इससे क्या। वह उनका पैसा

है वे जो चाहे करें। हां तुम अपना पैसा जब कहीं लगाने चलो और मुझसे पूछो तो मैं अपनी राय दूंगा, जो पूछोगी तो..."

"मेरा अपना पैसा...कहां?"

"तुम्हें जो तनख्वाह मिलती है, चार हजार रुपये महीना। नगद मिलती है या चैक?"

"नगद।"

"क्या करती हो उसका?"

"इन्हें दे देती हूं, ये कभी पूरी, कभी कुछ मां को दे देते हैं।"

प्रेमप्रकाश को भीतर से क्रोध आया—क्या इसके लिए उसकी नौकरी लगवाई थी कि वह घर की आमदनी में इजाफ़ा करे? वह अपने बैंक खाते में जमा करती, उसका अपना कुछ बैलैंस बनता, उससे उसका आत्मविश्वास बढ़ता। उन्हें नहीं मालूम था कि वह इतनी मूर्ख होगी। हर कमाऊ औरत अमूमन अपनी कमाई अलग जमा करती है। पति घर चलाता है, क्योंकि पत्नी न भी कुछ करे तो उसे घर चलाना है ही...इसलिए जैसे ब्याह में मिला धन स्त्रीधन, वैसे ही लड़की का कमाया हुआ लड़की का होता है। कानूनी स्थिति भी यही थी...पर इसे देखो—एक तरफ़ उन लोगों से त्रस्त रहती है, कभी-कभी उनकी मुखालफत भी करती है, दूसरी तरफ़ महीने की पूरी तनख्वाह उनके चरणों में भेंट कर आती है!

"और तुम्हारा अपना खर्च?"

"जब जिस चीज की जरूरत हुई उसके लिए मांग लेती हूं" स्कूटर के पैट्रोल के लिए, कोई अपनी ड्रैस खरीदना हो...बेटे के लिए...

"माने नौकरी के बावजूद भीख मांगने की स्थिति बनाये हुए हो!"

वह कुछ नहीं बोली। प्रेमप्रकाश की खीझ को झेल रही थी, चुपचाप। थोड़ी देर खामोशी रही तो प्रेमप्रकाश नरम पड़े। वह क्या करे अगर उसका परिवार उस तरह की मध्यवर्गीय व्यवस्था अब भी बनाये हुए है। सम्मिलित परिवार में यह व्यवस्था होती थी कि रसोई की तरह रूपया भी इकट्ठा रहे...पर तब औरतें कमाती कहां थीं। वह बाहर कमाने को निकली है और घर में सम्मिलित परिवार की व्यवस्था को भी ढो रही है। उसके परिवार ने शोषण का यह अच्छा तरीका निकाल रखा था—उससे कमवाओ भी और कमाई पर अधिकार भी उसका न रहे।

"तुमने बैंक में अपना अलग खाता खोला?"

"नहीं...क्या डालूंगी उसमें।"

"पूरी तनख्वाह न सही तो उसमें से कुछ काट लो, अपने खर्च के लिए। वही डालो बैंक में।"

"उन्हें पता है जितनी तनख्वाह मुझे मिलती है। पूरी डालूंगी या थोड़ा, मनमुटाव तो उतना हो ही जायेगा। वह तो इसी से पैदा हो जायेगा कि मैने अलग खाता खोला। सास-ससुर कहेंगे—यह मेरा तेरा क्या, तेरे पति के कोई भाई हैं क्या जो यह करने की जरूरत हो, सबकुछ तेरा है। पर मैं जानती हूं मेरा कुछ नहीं है। मेरा जब ब्याह हुआ था तब मैं इन्टर तक पढ़ी थी। शादी के बाद बी.ए., एम.ए., एम.फिल. किया...तो मेरे पति बार-बार सुनाते हैं कि मैंने तुझे पढ़ाया। मेंने सोच रखा है कि कभी-न-कभी वह पैसा चुका दूंगी। मैं उस घर में अपनी तनख्वाह देती हूं इसलिए कि मैं वहां रहती हूं, खाती-पीती हूं। पढ़ाई के बाद अब और आगे उनका अहसान नहीं लेना चाहती।"

"तुम्हें इस बात का श्रेय कोई देगा?"

"न दे...पर मुझे तो सन्तोष है। मेरे व्यवहार को लेकर जब वे कोई आपत्ति उठायेंगे तो कह तो सकती हूं कि अपने रहने खाने भर का मैं घर लाकर दे देती हूं, महीने के पहले ही।"

कितना आत्मसम्मान! प्रेमप्रकाश अचंभित रह गये। उसे प्रेम से समझाने लगे—

"देखो, तुम्हारी परिस्थिति में जरूरी है कि तुम्हारा अपना बैंक खाता हो। जितना उसमें रूपया होगा उतना [illegible] आत्मविश्वास रहेगा।"

"आत्मविश्वास कोई रुपये से आता है?"

"तो और किससे...।"

"आपसे..."

वह उन्हें देखकर रह गयी। उसका चेहरा लाल हो आया था, तपन वह खुद महसूस कर रही थी।

"हां यह सच है",—थोड़ा थमकर उसने कहा—"आप होते हैं, तो मुझमें आत्मविश्वास आता है।"

प्रेमप्रकाश भीतर-भीतर झुंझलाये...उस घर की आश्रिता इधर उन पर आश्रिता बनी जा रही है। वे बनाये दे रहे हैं।

"देखो तुम्हें आत्मनिर्भर होना है और उसकी एक सीढ़ी होती है अपना बैंक बैलेंस होना, चाहे जितना कम हो। बोलो खोलोगी खाता?"

"आप कहेंगे तो क्यों नहीं? ट्यूशन करूंगी तो वह पैसा उसमें डालूंगी।"

"हां यह हुई न कोई बात। मैं तुम्हारी स्थिति समझता हूं, चुपचाप तुम्हारा खाता खुलवा दूंगा, उन्हें पता न चलेगा।"

"वह प्रोपर्टी वाला मामला थोड़ा देख लेंगे?"

"मैंने कहा न भाई, यह उनका मामला है, तुम्हारा नहीं। हम यह सीमा बना लें कि जो बात तुमसे सम्बन्ध रखती है, जो तुम्हें प्रभावित करती है उसमें मैं आऊं, तुम्हारे घर की हर चीज़ में नहीं।"

उसने उस मसले पर और कुछ नहीं कहा। वह कहीं से नाराज़ या निराश भी नहीं थी, सोचती थी कि यह प्रेमप्रकाश का अपना निर्णय है, उन्हें बाध्य कैसे किया जा सकता था। नौकरी के लिए भी उन्हें किसी ने कहा नहीं था, उनका अपना मन हुआ था।

करीब एक माह बाद प्रेमप्रकाश ने देखा कि बवंडर मचा हुआ था। उसने कुछ नहीं बताया था। वे ऐसे ही घूमते हुए उसके घर को निकल गये थे, तो उसके ससुर से सारा प्रकरण सुनने को मिला। युवागुरु ने अपने एक शिष्य पर अतिरिक्त विश्वास करके अपने मकान के बिक्री-समझौते पर हस्ताक्षर कर दिये, पिता के भी करा दिये। समझौते के अनुसार खरीदने वाले को बिक्री राशि का एक छोटा हिस्सा शुरू में देना था, शेष जब ये लोग मकान खाली कर देंगे। मकान की रजिस्ट्री जिसके नाम खरीदने वाला कहे उसके नाम करना था। साफ था कि बिक्री समझौता किसी बिचौलिये ने किया था, जो मकान को किसी तीसरे को बेच बीच में ही एक रकम अपने लिये खड़ी कर लेना चाहता था। इन लोगों को अपने रहने के लिए नया मकान तब तक नहीं मिलने वाला था जब तक उसकी पूरी रकम न दे दी जाये और वह कहां से दी जाये जब तक पुराने मकान की बिक्री वाली पूरी रकम न मिले। उसके पहले ही इन लोगों से मकान खाली कर देने को कहा जा रहा था। पूरी रकम मिलने के पहले ही मकान खाली कर देना...उसके बाद क्या गारंटी कि कुछ मिलेगा या नहीं।

बिचौलिया के गुंडे इन्हें डराते-धमकाते, इनका समझौता-पत्र दिखाते और आये दिन गाली गलौज करने आ जाते...कि करो मकान खाली। कभी-कभी तो उस लड़की को सामने निकल उन मर्दों को झेलना पड़ता। वह एक महिला! और उसने प्रेमप्रकाश से जिक्र भी नहीं किया? थोड़ी देर को प्रेमप्रकाश उसके पास अकेले हुए तो उससे शिकायत की–

"बताया क्यों नहीं...

"आपने इस मसले से दूर रहने को जो कहा था।"

"मैंने यह भी तो कहा था कि जो चीज़ तुम्हें प्रभावित करती है..."

"इन्हें देखिये कि शिष्य है तो उस पर इतना भरोसा किया कि वह जो कुछ भी समझौता पत्र में लिखवाकर ले आया उस पर दस्तखत कर दिये। आदमी की ज़रा भी पहचान नहीं। जो लिखा उसे पढ़ते भी नहीं। गलती इनके पिता की भी है–वे तो दुनिया देखे हुए हैं, वे नहीं रोक सकते थे? जायदाद उनकी है, उन्होंने क्या सोचकर दस्तखत किये। अब पिस रही हूं मैं। जो भी धमकाता आता है, उसका सामना करूं मैं। ये कहते हैं खाली कर देते हैं...कहां जाऊंगी गृहस्थी और बच्चे को लेकर, क्या सड़क में पड़ रहूं। इन्हें शर्म नहीं आती। घर का आदमी सुरक्षा देता है और ये उल्टे

कहते हैं घर खाली कर देते हैं, कहीं भी रह लेंगे कुछ दिनों को, जैसे ही नया घर तैयार हो गया, वहां शिफ्ट कर जायेंगे!"

उसका रोम-रोम सुलग रहा था। चेहरा आग का गोला, आंखें सूजी हुई। कई दिनों से सोयी नहीं थी। अकेले में रोती थी, सबके सामने एक भी आंसू नहीं।

"कहते हैं गलती हो गयी, मुझसे नहीं बना तो तू बना ले। खुद बिगाड़कर अब मुझे आगे कर दिया।"

"अच्छा-अच्छा, शांत हो जाओ।"

"कैसे शांत हो जाऊं..." वह प्रेमप्रकाश पर ही बिफर पड़ी..."इस आदमी के साथ कोई कैसे रह सकता है जो अच्छे भले घर से निकल पत्नी और बच्चे को सड़क पर फेंक देने पर आमांदा है।"

प्रेमप्रकाश ने उसका वह रुद्र रूप पहली बार देखा—क्रोध में तनतनाती दुबली पतली देह, तीखी आवाज़ थोड़ा फटी हुई, भर्राती, काया अस्तव्यस्त, आंखें सूजी और आंखों के नीचे लाल-लाल धब्बे। जब वह बोलती थी तो उसका पूरा शरीर हिलता था, जैसे पतली डगाल अंधड़ के दबाव से चरमराती है, टूटने को हो-हो आती है।

प्रेमप्रकाश ने युवागुरु से बिक्री-समझौता मंगाकर पढ़ा, उसे अपने पास बिठाया और फिर उससे ही बातें की।

"देखो भाई, वह समझौता तो साफ़ उन लोगों के पक्ष में हो गया है। थोड़ा सा पैसा पाकर ही घर उन्हें दे देना...यह कोई करता है। यह मान लो कि घर अगर तुमने उसे दे दिया तो आगे पैसा कुछ भी नहीं मिलेगा।"

"वह कहता है, आगे की तारीख के चैक ले लो..."

"याने उसके पीछे भागते रहो। आप भी तो खरीद रहे हैं मकान...क्या आपको बेचने वाला तैयार होगा ऐसी बात पर।"

"उससे पूछा था, बोला हमारे यहां यह सिस्टम नहीं है।"

"फिर...इसमें यह भी गलती हुई है कि समझौता निरस्त करने पर आपको जो रूपया मिला है, आप उस पर 18 प्रतिशत ब्याज देंगे।

"हां, गलती तो हो गई।"

"तो अब...पहली बात तो यह कि यह घर आपको तब तक नहीं खाली करना है जब तक खरीदने वाला पूरा पैसा नहीं दे देता...

"पर समझौता तो यह हुआ है कि पूरा पैसा वह हमारे मकान खाली करने के बाद ही देगा।"

"हुआ होगा। आप उनसे कहो कि आप कहां जायें। वे पूरा पैसा दे दें तो फट से आप नया घर ले लें और उसमें शिफ्ट कर जायें। घर उन्हें पूरा पैसा मिलने के बाद ही देना है—इस बात पर दृढ़ रहना है, समझौता और नो समझौता।"

"वह कहता है एक दिन चार आदमी लेकर आयेगा या सारा सामान बाहर फेंक देगा।"

"वाह! कैसे फेंक देगा। घर बेचने का समझौता है यह, घर अभी बिका नहीं है, घर आपका है जब तक रजिस्ट्री नहीं हो जाती। फिलहाल अभी हिम्मत से डटे रहना है। खाली नहीं करना है, जब तक पूरे पैसे नहीं मिल जाते।"

•••

तुम चले आये, उन्हें हिम्मत से डटे रहने की सलाह देकर...पर जब गुंडे धमकी के साथ उसके घर पर उतरेंगे तो उनका सामना कौन करेगा...अकेली वह? उसके लिए तुमने कुछ किया? इस बार फिर क्यों सीधे-सीधे नहीं कह आये कि यह उनका मामला है, वे जाने। नहीं, तुम्हें तो मदद करने का ढोंग करना था...इस ढोंग की जरूरत है तुम्हें क्योंकि तुम समाजसेवी हो। देखा तुमने, किसी संस्था से जुड़कर समाजसेवा करते रहना एक बात है, एक जीवन को...साबुत व्यक्ति को संभालना बिल्कुल दूसरी बात। तुम दूसरों को, खुद को दिखाना चाहते हो कि तुममें करुणा है। तुमने पढ़ा है लास्की का 'द कुकूज़ नेस्ट'—जैसे कोयल कऊओं से अपने बच्चे पलवाकर स्वयं को बच्चे पालने का भ्रम देती रहती है, या जैसे अफसरों की पत्नियां समाजसेवी करती हैं—उनके भीतर समाजसेवी की असली भावना की बजाय खुद को यह विश्वास दिलाने की कशिश ज्यादा रहती है कि वे समाजसेवा के बड़े काम में लगी हुई हैं—तुम उन पत्नियों और कोयल से बेहतर क्योंकर हो!

असल में तुम खासी चालाक चीज़ हो। पहले एक घेरा खींचकर अपने को सुरक्षित कर लेते हो, फिर उस लाइन के भीतर से ही दूसरों को मदद भेजते रहे...इस तरह कि तुम्हारा बाल बांका न हो और तुम्हें दूसरों की मदद करने की भावनात्मक तृप्ति मिलती रहे। तुम उनकी लड़ाई अपने घर बैठकर लड़ोगे...क्यों? युद्धक्षेत्र तो वहां है—उनके घर के बाहर, वहां क्यों नहीं जाते?

तुम खुद को भ्रम दिया करते हो कि जहां तकलीफ देखी वहां तुम फट से पहुंच जाते हो। दरअसल तुम यह आस-पास के लोगों को दिखाना चाहा करते हो। इस वक्त

तुम उसे दिखाना चाहते हो।

तुम अगर इस पचड़े में इसलिए पड़े हो कि वहां वह है...उसकी खातिर...उसके लिए तुम ऐसा महसूस करते हो तो इसमें कोई ग़लत नहीं। उसकी मदद करने में कोई बुराई नहीं पर यह आधी मदद...बस समझाइश देकर चले आये! तुमने उस दिन अपने को क्यों हटा लिया था जब उसने कहा था कि जायदाद का मामला है, काग़जों को थोड़ा तुम भी देख लो। देख लेते तो शायद यह स्थिति न आती। तुम्हारी दलील थी कि तुम वहीं दखल करोगे जहां वह प्रभावित होती है। उसके घर को कोई भी मसला हो—वह प्रभावित हुए बिना रह सकती है क्या? देख लिया तुमने? इस पूरे प्रकरण में सबसे ज्यादा पिस रहा है तो कौन...सबसे ज्यादा असुरक्षा का शिकार हुआ है तो कौन?

क्यों न यह माना जाये कि इसके लिए तुम भी उतने ही जिम्मेदार हो जितना कि उसका पति या कि उसका ससुर!

पछतावा होता है कि मैंने तब उसकी बात क्यों न मान ली। मैं ज़रूर कहता कि दस्तखत करने के पहले मुझे बिक्री-समझौता दिखाओ और इन मोटी गल्तियों को मैं पकड़ लेता। कोई भी पकड़ लेता। युवागुरु ने अपने दोस्त के विश्वास में दस्तखत मार दिये और पिता ने पुत्र के विश्वास पर। वह देखती तो वही पकड़ लेती। इतनी पढ़ी लिखी, होशयार तो है ही। लेकिन उसकी दिलचस्पी भी खत्म हो गयी, जहां मेरी खत्म हुई। उसके इशारा करने के बावजूद मैं पीछे हट गया। उसे कुछ गड़बड़ होने की आशंका थी। वह अपने पति को जानती थी!

अब पछतावा क्यों होता है? उसके यह बताने के बाद कि उसे स्त्री पुरूष की शारीरिक क्रियाओं में दिलचस्पी नहीं है उससे ज्यादा से ज्यादा एक दोस्त जैसा सम्बन्ध बन सकता है, जहाँ वह जिस मसले पर चाहे सलाह लेने आ जाये, मेरी सलाह ठीक समझे तो मान ले! मैं उसका मार्गदर्शक बन जाऊं, वह थोड़ा सुरक्षित महसूस किया करे। इसमें कुछ बुरा नहीं है। जीवन में जो हमारे इर्द-गिर्द चल रहे हैं उनमें अगर एक दूसरे के लिए इतनी दिलचस्पी होती है, या एक दूसरे के जीवन में अगर हम इतना योगदान करते चलते हैं तो अच्छा ही है, अपने ही जीवन में डूबे रहने से तो लाख गुना बेहतर। पर उससे आगे जा रहा है यह सम्बन्ध!

ऐसा क्यों है कि जो वेदना उसे मथती है, वह बिजली की तड़क की तरह मुझमें घुस जाती है, मुझे भी वैसे ही प्रताड़ित करती है। क्या है जो मुझे उससे इस हद तक बांधता है? यह कौनसा सम्बन्ध है। क्या पूर्वजन्म के सम्बन्ध ऐसे

होते हैं जहां आप पहचान नहीं पाते, लेकिन खुद को बंधा पाते हैं? पूर्वजन्म की कौन है वह मेरी... कि एकाएक प्रकट हुई और जो उसके हिस्से ही वेदनाएं हैं उनके तारों ने मुझे बांधना शुरू कर दिया। वह मुझे कुछ नहीं दे सकती। कभी किसी खास कोण से अपने किसी हिस्से में वह सुन्दर भले दिख जाती हो, भीतर से इतनी क्षत-विक्षत है कि वहां अगर कोई सुन्दरता ढूंढ़ना भी चाहे तो वेदना ही वेदना नज़र आयेगी। ऐसा लगता है कि शुरू से ही दुःख ने उसे हर तरफ़ से तार-तार करके रख दिया है। ऐसे व्यक्ति के पास क्या हो सकता है देने को, जो स्वयं गिर-गिर पड़ने, किसी तरह खुद को संभालने, खड़े हो जाने के बाद फिर गिर पड़ने के क्रम में फंसा पड़ा हो।

क्यों है यह कि उधर उस पर कोई तक़लीफ़ आई कि मेरे भीतर घाव की फांक उछल आती है और फिर जैसे उस फांक के रास्ते धागे से कोई छोटी सुई को खींच रहा हो धीरे-धीरे।

कहां एक किनारे बैठे थे...प्रेमप्रकाश, अब ऐसे दौड़ने लगे जैसे आपदा उनके अपने घर पर आई हो। एक अफसर से सामने वाली पार्टी पर जोर पड़वाया कि वह यह सब बन्द करे, पूरा पैसा दे दे और घर ले ले जैसा कि खरीदार और बेचने वाले के बीच होता है—साफ-साफ। बिक्री समझौते पर दस्तखत ग़फलत में डालकर कराये गये हैं। पार्टी ने अफसर को टालमटूल जवाब दिया और उसके परिवार पर दबाव और बढ़ा दिया—आखिर मामला पैसे का था, बिचौलियों की कमाई का था। बिचौलियों को जल्दी कोई खरीदार नहीं मिल रहा था, वर्ना खरीदार से ज्यादा रूपये ले वे उसके नाम सीधे रजिस्ट्री करा देते। मुनाफे का जो रूपया खड़ा होता उसे हथिया कर आगे बढ़ जाते। उनके नुमाइंदे अब भी फोन पर और कभी-कभी आकर डांटडपट जाते, पहले की तरह। उनकी तरफ़ से यह भी कहा गया कि जिस अफसर से सिफारिश भेजे हो, उन्हें तो हम लाख रुपये पहले खिला चुके हैं तो वे हमारा क्या बिगाड़ेंगे। गुंडागर्दी और फोन पर उल्टा-सीधा बकना कम नहीं हुआ। उसके परिवार को यह खतरा बराबर रहने लगा कि वे लोग कभी भी घर में घुस आयंगे और सामान बाहर फेंक कब्जा कर लेंगे, दिखायेंगे यह कि बिक्री समझौता के तहत इन लोगों ने कब्जा स्वेच्छा से दिया है...इसे रोकने के लिए प्रेमप्रकाश ने पुलिस विभाग में सुरक्षा की मांग की अर्जी डलवा दी, युवागुरु को सलाह दी कि कुछ दिनों रात में अपने कुछ शिष्यों को घर में लिटायें ताकि हौसला बना रहे।

कुछ दिनों ऐसा ही चला। जिस अफसर को प्रेमप्रकाश ने बीच में डाला था, उसने सलाह दी कि कानूनी कार्यवाही भी करा दी जाये। इधर से कचहरी का प्रेशर चलेगा, उधर से वह अपना प्रेशर जारी रखेगा। बिचोलिया पार्टी के सामने यह पेशकश कर

दी गयी कि जो रुपया उन्होंने अब तक दिया है, वह वापस ले लें, ऊपर से समझौते के अनुसार ब्याज का जो पैसा बनता है, वह ले लें और बिक्री समझौता को कैन्सिल कर दें। पार्टी ने साफ मना कर दिया, उन्हें तो मकान चाहिए, खाली मकान...समझौते के अनुसार ही चलेंगे शब्दश...

आखिर इन लोगों ने एक वकील को पकड़ा। हरभजन जानपहचान का वकील था। युवागुरु उसे गुरुभाई मानता था, क्योंकि दोनों ने एक ही गुरु से दीक्षा ली थी। युवागुरु उन्हीं गुरु के साथ चला जबकि हरभजन ने मौका ताक एक दूसरे गुरु से भी दीक्षा ले डाली...चुपचाप। पहले गुरु को खबर लगी तो हरभजन को अपने संघ से निकाल दिया, युवागुरु को अपना प्रिय शिष्य बना लिया। युवागुरु ने बाद में भी धर्म-कार्य जारी रखा, साल में एक बार अपने गुरु को अपने यहां बुलाता भी था... हरभजन दोनों गुरुओं में से किसी का न हुआ, किसी नौकरी लायक नहीं था तो लॉ करके वकील बन गया। जब ये लोग उसके पास पहुंचे तो उसे तृप्ति हो रही थी कि युवागुरु जिसने पहले गुरु के कान भरे थे (कम से कम वह ऐसा सोचता था), वह उसके पास किसी मदद के लिए आया, वह भी सपत्नीक। वह जाने के लिए तैयार नहीं थी लेकिन युवागुरु ने बहुत ज़ोर दिया—"तू चल, अब सब तुझसे पूछकर ही होगा...फिर कहीं थोड़ा उलटफेर हो गयी तो तू कहर बरसायेगी..."

"इसे आप थोड़ी उलटफेर कहते हैं, अन्धे होकर इस तरह दस्तखत करने को?...वह गुर्रायी थी, पर चलने को तैयार हो गई थी, उसे अपने पति पर भरोसा नहीं था।

हरभजन को उन्हें सताने में मज़ा आता। वह शाम को ऐसे समय बुलाता जब ऑफिस से दोनों सीधे आयें। फिर उन्हें देर रात तक बिठाये रहता। पहले तो खुद ही देर से आता तो शुरू का इन्तज़ार, फिर बीच-बीच में लम्बे फोन...दूसरे मौक्किलों से लम्बी वकीली बातचीत...बीच में पांच छः बार उसका गुटका बनता, जिसे थूकने के लिए उसने मेज के नीचे ही पीकदान रख रखा था। पहले उन दोनों का विश्वास जीतने के लिए हरभजन ने दूसरी पार्टी से फोन पर बात की—यह जताते हुए कि वह दरअसल उन लोगों का आदमी है और इन लोगों के साथ मध्यस्थता करा सकता है। जब उस पार्टी का आदमी फोन पर होता तो यह फोन के चोंगे को युवागुरु के कान पर लगा देता, ताकि वह दूसरी तरफ़ की बात सुन सके। दरअसल यह एक शातिर तरीका था इन लोगों में भय पैदा करने का। हरभजन ने यह पहले ही बता दिया था कि उधर के लोग बहुत खुंखार हैं, उन पर दो-तीन खून के मुकदमें भी चल रहे हैं। कुछ समझौता, बीच का रास्ता निकल आये वही अच्छा। हरभजन स्वयं दोनों पार्टियों से सम्पर्क इसलिए बनाये हुए था कि कोई समझौता होगा तो दोनों पार्टियों से दलाली की रकम

खींच लेगा। वकील की फीस मामूली होती थी, इसलिए समय के साथ-साथ वकालत दलाली में बदल गयी थी। युवागुरु और उसकी पत्नी—दोनों को हर तीसरे रोज हरभजन के यहां जाना पड़ता। वहां से ये लौटते, कभी-कभी तो एक-एक बजे रात को। वह फोन पर प्रेमप्रकाश को सब कुछ बताती रहती। प्रेमप्रकाश को चिन्ता सताने लगी थी कि कहीं वह खुंखार पार्टी आधी रात को इन्हें डराने के लिए हमला न कर दे। खतरा युवागुरु को उतना नहीं जितना उसे था क्योंकि घर में बाहर आकर गुंड़ों से जवाबदेही तो वही करती थी। सब जानते थे कि वह अगर बोच में न आती तो बिक्री—समझौते के हिसाब से उनका काम हो जाना था। दुपहिये स्कूटर पर पीछे वह बैठती, युवागुरु चलाता था। किसी तेज वाहन से आकर पीछे से ही उसके सिर पर वार किया और दनदनाते आगे निकल गये, कहीं कोई सुराग नहीं छूटना था...

प्रेमप्रकाश को दुःस्वप्न आते। वे युवागुरु के मोबाइल पर खोजखबर लेते रहते। कभी-कभी तो रात बारह बजे उसके घर फोन करते कि वे लोग ठीक से पहुंच तो गये हैं।

इतनी चिंता...उसकी ही तो, और किसकी! प्रेमप्रकाश स्वयं हैरान थे। उन लोगों के साथ तनाव में वे भी झूल रहे थे...वे जो इस मामले से दूर रहने की सोचते थे कभी। नियति ने कैसा घसीट लिया उन्हें।

एक दिन उसका फोन आया कि एक नोटिस उस पार्टी को भेजा जाना है, वह फाइनल हो गया है। आज हरभजन ने दस्तखत के लिए बुलाया है, अगर तक़लीफ़ उठाकर प्रेमप्रकाश भी वकील के यहां चलें तो नोटिस को देख लेंगे।

"आपकी प्रतिष्ठा के खिलाफ़ तो नहीं होगा"...उसने आखिर में पूछा।

"क्यों...इसमें प्रतिष्ठा कहां से आ गयी।"

"वकील के यहां जाना...

"वकील के यहां ही तो, किसी चोर-उचक्के के यहां तो नहीं जा रहे...लेकिन मैं कोई कानून का विशेषज्ञ नहीं जो नोटिस में कुछ सलाह दे सकूंगा।"

"मुझे तो भरोसा रहेगा।"

"मैं कानून के बारे में बहुत नहीं जानता।"

"आप चलेंगे तो मुझे भरोसा रहेगा। आप सिर्फ यह बताइये कि आपको उसके यहां चलने में कोई असुविधा तो नहीं होगी।"

"कोई असुविधा नहीं...पर तुम्हारा जो यह हर चीज़ पर मुझ पर विश्वास जमा लेना—यह मेरी समझ में नहीं आता।"

"मुझे नहीं मालूम...बस ऐसा लगता है कि आप हैं तो सब ठीक होगा।

"ऐसा विश्वास तब भी जब तुम्हारे कहने के बावजूद मैंने इस घर को बेचने

सम्बन्धी बातचीत, करारनामे वगैरह में दिलचस्पी नहीं ली थी।"

"हो गया जो होना था। पर यह तो आप भी मानते हैं कि अगर आप देख लेते तो यह सब नहीं होता।"

"हां...शायद। उस स्टेज पर तो संभाला ही जा सकता था। अब पता नहीं। अच्छा ठीक है...चला चलूंगा।"

प्रेमप्रकाश मना न कर सके। उससे समय ठिकाना वगैरह पूछ लिया। वे—पति-पत्नी अलग से पहुंचे, प्रेमप्रकाश अलग से। उन्होंने देखा कि हरभजन एंठू और चालाक था। वह विरोधी पार्टी से बात करने लग गया, चोंगा युवागुरु के कान में लगा दिया। युवागुरु का चेहरा डर से पीला होने लगा। उधर से पार्टी कह रही थी कि कल की तारीख बिक्री समझौते की मियाद खत्म होती है तो परसों वे अपने आदमी भेजकर सामान बाहर फिकवा देंगे।

"ऐसा वे कैसे कर सकते हैं, मकान अभी बिका तो नहीं...सिर्फ बेचने का समझौता हुआ है।" फोन खत्म होने पर मजमून सुनने के बाद प्रेमप्रकाश ने प्रतिवाद किया।

"साहब यही तो...वे लोग भेड़िये हैं भेड़िये...तीन केस तो इनके कत्ल के अभी चल रहे हैं। ये लोग तो कर गुजरते हैं...कानून बाद में देखता रहे।"

हरभजन फिर उन लोगों को डरा रहा था। प्रेमप्रकाश को लगा कि जिस तरह वह इस पार्टी को उधर की बात सुनाकर अपना विश्वासपात्र बना रहा था, ऐसा उधर के लिए भी तो कर सकता था, शायद करता भी हो। यह भी हो सकता है कि उन लोगों से कहा हो—आप आज इतने बजे फोन करना और ऐसी-ऐसी धमकी देना। युवागुरु को फोन पर धमकियां सुनवाकर वह इन लोगों को और डरवा रहा था। सारा कुछ पहले से प्लान्ड। उसका ज़ोर सुलहनामे पर ज्यादा था। उसने कहा भी—

"आप अगर कहें तो नोटिस रोककर सुलह की एक और कोशिश कर ली जाय। कितना और दे दें वे तो आप मकान का कब्जा उन्हें दे देंगे?"

"कितना भी दे दें तो भी नहीं। क्योंकि इनकी समस्या है कि ये जायेंगे कहां।" प्रेमप्रकाश ने कहा।

"हमें पूरा पैसा दे दें जिससे हम अपने बिल्डर का सब चुकता कर दें और हमें वह मकान मिल जाये जो हम खरीद रहे हैं। उसके बाद तीन दिनों का समय वहां सामान पहुंचाने के लिए।" वह बीच में आ गयी थी...तीखेपन के साथ।

"पर भाभी! यह तो बिक्री समझौते में नहीं है।"

"न हो। क्या जो उसमें लिखा है वह होना चाहिए। ऐसा कोई दूसरा बिक्री-समझौता देखा है आपने जिसमें पूरा पैसा न भी मिले और कब्जा दे दिया जाय। सब्जी लेने तक

में यह नहीं होता...यह तो घर है।"

"पर वह हो तो गया...उसमें दस्तखत है आप लोगों के, एटौर्नी के भी।"

"क्या हम इस समझौते को निरस्त करने के लिए नहीं कह सकते..." प्रेमप्रकाश ने कहा।

"हम नहीं, वे कर सकते हैं, उनके पास ग्राउन्ड होगा। जब आप इस समझौते की कोई शर्त तोड़ेंगे, जैसे कि घर का कब्जा न देना जबकि जिस तारीख तक जितना रुपया देने का करार था वे दे चुके हैं। हमारे पास क्या ग्राउन्ड है निरस्त करने की।"

"जो सच है वह क्यों नहीं...कि हमसे धोखाधड़ी से दस्तखत कराये गये हैं।" वह बातचीत में बराबरी से हिस्सा ले रही थी। प्रेमप्रकाश को एक प्वाइन्ट मिल गया।

"हां ठीक तो है—उन्होंने वकील से कहा "यह बनाइये और जो दीगर चीज़ें डाल सकते हैं वह डाल दीजिये। हम ही उन्हें इस समझौते को निरस्त करने का नोटिस दे दें।"

"आप लोग क्या चाहते हैं...मकान बेचना या उसे रखना?"

युवागुरु का गोल-गोल मुंह चुप्पा के कारण और गोल हो गया था। वह प्रेमप्रकाश की तरफ़ देख रही थी, प्रेमप्रकाश अपनी तरफ़ से कुछ कहने में हिचक रहे थे।

"यह सोच लीजिये कि मकान आसानी से फिर बिकेगा नहीं। इतनी रकम देने वाले कौन हैं इस शहर में...तो ऐसा रास्ता निकालना चाहिए कि जिससे मकान बिक जाय और हमें तकलीफ़ भी न हो।" हरभजन अपनी तरफ़ की दलीलें दिये जा रहा था।

"अगर यह मकान न बिका तो हम नये मकान की किश्त न भर पायेंगे, उसका ब्याज लगेगा और अगर उस मकान को छोड़ते हैं तो जो पैसा उसकी खरीद के लिए दे चुके—दो लाख करीब...वह हमारा बिल्डर वापस नहीं करेगा...सब सोच ले तू... ।"

युवागुरु ने अपनी पत्नी से कहा। प्रेमप्रकाश जो उधर ही बैठे थे...उन्होंने भी सुना। वह आदमी और सब सोचता था पर परिवार जिस संकट से गुजरेगा वह नहीं।

"कैसा दोनों तरफ़ से फंसा लिया है आपने अपने आपको?" प्रेमप्रकाश से कहे बिना न रहा गया। युवागुरु थोड़ी झेंप में मुस्कुरा दिया।

"जल्दी बताइये...देखिये वह परसों अपने आदमी भेजने वाला है। अगर आप कहें तो अभी फोन पर आपको थोड़ा और टाइम दिलवा सकता हूं।"

प्रेमप्रकाश को अज़ीब वकील लगा वह। वकील इनका पर विरोधी पार्टी का खेल खेल रहा था। उन्हें साफ-साफ कहना पड़ा—"देखिये, घर अभी भी इन्हीं लोगों का है क्योंकि रजिस्ट्री नहीं हुई है। ये क्यों खाली करें? कोई किरायेदार हैं क्या? खाली करने का सोचे भी तो कहां रहें। मुख्य बात यह है। नया घर इन्हें जब मिलेगा तभी तो ये

घर खाली कर सकते हैं...वर्ना जायेंगे कहां। वे लोग इस घर की खरीद के पूरे पैसे दे दें, ये अपने बिल्डर को देकर वह घर ले लें...बात खत्म।"

"वे पूरे पैसे नहीं देंगे।"

"क्यों?"

"क्योंकि उनके पास अभी हैं नहीं।"

"तो फिर इस समझौते को कैन्सिल कराइये...होगा जो नुकसान होगा।"

"क्या भाभी...आप बताइये।"

"हां इनसे पूछ लीजिये। ये जैसा कहे।" प्रेमप्रकाश ने भी कहा।

वकील को इतना इल्म अब तक हो चुका था कि निर्णय उसके गुरुभाई को नहीं, उसकी पत्नी को करना है।

"क्या कहती हैं आप?" हरभजन ने फिर पूछा।

"कैन्सिल..." उसने एक शब्द में अपना निर्णय सुना दिया। वकील के पास कहने को अब कुछ नहीं बचा था। अगर वह अब भी कुछ कहता तो एकदम जाहिर हो जाता कि विरोधी पार्टी की तरफ़ ज्यादा था—जो वह जाहिर नहीं करना चाहता था। उसने खुद को एकदम पलट दिया।

"मैंने तो पहले ही कैंसिल का नोटिस बना लिया था। देखिये...

प्रेमप्रकाश ने देखा नोटिस का ड्राफ्ट कटाछंटा था पर कथ्य कुल मिलाकर ठीक था। जिन परिस्थितियों में बिक्री समझौते पर दस्तखत कराये गये थे उन पर ज्यादा जोर दिया गया था।

"अच्छा भाभी...आप इसे वहां बैठकर फेयर टाइप कर दीजिये।"

याने अभी एक घंटा और। प्रेमप्रकाश ने कैंसिल का निर्णय तो लिवा दिया...पर उनकी धुकधुकी बढ़ गयी थी...अगर परसों उस पार्टी ने वाकई खाली कराने के लिए गुंडे भेज दिये तो...उन्हें कुछ करना होगा...

"अब यह नोटिस जायेगा तो कल ही। तुम इसे फेयर टाइप करके इस ड्राफ्ट के साथ अपने घर लेते आओ। सवेरे हम लोग देख लेंगे। दस्तखत करके वहीं से वहीं सर्विस करा देंगे। अभी मैं चलूंगा, मुझे एक जगह जाना है। कल सवेरे सात बजे आता हूं तुम्हारे घर।" प्रेमप्रकाश ने उससे कहा।

प्रेमप्रकाश ने वकील को और मौका नहीं दिया। वे जानते थे कि एक बार उन्होंने कह दिया तो अब वह ऐसा ही करके रहेगी। इस मायने में वह जिद्दी थी। हरभजन भी कोई प्रतिवाद नहीं कर सका।

हरभजन की ऑफिस से बाहर निकले प्रेमप्रकाश तो इत्मीनान था कि जो निर्णय हुआ वह उनके अकेले का नहीं था। प्रेमप्रकाश का और उसका था...पहले

उनका ...पीछे-पीछे वह आ गयी थी, जैसा हमेशा करती थी। उसके बाद इधर-उधर बहकने की जरूरत नहीं पड़ी। निर्णय कुलमिलाकर सही था...क्योंकि रुपये को किनारे रख आदमियों पर दृष्टि रखी गयी थी...ये लोग सड़क पर तो नहीं होंगे। बावजूद इसके, प्रेमप्रकाश ने खुद को तनाव में पाया। कार चलाते समय माथे पर ही नहीं सारे शरीर पर पसीना...जैसे हार्ट अटैक होने जा रहा हो।

निर्णय तो हो गया पर जिम्मेदारी अब खिसक कर इधर आ गयी है, इधर याने मेरी तरफ़। हरभजन उस पार्टी को बता जरूर देगा कि बिक्री-समझौते के कैंसिल करने का नोटिस पहुंच रहा है और कहीं वे लोग नोटिस मिलने के पहले जोर जबर्दस्ती से घर खाली कराने पर उतारू हो गये तो? इन लोगों को क्या सुरक्षा है और ये लोग—वह, उसका पति, ससुर वगैरह वे तो अब हर बात के लिए मेरी ओर ही ताकेंगे। जिम्मेदारी अपने ऊपर ले ली, अब उनका पहाड़ ऊपर मंडरा रहा है। अब क्या कल पूरे दिन उसके घर में रहूं भी तो क्या अकेले गुंडों का मुकाबला कर सकता हूं। वकील को अपने रास्ते ले आना एक बात है, गुंडों से भिड़ना एकदम दूसरी। समस्या अब मेरी बन गयी है। मैंने ही समस्या को अपनी तरफ़ खींच लिया। पर ताज्जुब कि अपने किये का पछतावा जरा भी नहीं है। जैसे यह होना ही था, शुरू से ही हो जाना चाहिए था—उसकी समस्या, मेरी समस्या। वह विपदा में रहे और मैं अलग-थलग बना रहूं...यह अप्राकृतिक है, जैसे ढलान होते हुए भी पानी का उधर न बहना, या जमीन का पानी को न सोखना!

प्रेमप्रकाश रूमाल निकालकर पसीना बार-बार पोंछते पर अन्दर से पूरी शरीर भीग गया था। सालों पहले ऐसे तनाव से गुज़रे होंगे जैसा अब उनकी रग-रग को हिला रहा था। इधर जिस संतुलन और इत्मीनान में उन्होंने खुद को बसा लिया था—उसमें इस तरह की खड़खड़ से गुज़रना...उन्हें अभ्यास नहीं रहा था।

सहसा उन्हें अपने एक पुलिस अधिकारी मित्र का ध्यान आया और गाड़ी उसके घर की तरफ़ मुड़ गयी। उससे कहकर दो चार दिनों के लिए इन लोगों को सुरक्षा मुहय्या करायी जा सकती है।

•••

बिक्री समझौता कैंसिल होने का नोटिस, पीछे-पीछे खरीद की पेशगी? सूद-समेत मिल जाने के बाद मकान खरीदने आयी पार्टी शांत हो गयी। उनका खेल तो इतना ही था कि इधर कमजोर पार्टी है, डरा-धमका कर मकान ले लो...ज्यादा कीमत पर किसी और को बेच दो। वह फायदा और इन लोगों को बकाया रुपयों में जितना दब सके, वह अलग। जब देखा कि ये लोग अड़ गये तो वे चुप हो गये। बिक्री समझौता अपने आप निरस्त हो गया। प्रेमप्रकाश की सलाह और मदद से कुछ दिनों बाद मकान तीसरी पार्टी को बिक गया...इस बार प्रेमप्रकाश शुरू से ही आगे रहे। उनका ज़ोर इस पर था कि भले ही थोड़ा रुपये कम मिलें, जिसे बेचें वे अच्छे लोग हों।

सब कुछ ठीक से निपट गया। पुराने घर को खालीकर युवागुरु का परिवार नये घर पहुंच गया।

गृहप्रवेश ज़ोर-शोर से मनाया जाय—युवागुरु की इच्छा थी। प्रेमप्रकाश उसके पक्ष में नहीं थे। उनका कहना था कि ब्याज आदि देने में पहले ही नुकसान झेल चुके हो, उसके ऊपर अब यह कि हजार लोगों को खाना खिलाना! फिजूलखर्ची है। छोटी, सादी सी पूजा काफी होगी। प्रेमप्रकाश ने एक-दो बार उन लोगों से कहा भी...लेकिन युवागुरु मुस्कुरा कर बात टालता रहा। उसके लिए गृहप्रवेश का भोज एक अवसर था जब केन्द्रबिन्दु वह होगा। इस अवसर पर उसका गुरु और स्वामी वाला रूप चमकेगा। उसके पुराने शिष्य और प्रभावित होंगे, नये बनेंगे। वह प्रेमप्रकाश को साफ़-साफ़ मना नहीं करता था...लेकिन उसके गुब्बाड़ा मुंह में भरी मुस्कान कहती होती कि प्रेमप्रकाश जी आप आखिर बाहर के हो...बाहर ही रहो, हमारे घर के मामलों में क्यों टांग अड़ाते हो, पैसे हमारे हैं, कोई तुमसे नहीं मांग रहे। प्रेमप्रकाश रास्ते से चुपचाप हट गये, गृहप्रवेश की तारीख तय हो गयी। बीच में घुन की तरह पिस रही थी वह। पति ही प्रेमप्रकाश को कार्ड दे आता तो सब कुछ औपचारिकता-औपचारिकता में निपट जाता। प्रेमप्रकाश ने युवागुरु से ही मना किया था तो उनका सामना वही करे, लेकिन युवागुरु तो अपनी जिम्मेदारी टालने में हमेशा माहिर—'तू जा, तेरे सर हैं!' माने वह प्रेमप्रकाश के घाव पर नमक छिड़कने जाय। यह कहने नहीं तो जताने जरूर कि हमने आपकी बात नहीं मानी, क्योंकि रुपया जो खर्च हो रहा है वह हमारा है। उसे बिल्कुल अच्छा नहीं लग रहा था लेकिन जाना पड़ा। निमंत्रण कार्ड न पहुंचे उससे तो अच्छा था कि कोई तो जाय।

प्रेमप्रकाश अपनी स्टडी में थे...अकेले।

"मुझे मालूम है कि यह आपके मन का नहीं है।" उसने कहा।

"मेरा मन...या मैं महत्वपूर्ण है भी नहीं।" प्रेमप्रकाश की मुखमुद्रा, बोल, बोलने के स्वर से साफ़ जाहिर था कि वे आहत थे—काम हो जाने के बाद उन्हें दूध की

मक्खी की तरह बाहर फेंक दिया गया!

"आप जानते हैं—मैं इस आयोजन के साथ नहीं हूं।"

"कार्ड देने तो आई हो।"

"आपके पास आने का कोई भी बहाना चलता है मेरे साथ। इसके एवज़ सही, थोड़ा बैठ तो सकूंगी आपके पास।"

"भाई, हम हर चीज़ में एक-सा सोचें...यह कोई जरूरी तो नहीं। आप लोग गृहप्रवेश करिये, जश्न मनाइये...कौन मना करता है।"

"आज हम उस घर में हैं, तो आपकी कृपा से ही। आपके बिना गृहप्रवेश कैसा!"

"यह सोचना ग़लत है कि किसी एक के कारण यह होता है या वह। कभी परिस्थितियां ऐसी बनती हैं कि बात बिगड़ जाती है, फिर दूसरी तरह की बनती हैं तो बात सुधर जाती है। यह क्रम चलता रहता है...उसमें भुनगों की तरह उलट-पुलट होते रहते हैं लोग।"

"परिस्थितियां बनाने वाले भी तो लोग ही होते हैं। कुछ बिगाड़ने वाली बनाते हैं, कुछ बनाने वाली।"

"देखो, मुझे कतई खराब नहीं लग रहा कि तुम लोग आयोजन कर रहे हो। यह तुम्हारा मामला है।"

"जब घर का बेचना फंसा पड़ा था...वह भी तो हमारा मामला था।"

"तब बात और थी...उसमें कुछ बिगड़ने जा रहा था। इस आयोजन से कुछ ऐसा नहीं होने वाला। सिर्फ कुछ रुपये जायेंगे...तो वह तुम लोग जानो।"

"मैं 'तुम लोगों' में शामिल होने से इन्कार करती हूं।"

"पर तुम्हारी परिस्थिति ऐसी है कि तुम्हें उसमें शामिल होना पड़ेगा।"

"जानती हूं, पर शामिल होकर भी न शामिल होऊं...यह मुझे आता है। उस मौके पर जब सब खुशी में खाने आते हैं...मैं दिन भर नहीं खाऊंगी, रात्रि भोज में भी नहीं—अगर आप नहीं आये। आप नहीं हैं तो मेरे लिए वह गृहप्रवेश नहीं है।"

कार्ड मेज़ पर रख वह चल दी। प्रेमप्रकाश भी उठ खड़े हुए। वे उसे पीछे से देख रहे थे, उसकी सख्ती को जो उसके पीछे भी चिपकी थी।

"सुनो...अच्छा, मैं आऊंगा..."

वह सुनना...जैसे बिजली प्रवेश कर गयी उसमें। वह दौड़कर प्रेमप्रकाश से जा चिपकी...सिर उनकी गर्दन में। पिछले दिनों का तूफान, झंझावात, तनाव...जो भी इन तमाम दिनों उसे लपेटे रहे थे, सब रेशा-रेशा प्रेमप्रकाश की गर्दन में गिर रहे थे।

उसे लगा जैसे वह एक गुफा में प्रवेश कर गयी थी—गुफा सुरक्षित शान्त, ठंडी। सुप्तावस्था या अर्द्धमरणावस्था...क्या थी वह? बाहर की दुनियां नहीं, अपने होने का

अहसास भी नहीं। सिर्फ एक सुवास थी, नथुनों में हिल्गी हुई। होश आया तो देखा—वह गन्ध वहां से उठ रही थी जहां उसका गाल और प्रेमप्रकाश की छाती मिल रहे थे...प्रेमप्रकाश का एक हाथ हल्के से उसे बांधे था...'मेरी घायल चिड़िया।' वे उसे थपथपा रहे थे...पिछले दिनों कितनी यातना झेली तुमने। मैं तुम्हें दुःखी नहीं देख सकता।"

गर्दन उचका कर उसने अपने होठ प्रेमप्रकाश के होंठों पर तैरा दिये।

•••

शाम प्रेमप्रकाश उसके यहां पहुंचे। घर के बाहर लगा पंडाल खाली पड़ा था। दिन भर लोग आते—खाते-जाते रहे थे। अब इक्का-दुक्का आ रहे थे जो घर में, या घर के बाहर के बरामदे में खा लेते जहां मेज़ पर एक किनारे हलवाई का बनाया खाना रखा था—पूड़ी-तरकारी, रायता, मिठाई आदि। मकान के बगल में ही मंदिर का स्थान था जो उन्होंने मकान के साथ-साथ लिया था। वहां देवी की स्थापना तो अभी नहीं हुई थी...पर देवी देवताओं की मूर्तियां रख दी गयी थीं। ऊपर लाल झंडा लगा था। घर के सामने बोर्ड लगा था—पति का नाम-पहले स्वामी अन्त में आनन्द। न उसके ससुर का जिनका मकान बेचकर वह खरीदा गया था, न उसका...जबकि ससुर ने दोनों के नाम खरीदा था।

प्रेमप्रकाश को देखते ही वह खिल उठी...दिन भर का थका चेहरा, मुर्झाया।

वह साड़ी-ब्लाउज में थी। इस पोशाक में प्रेमप्रकाश उसे दूसरी बार देख रहे थे। पहली बार तब जब उससे परिचय हुआ ही था...वह साड़ी ब्लाउज में घर आयी और देखकर वे खूब हंसे थे...हंसते चले गये थे...दुबली पतली वह साड़ी के गट्ठर में बंधी दिखती थी, जैसे बांस पर किसी ने चादर लपेट दी हो...बिजूका। दुबले-पतले लोगों पर साड़ी नहीं खिलती...सोच रहे थे, सोचते-सोचते हंसते थे। वह थोड़ा रूआंसा होकर प्रेमप्रकाश की पत्नी की तरफ़ बढ़ी और उलाहना देती हुई बोली—'देखिये, सर कैसे मेरा मज़ाक उड़ा रहे हैं।" आज साड़ी में वह सुन्दर लग रही थी—पीली साड़ी और हरे रंग का ब्लाउज़। चेहरा हल्का लाल, होठ थोड़े धूमिल से। उसने लिपिस्टिक नहीं लगाई

थी...उसके होठ वैसे बाहर की हवा खाकर हो जाते थे, तनाव और थकान से भी हो जाते होंगे। उसने मांग में सिन्दूर भर रखा था...प्रेमप्रकाश को अजीब लगा कि वह जो अपने पति से करीब-करीब त्रस्त थी...घृणा से भी कई हाथ आगे...वह अपने विवाहिता होने को ऐसे गर्व से धारण करती है, प्रदर्शित भी कर रही है। भारतीय औरतों की यह बात उनकी समझ में किसी तरह नहीं आती थी। यह दिखावा...! पर वह तो दिखावे से दूर है...!

उन्हें देखते ही वह उनकी तरफ़ बढ़ आयी, जैसे सारा दिन उनका ही इंतज़ार करती रही हो। जो लोग चारों तरफ़ थे, उनका उसे भान नहीं रहा। उसने सबके सामने प्रेमप्रकाश का हाथ पकड़ा और 'आइये आपको घर दिखाऊ' कहकर नीचे का हिस्सा छोड़ते हुए सीधा सीढ़ियों के ऊपर ले गई, करीब-करीब उनसे सटकर चलती हुई।

ऊपर का कमरा जो जाहिरतौर पर उनका बैडरूम था उसने उसके बारे में कुछ नहीं कहा, जैसे उसमें उसे कोई दिलचस्पी नहीं थी। उस कमरे से गुजार कर उसके बगल में जो छोटी छत थी, वह उन्हें वहां ले गयी और बोली यहां मैं रात को तारों के नीचे बैठा करूंगी। जिसे याद करना है उसे यहां याद कर सकूंगी। धूप में...

वह रुक गयी। नीचे से कुछ लोग ऊपर आ गये थे, पीछे-पीछे उसकी सास थी। उन्हें औपचारिक मुस्कान दे वह प्रेमप्रकाश को बगल के कमरे में ले गयी।

"यह मां जी का कमरा है। बाथरूम साथ है। चलिये सबसे ऊपर चलते हैं।"

उस कमरे के बाहर से घुमावदार लोहे की सीढ़ियां ऊपर छत को जाती थीं। छत से बायीं तरफ पहाड़ियां दिखती थीं...उस तरफ़ कोई बहुमंज़लीय इमारत अभी नहीं बनी थी।

"यहां आकर मैं क्या किया करूं?"

"धुले कपड़े फैलाना...बाल सुखाना..." प्रेमप्रकाश ने कहा।

"मज़ाक मत करिये...बताइये न!"

"इधर की ये पहाड़ियां देखा करो।"

"ये बौनी पहाड़ियां?"

"हां, इन्हें कुछ नहीं मिला—हमें तो फिर भी कुछ मिला—फिर भी ये खड़ी हैं। कैसे निरपेक्ष खड़ी रहती हैं, सब कुछ देखते हुए।"

"हम उतना निरपेक्ष हो सकते हैं क्या... ये तो पत्थर हैं।"

"कभी इनके भी पर होते थे। इधर-उधर फट से कहीं भी चले जाते थे। पहाड़ चलायमान होते थे। एक समय आया कि अचल हो जाना पड़ा। माने बहुत चलायमान होना भी ठीक नहीं। हमारे यहां तो किसी पहाड़, विन्ध्याचल, या गोवर्द्धन...या दोनों, ठीक से याद नहीं...उनके बारे में कथा भी है किसी ऋषि ने शाप दिया कि—ठहर जा!

वैसे स्थिर होना इनसे सीखा जा सकता है। किसी चीज़ में स्थिर होना...जैसे इस घर में।"

"मुझे नहीं होना। जिसमें मन हो उसमें स्थिर होने की चाहना समझ में आती है। यहां रहते हुए तो पहाड़ियों को देखकर निरपेक्षता ही सीखा करूंगी।"

वे नीचे आ गये। इस हिस्से में रसोईघर, एक कमरा (जो उसके ससुर के लिए था), एक बाथरूम और हॉल था। नीचे के हाल में फर्श बिछा था, एक तरफ़ हो चुकी पूजा का सामान रखा था, वहीं दीवार से टिकी भगवान की तस्वीरें, मूर्तियां थीं। उन्हीं के बगल में फर्श पर उसने प्रेमप्रकाश को बिठा दिया और खुद उनसे सटकर बैठ गयी। बीच-बीच में सबके सामने ही अपनी तरफ़ के उनके घुटने पर हाथ रख देती। प्रेमप्रकाश हिचकिचाते, पर वह उतनी ही दिलेरी से उनसे सटे जा रही थी।

जैसे वह सारी दुनिया को जता रही है कि देखो जो मेरे लिए ये हैं, कोई और नहीं। मैं उसकी भावनाएं समझता हूं। पर हम दो की भावनाएं जगजाहिर क्यों हों? उनकी सात्विकता इसी में है कि वे सिर्फ दो के बीच रहें, बाहर की दुनियां के लिए उन पर एक पर्दा गिरा रहे। शायद बात भावनाओं की नहीं है। मुझे लेकर उसे गर्व है और सबको न सही अपने घर वालों को वह ज़रूर बताना चाह रही है कि देखो ये जिनकी मदद से जो आज हम सब इस घर में बैठे हैं ये मेरे हैं, मैं इन्हें ढूंढ़कर लाई। पर यही तो खतरनाक चीज़ है, जो वह नहीं समझती, समझती है तो परवाह नहीं करती या क्या पता यह उसके भीतर की उत्फुल्लता है। इतनी कि फूटी पड़ रही है कि मैं आया, वह मुझे ले आयी।

"अभी आती हूं...यही रहना..." एकाएक वह ऊपर चली गयी...देखने कि क्या प्रेमप्रकाश को ऊपर खाना खिलाया जा सकता है, वहां लोग अब भी रुक-रुक कर आ जा रहे थे।

वह जल्दी ही लौटी, थोड़ी अन्मना। जहां खाना रखा था सीधे वहां जाकर एक थाली में खाना लगाने लगी। तब तक युवागुरु आ गया...और प्रेमप्रकाश को अकेला देख, उनके सामने बैठ गया। पीछ-पीछे वह आई और अपने पति से बोली...

"सुनिये...आपके कुछ लोग मंदिर की तरफ़ गये हैं, आप उन्हें खाना खिलाइये, मैं सर को खिलाती हूं..."

युवागुरु बाहर मंदिर की तरफ़ चला गया। उसने थाली प्रेमप्रकाश के सामने फर्श पर ही रख दी और उनके बगल में पहले वाली जगह पर बैठ गयी...

कि एकाएक बिजली गुल हो गई। सब तरफ़ अंधेरा। प्रेमप्रकाश सोच रहे थे कि बिजली आने के बाद ही खाना शुरू करेंगे...पर तभी होठों पर कोमल उंगलियों का स्पर्श आया, हल्की थरथराहट लिये...उंगलियों ने उनके मुंह में छोटा-सा कौर उतार

दिया। प्रेमप्रकाश के होठ...उसकी उंगलियों के थर-थर स्पर्श से झुलस कर रह गये। उंगलियां धीरे से हट गयीं। प्रेमप्रकाश अगले कौर की प्रतीक्षा कर रहे थे कि बिजली आ गयी। दूसरा कौर उसकी उंगलियों में था, जिसे उसने लप्प से अपने मुंह में डाल लिया।

वह प्रेमप्रकाश की तरफ़ देख मुस्कुरा रही थी।

प्रेमप्रकाश ने खाना शुरू कर दिया था। थोड़ी देर में वह उठ गयी, दूसरे मेहमानों में व्यस्त हो गयी। खाना खत्म कर प्रेमप्रकाश निकलने की सोचने लगे। शादी ब्याह या ऐसे आयोजनों में वे कम जाते थे जहां जाते भी वहां से फौरन निकल भागने की तबीयत होने लगती...

जब जीवन मूलतः विषादमय है वहां इस तरह चीख-चीख कर खुशियां मनाना—मुझे अजीब लगता है। जन्मदिन, विवाह, गृहप्रवेश जैसे कि और किसी के होते ही न हों। कैसे चहकते फिर रहे हैं इस घर के लोग, वह भी जबकि इन्हीं लोगों के भीतर, इसी घर में कैसी-कैसी यातनाएं दबी पड़ी हैं।

लोगों के बीच, उनसे घिरी हुई वह...सबकी नज़रों की केन्द्रबिन्दु हैं, इसलिए प्रफुलित है। उसमें कितने विरोधाभास हैं—घर से उदासीन होते हुए भी घरेलू, गृहप्रवेश पर मगन, विवाह से बैर पाले हुए भी विवाहित होने का प्रतीक सजाये हुए बौबकट बालों को यों ही छोड़ देने की बजाय उसने मांग काढ़ी, सिन्दूर मांग में हल्के से छुआ लेने की बजाय पूरी मांग में इतने ज़ोर से भरा है कि बालों में इधर-उधर फिसलता दिखता है। वह खुश होना चाहती है, खुशी को अपनी तरफ़ घसीट लेने का माद्दा भी है इस भीड़-भाड़ में भी मुझे अपने हाथ से खिला देना...

उसके पास पहुंचकर प्रेमप्रकाश ने पीछे से कहा—'अब मैं चलूंगा' तो वह बच्चों की तरह ठुनक कर बोली—"अभी नहीं, अभी तो आये हैं, बैठिये न, मैं आती हूं।"

प्रेमप्रकाश वापस उसी जगह आकर बैठ गये। वह उनके पास बैठने की कोशिश करती थी पर उसे जल्दी ही इस या उस मेहमान से मिलने के लिए उठ जाना पड़ता था। थोड़ी देर बाद प्रेमप्रकाश ने जाने के लिए फिर कहा। इस बार उसने मना नहीं किया, उदास जरूर हो गयी...थोड़ा रूष्ट भी। बाहर तक भेजने नहीं आयी जबकि अपने घर में प्रेमप्रकाश जाते थे।

दूसरे दिन फोन पर उसने शिकायत की—'क्या थोड़ी देर और नहीं रुक सकते थे?'

खुशी को खींच लेने का माद्दा तो है उसमें, लेकिन लम्बे समय तक उस खुशी को खुद में धारण करने का बूता नहीं—क्यों नहीं अगले कितने दिनों तक

वह इस बात से ही खुश रह सकती थी कि गृहप्रवेश में मैं गया...मैं जो कहीं जाता नहीं, अपने विरोध के बावजूद गया, उसकी खातिर। उल्टे बड़ी जल्दी नाखुश, थोड़ा रूष्ट भी हो बैठी...सिर्फ इसलिए कि मैं कुछ और देर नहीं रुका अपने हाथ से खिलाने जैस कुछ और सपने थे क्या उसके? शायद अपने घर में वह मुझे थोड़ा ज्यादा समय के लिए चाहती थी, भले ही मेरे पास बैठ पाये या नहीं। मेरी उपस्थिति ही...कि उसे लगे कि मैं भी उस घर का हिस्सा हूं...

अपने हाथ से खिलाने की खुशी के करीब-करीब फौरन बाद उसने नाखुशी भी अपनी तरफ़ उसी तरीके से घसीट ली थी।

क्या है वह समाजशास्त्र, मनोविज्ञान की कितनी किताबें पढ़ी हैं मैंने, लम्बे जीवन के कितने अनुभव पर एक लड़की को नहीं समझ पाता!

•••

गृहप्रवेश के बाद युवागुरु ने घर वाला हिस्सा तो वैसा ही रहने दिया जैसा खरीदा था, लेकिन मंदिर की तरफ़ वाले हिस्से में खासी रद्दोबदल की, वहां अधिक पैसा लगाया। पहले घर में भी जो साजसज्जा मंदिर के हिस्से की रहती थी, वह घर की नहीं थी। इस घर में तो मंदिर वाला हिस्सा अलग ही था, एक तरह का दूसरा घर, प्रवेश-द्वार भी अलग। प्रवेश-द्वार के ठीक सामने युवागुरु ने देवस्थान रखा—आम लोगों के लिए, वे आयें और यहीं से दर्शन आदि कर वापस लौट जायें। दीवार उठवाकर मंदिर के दूसरे हिस्से को देवस्थान से बिल्कुल अलग कर लिया। दीवार में एक दरवाज़ा जो छोटे से प्रतीक्षालय में खुलता था। सामने एक और दरवाज़ा भव्य कमरे का जिसमें एक दीवान और गुरुजी का सिंहासन। दीवान स्वामी जी के विश्राम के लिए। विशिष्ट आगन्तुक यहां भी जमीन पर ही बैठते थे। इस पूरे हिस्से में उसने दीवार से सटा नया लाल कार्पेट बिछवाया, ए.सी. लगवाया, कमरे और प्रतीक्षालय.. .दोनों के दरवाज़ों में डोरक्लोज़र।

यहां युवागुरु विशिष्ट लोगों से उनके पद-प्रतिष्ठा के अनुसार मिलता था। स्त्रियों में प्रौढ़ाएं अधिक आती थीं। युवागुरु रुपये और रूपवालियों के साथ अधिक समय

लगाता...उनसे आत्मीयता स्थापित करने की कोशिश करता पर वे चतुर स्त्रियां थीं। अपना खालीपन भरने के लिए मंदिर-पूजा आदि में उनकी दिलचस्पी होती, लेकिन न ही कोई रुपये-पैसे से मदद करती नज़र आतीं, न ही गुरुजी के बुलावे उन्हें भरमा पाते। वे आतीं, मतलब की बात कर निकल जातीं। किसको कितना समय देना है, यह युवागुरु तय करता था। कोई सहायक नहीं रखा था, क्योंकि उससे एकांत भंग होता था। भीतर के हिस्से में बिना युवागुरु की अनुमति के शिष्यों का भी प्रवेश निषिद्ध था। गुरु उनसे अधिकतर बाहर निकलकर देवस्थान में या अपने घर पर मिलता था। जब आगन्तुक नहीं होते या जा चुके होते थे तब युवागुरु साधना, ध्यान या स्वाध्याय में लीन होता था...बाहर यही हवा फैलायी गयी थी।

प्रौढ़ा स्त्रियां माता-पिता कभी साथ, पर अक्सर अलग-अलग अपनी समस्याओं के निदान के लिए आते थे। युवागुरु ने ऐसा बना रखा था कि सम्बन्धित व्यक्ति अपनी समस्याएं अकेले में ही उसे बताये। पति-पत्नी वाली समस्याएं हैं तो पति अलग मिले, पत्नी अलग। इसलिए प्रौढ़ाएं जो मंदिर वैसे, किसी-न-किसी के साथ आती थीं, भीतर जब गुरुजी से मिलतीं तो उन्हें साथ अकेले ही बैठना होता था। उनमें से कुछ फिर अकेले आने लगतीं।

उस रात आरती के बाद गुरुजी से मिलने वालों में अन्त में तीन थे—माता-पिता, साथ में उनकी पुत्री निशा। समस्या मां-बाप की भी थी और पुत्री की भी। वे उसका विवाह योग बिचरवाने आये थे।

कुंडली देखने के पहले ही युवागुरु की स्निग्ध निगाहें उनकी तरफ़ गयीं, लड़की पर ज्यादा देर ठहरीं।

वह नवयुवती थी। सांवला रंग, चेचक के बहुत हल्के दाग, ठिगना कद...पर नयी उम्र की ताजगी वहां थी, ठिगने कद की वजह से देह अतिरिक्त भरी-भरी...गुदारु लड़की!

"क्या नाम है सुकन्या का?"

"निशा", पिता बोले।

"सुन्दर नाम! निशा...विश्रामदायिका। रात्रि न हो तो मनुष्य विश्राम न पायें, विक्षिप्त हो जायें।"

"इसको साथ इसलिए लाये कि आप कुंडली के साथ-साथ हस्तरेखा भी देख लें। सुना है आप दोनों देखते हैं।"

"बिल्कुल। दोनों एक दूसरे के पूरक हैं। जो एक जगह लक्षित है उसकी पुष्टि दूसरे से हो जाती है तो हमें अपनी धारणा सही लगती है। समस्या क्या है?"

"इसके विवाह की बात जहां चलती है वहां टूट-टूट जाती है...कभी-कभी तो बड़ी छोटी और बेकार की वजहों से।"

युवागुरु ने कुंडली ले ली, थोड़ी देर उसे उलटते-पलटते रहे, उंगलियों में कुछ गिनती करते रहे। फिर बोले—

"निशा! मेरे पास आओ..."

निशा उनके सिंहासन के ठीक नीचे खिसक आयी। युवागुरु ने उसका बायां हाथ अपने दोनों हाथों में ले लिया—ताजे पत्ते की कम्पन। हस्तरेखाएं देखने लगे। हथेली को खोलने-फैलाने के क्रम में हाथ को थोड़ा इधर-उधर से दबा गये...लचीलापन, हवा में हिलता पत्ता। कुंडली से अधिक समय लगाया उन्होंने हाथ देखने में...उलटकर, पलटकर, कुछ क्षणों को उसके चेहरे को भी देखा। हाथ छोड़ा तो अन्मने से थे, मौन हो गये।

"क्या कहते हैं गुरुजी!"

"विवाह-योग ग्रसित है।"

"माने...क्या लिखा ही नहीं है?"

"नहीं, ऐसा नहीं है। तीन वर्षों तक विपरीत गृह घेरे हुए हैं। ऐसे में जल्दबाजी में विवाह किया भी गया तो कोई अनहोनी हो सकती है।"

फिर कुंडली को देखते हुए, गिनते हुए कहा...

"हां तीन वर्षों बाद जब गुरु की महादशा प्रारम्भ होती है तब इसके विवाह का सोचा जाये...तब तक नीलम की अंगूठी धारण करे, विपरीत गृहों के दोष-निवारण के लिए व्रत उपवास करे।"

मां-बाप चिन्तित दिखे तो युवागुरु ने उन्हें हल्के-फुल्के अन्दाज़ में छेड़ा—"आपको भी जल्दी क्यों है?...

"बी.ए. कर चुकी है, घर में क्यों बैठे। उम्र भी हो रही है।"

"आज के समय को देखते हुए कोई विशेष उम्र नहीं हुई। घर में बैठने की बात ज़रूर है...तो पढ़े, आगे पढ़े।"

"पढ़ने में बहुत रुचि नहीं है उसकी...

"हो जायेगी...मैं अपनी पत्नी से मिलवा देता हूं, वह पढ़ने में तेज़ है। हम दोनों इससे बात करके इसके मन का विषय तय कर लेंगे। मेरी पत्नी की जान-पहचान विश्वविद्यालय में है, वह इसके मन के विषय में दाखिला करवा देगी। विश्वविद्यालय जाने लगेगी, तो मन और लगने लगेगा। निशा तुम कल दोपहर बाद मेरे घर आ जाना...यहां नहीं। मैं नहीं होऊं तो मेरी पत्नी के पास बैठना...हम तीनों आगे की योजना बना लेंगे...

"नीलम?"

"आप उंगली की नाप की मुंदरी बनवा लेंगे, नग मैं उपलब्ध करा दूंगा। जो व्रत करने हैं, कैसे करने हैं...वह मैं निशा को समझा दूंगा।"

युवागुरु उठ गये।

अगले दिन निशा आयी। युवागुरु ने पत्नी से पहले से बात कर रखी थी। युवागुरु उसके बाहर के सम्बन्धों का इस्तेमाल करे—यह साधारणतः उसे अच्छा नहीं लगता था...पर निशा के लिए दया उमड़ी और वह मान गयी। दोनों ने निशा से बात कर उसे इतिहास में एम.ए. कराने के लिए तैयार कर लिया। उसने प्रो.कौशिक के नीचे जो रीडर थे, उनसे फोन पर निशा के सामने ही बात कर ली। निश्चित तारीख और समय को निशा को वहां पहुंच जाना था, बाकी सब वे करा देंगे, इतिहास विभाग जाकर।

युवागुरु ने घर के ड्राइंग रूम में ही निशा को सोम और शनिवार का व्रत रखने का विधिविधान विस्तार से समझा दिया। बाहर उसे छोड़ने आया तो देखा कि उसके पास स्कूटर नहीं है, बस से आयी थी।

"चलो, तुम्हें घर तक छोड़ देता हूं।"

"मैं बस से चली जाऊंगी सीधी जाती है।"

"क्या फर्क पड़ता है, मुझे उस तरफ़ जाना ही है।"

"अभी?"

"हां, जा ही रहा था। तुम्हारे माता-पिता से भी मुलाकात हो जायेगी। रास्ते में ही तो पड़ता है!"

निशा के पिता अस्वस्थ रहते थे, कुछ महीनों में रिटायर भी होने वाले थे। इसीलिए उन्हें निशा जो उनकी इकलौती लड़की थी, उसके विवाह की चिन्ता रहती थी। दुर्भाग्य कि निशा देखने में बहुत ही साधारण थी इसलिए विवाह में दिक्कतें आ रही थीं, जहां कहीं मामला आगे बढ़ता वहां वरपक्ष की मांगें बात बिगाड़ देतीं। अपनी माली हालत सुधारने के विचार से निशा के पिता अपने मकान की छत पर एक छोटा रिहायशी यूनिट बनवा रहे थे...जिसे किराये पर उठाया जा सके। रिटायर होने के बाद वह एक अतिरिक्त आय का जरिया बन जायेगा।

युवागुरु बातें बहुत मीठी कर लेता था। उसी दिन उसने निशा के मां-बाप का मन जीत लिया। निर्धारित दिन निशा को वही अपने स्कूटर पर यूनिवर्सिटी ले गया, उसके दाखिले की सारी औपचारिकताएं पूरी करा आया। उसके बाद उसके फोन अक्सर आने लगे, वह निशा के पिता से ही अधिक बातें करता। धीरे-धीरे वह उनके मकान बनवाने के कामों में हाथ बंटाने लगा—बाज़ार चले जाना, सामान आदि की खरीद कराकर निशा के घर भिजवा देना, ठेकेदार से बात कर आना...आदि। निशा के पिता जो बहुत भागदौड़ न कर पाते थे...उन्हें बड़ी राहत मिली। उसके भी आगे कभी धूप में जब स्लेब पड़ने जैसे काम को छत पर खड़े होकर देखना हो...युवागुरु दिन में चला जाता और घंटों निशा के यहां रहता। उस दौरान निशा उसके लिए खुद कुछ बनाकर

खिलाती, चाय पिलाती।

कुछ ही महीनों में वह उस घर का अन्तरंग सदस्य बन गया था। निशा से अकेले में जब भी बात करने को मिलता वह उसे ज्योतिष-विद्या की बातें बताता। निशा की दिलचस्पी ज्योतिष में बढ़ गयी।

"क्या आप मुझे ज्योतिष शास्त्र पढ़ा सकते हैं?" उसने एक दिन युवागुरु से पूछा।

"पर तुम तो इतिहास पढ़ रही हो।"

"उसके लिए उतना समय नहीं चाहिए। मैं साथ-साथ कुछ और भी कर सकती हूं।"

"ठीक है...पर विद्यार्थी को गुरु के पास आना होता है।" युवागुरु ने मुस्कराते हुए कहा। निशा ने अचम्भे से देखा तो उसने बात सपाट कर दी–"इसके लिए तुम्हें मेरे यहां आना होगा, रोज नहीं, हफ्ते में एक दिन एक घंटा काफी होगा। हम लोग हॉल में बैठ जायेंगे।"

"मैं आ जाऊंगी...बस से आपके यहां का आधे घंटे का ही तो रास्ता है।"

"पिताजी से पूछ लो।"

"वे मना नहीं करेंगे। पढ़ाई-लिखाई के बारे में वे मुझसे ज्यादा उत्साह में रहते हैं।

निशा के पिता मान गये। एम.ए. के साथ-साथ अगर बेटी एक और विषय में पारंगत हो जाती है तो क्या बुरा है। यह भी ठीक है कि वह अधिक से अधिक व्यस्त रहेगी।

युवागुरु ने एक दो बार तो घर के हॉल में पढ़ाया...ऐसे समय जब पत्नी दफ्तर गयी होती थी। उसके बाद एक दिन सहसा ही सुझाव दे डाला–"चलो मंदिर में बैठते हैं। यहां व्यवधान पड़ता है।"

वे मंदिर में भीतरी कक्ष में बैठने लगे...वहां जहां निशा पहली बार आयी थी। दिन में वहां सन्नाटा ही रहता था। जिस दिन निशा को आना होता...युवागुरु दफ्तर से थोड़ा जल्दी आ जाता था। युवागुरु ने ज्योतिष का अलग से अध्ययन किया था, एक डिग्री भी ली थी। वह उसी क्रम में पढ़ाने लगा...जैसे पढ़ा था...धीरे-धीरे। बराबरी से निशा को छूना...जो क्रमशः उसे चिपकाने चूमने तक चलता चला गया। वहां तक निशा ने बहुत विरोध नहीं किया...वह घर का अन्तरंग जो हो गया था, कितने कामों में पिता का हाथ बंटाता था आगे आ-आ कर, एक तरह से उनके घर की आड़ बन गया था। यह भी था कि निशा के लिए यह उस तरह का पहला सुख था। युवागुरु गोरा था, निशा से कहीं ज्यादा दर्शनीय...और लगभग हम उम्र भी। लेकिन युवागुरु ने एक दिन और आगे बढ़ने की कोशिश की तो निशा ने रोक दिया।

"यह नहीं।"

"क्यों?"

"...यहां नहीं।"

"क्यों?"

"कोई देख लेगा।"

"यहां कोई नहीं आता।"

"दीदी?"

"वह दफ्तर में होती है इस समय।"

"मां-बाप?"

"वे दिन में घर पर रहते हैं। आज वैसे भी बाहर गये हैं।"

"अभी नहीं।"

युवागुरु ने जबर्दस्ती नहीं की, निशा को मानसिक रूप से तैयार करना होगा। जब दोनों अपनी-अपनी जगह बैठ गये तब निशा ने कहा—

"आप शादीसुदा हैं, क्या दीदी के साथ यह गैर वफादारी नहीं?"

"मैं उससे प्यार नहीं करता।"

"क्यों?"

"हमारे विचारों में समानता नहीं। उसे धर्मकर्म में रुचि नहीं। मेरी कितनी है... देखती हो। वह धर्म का, मेरा अपमान करती है। हमने दीक्षा साथ-साथ ली थी, कुछ दिनों वह मंदिर में मेरे साथ बराबरी से पूजा-पाठ में भागीदारी करती रही। एकाएक छोड़ दिया। उसने गैर वफादारी की। तब से हमारे रास्ते अलग-अलग हो गये हैं।"

"आपका धर्म यह इज़ाजत देता है।"

"मैं तुम्हें प्यार करता हूं...इसलिए कोई दोष नहीं।"

"सन्त होना व्यवधान नहीं?"

"सन्त भी तो मुनष्य होता है। फिर मैंने संसार छोड़ा तो नहीं है।"

"मुझसे प्यार क्यों है?"

"इसलिए कि हमारी रुचियों में समानता है। तुम्हें ज्योतिष में दिलचस्पी है...मेरे क्षेत्र में। पूजा-व्रत करती हो। तुम मेरी चिन्ता करती हो। हम एक-दूसरे के भविष्य का सोचते हैं। तुम मुझे बहुत अच्छी लगती हो। और तुम भी विवाह तक इन्तज़ार करती क्यों बैठी रहो। यह उम्र, यह समय यों ही क्यों जाया करो। आजकल लड़कियों में विवाह के पहले...इसका चलन भी है।"

निशा को उस सुख ने भीतर कहीं छुआ था...सुख जो पता नहीं वैसे कितनी दूर था। उसके साथ की लड़कियां जब इसकी बातें करती थीं, वह सुनकर रह जाती थी...अब हल्की पहचान हो गयी थी।

उस सुख को पाने का क्रम चल पड़ा। दोनों ही अक्सर भूखे होते...जब जैसा मौका हुआ लेते-देते। निशा के मां-बाप यों निश्चिन्त थे कि युवागुरु धार्मिक व्यक्ति था, विवाहित था...पत्नी के अलावा उस घर में युवागुरु के मां-बाप और लड़का भी थे। निशा युवागुरु के स्कूटर में बैठती है...इसकी उन्हें आदत हो गई थी। इधर युवागुरु रुपये बचाकर निशा के लिए कभी कोई गिफ्ट, कभी कोई ड्रैस भी खरीद देता...जिसे निशा घर में या तो दबा जाती या किसी सहेली द्वारा दी हुई बता देती। निशा के मां-बाप को थोड़ी चिन्ता लड़की की बदनामी को लेकर थी...पर निशा दिन को ही तो इधर-उधर जाती थी...अधिकतर विश्वविद्यालय। यह बात दीगर थी कि अक्सर युवागुरु पहले ही विश्वविद्यालय पहुंच जाता। वे वहीं से कहीं चले जाते...या मंदिर चले आते। ज्योतिष की पढ़ाई अब हफ्ते में एक दिन की नहीं रह गयी थी।

युवागुरु को चिन्ता न अपने मां-बाप की तरफ़ से थी, न पत्नी की तरफ़ से। उसे चिन्ता थी तो शिष्यों की तरफ़ से जो उसकी प्रतिष्ठा के वाहक थे। अच्छा था कि वे दिन को इधर नहीं आते थे।

•••

"हम साथ बहुत कम जाते हैं। यह चन्दन से अपना माथा पोतकर चलेगा, मंदिर वाली अपनी लाल पोशाक में ही! कंठ में मोटे माले, मोटी उंगलियों में बड़े-बड़े नगों वाली अगूंठियां। सोचता है इस तरह वह विशिष्ट हो जाता है, इनसे लोगों पर प्रभाव पड़ता है। शायद पड़ता भी हो, पर क्या हर वक्त, हर के लिए ही विशिष्ट रहना है...क्या कभी हम सिर्फ लोगों के साथ उठने बैठने के लिए नहीं जा सकते,...साधारण होकर? हर जगह पीला तिलक, लाल पोशाक? सोचता होगा पता नहीं कब कहां कोई मिल जाय, प्रभाव जम जाये। हर जगह दिखाना चाहता है कि उसने दीक्षा ली है, वह विशिष्ट है। मेरा कहना है यह हुलिया सिर्फ मंदिर के लिए रखो, पूजा-पाठ करते समय...मंदिर में अपने भक्तों से मिलते समय भी चलो ठीक है। यह क्या कि चौबीसों घंटे। छोट-छोटे बाल रखना...जिससे कि माथा और चौड़ा दिखे, माथे पर गुदा तिलक ही तिलक दिखे...स्वामी ही स्वामी...स्वामी। आदमी कहीं से न दिख जाय!

हमरा विवाह खासे फिल्माना तरीके से हुआ था। हम एक ही कस्बे में थे। मैं इंटर में पढ़ती थी, साइकिल से कॉलेज आती-जाती। एक दिन एक बारगी यह सामने आ गिरा, इस तरह कि मेरी साइकिल इसके ऊपर आ जाये। तब यह साधारण पोशाक में साधारण विद्यार्थी ही था, मुझसे प्यार जताने का फिल्मी हीरो वाला तरीका अपनाया। मुझे पहली ही नज़र में यह पसन्द नहीं आया था, न ही उसका यह तरीका। मैंने अपने सौतेले भाईयों से शिकायत कर दी। उन्हें क्या था, इसकी ठुकाई कर दी। इसने पुलिस में रिपोर्ट लिखा दी। अब यह अपने मां-बाप से रुपये लेकर पुलिस वालों को खिलाता-पिलाता, पुलिस वाले मेरे भाईयों को परेशान करते। फिर एक दिन मुझे अकेले में घेरकर बोला—'एक दिन तेरे सामने अपने पेट में गुप्ती घोंप लूंगा,...जो तू हां न करेगी। विवाह करूंगा तो तुमसे वर्ना मर जाऊंगा।' फिर फिल्माना! पर मैं सहम गयी। बड़े पेशोपेश में थी। इसकी तरफ़ जितन्ना देखती उतनी घृणा उपजती। मेरे पिता को देहान्त हो चुका था, सौतेली मां थीं। मैंने मां को बताया। मेरा पक्ष लेने की बजाय उसे अपने लड़कों की चिन्ता थी। बोली—'ब्याह तो तेरा होना ही है किसी से और ब्याह के बाद हर आदमी एक जैसा ही होता है। यह वही करेगा जो कोई और करेगा, वह भी वही करेगा जिसे तू पसन्द करेगी। अच्छा है, हमें ढूंढ़ना न पड़ा, लड़का घर बैठे आ गया...जवान है, पढ़ रहा है, तुझे चाहता है...और क्या चाहिए। तू हां कर दे...पर एक शर्त लगा दे कि तेरे भाईयों के खिलाफ जो उसने ये मामला चला रखा है उसे वापस ले ले...पुलिस वाले बहुत परेशान करते हैं—वे, बेचारे मारे डर के घर से बाहर नहीं निकलते...'

मेरे साथ मां का व्यवहार कभी अच्छा नहीं रहा। उस घटना के बाद तो उसने मेरा कॉलेज जाना ही बन्द कर दिया था, वही पुरानी दलील—लड़कियों का काम पढ़ना नहीं, घर के कामकाज सीखना है...जो तुझे दूसरे घर में जिंदगी भर करना है। पढ़ना-लिखना ही था तो लड़की क्यों पैदा हुई! अभी चौखटा सही सलामत है तो कोई व्याह भी लेगा, लड़ाई झगड़ा में किसी ने कुछ बिगाड़-उगाड़ दिया तो ब्याह भी नहीं होगा...तो क्या जिंदगी भर मैं तुझे खिलाऊंगी, मेरी छाती पर मूंग दरने को पैदा हुई है..." मैंने सोचा मां के घर में तो मुझे कुछ मिलने से रहा...क्योंकि में लड़की पैदा हुई हूं, जो उनके अनुसार मेरा सबसे बड़ा अपराध था। शायद नये घर में मुझे कुछ मिल जाये...तो मैंने हां कर दी। इसके सामने मैंने दो शर्तें रखीं—एक भाईयों के खिलाफ़ मामले वापस लेना, दूसरे मुझे कॉलेज यूनिवर्सिटी में पढ़ने देना। इस पर तो जुनून सवार था...मान गया। इसने दोनों चीज़ें पूरी कीं लेकिन जो दीगर चीज़ें ये करता चला गया..."

प्रेमप्रकाश ने देखा की उसकी आंखों में पानी उतर आया था। पार्क के दरख्तों

की छाया उसके चेहरे पर पड़ रही थी, वह धूमिल हो आया था। जाहिर था कि वह बहुत चाहती रही होगी कि उसका वैवाहिक जीवन अच्छा हो, वह उसमें पूरी तरफ़ डूब सके... और वह नहीं हो सका। वह आगे कह रही थी–

"ब्याह के बाद इसने दीक्षा ली, मुझे भी दिलायी। जब तुम्हारा उस तरफ़ इतना मन था तो ब्याह के पहले दीक्षा क्यों नहीं ली, ब्याह ही क्यों किया? मैंने पूछा तो बोला कि साथ काम करने का आनंद कुछ और ही है, दोनों गृहस्थ होते हुए भी गुरु के धर्मप्रचार रहेंगे, उनके नियमों के अनुसार देवी-देवताओं की स्थापना, साथ-साथ पूजा-पाठ, व्रत अनुष्ठान करेंगे।

साथ करने के लिए एक यही चीज़ थी? क्या दूसरे की इच्छा की ज़रा भी चिन्ता नहीं? हर पूजा में मुझे गुरुआइन बनाकर बिठाता...मेरे भीतर दबा क्लेश ऊपर आ गया...जो बढ़ता चला गया। मैंने विद्रोह करना शुरू किया। साधारण से साधारण मौके पर मुझे बगल में बिठाना चाहता–उसे गुरु होने की तृप्ति मिलती, साथ-साथ मुझे बगल में बिठाने की भी...लेकिन हर बार ही मैं विरोध करती, कभी-कभी तो रोते हुए चौकी पर बैठती। लोग देखते, इसकी प्रतिष्ठा को धक्का लगता। धीरे-धीरे ऐसा होने लगा कि वह मुझे पूरी तरह मानसिक रूप से तैयार करके ले जाता। पर मेरी आत्मा फिर भी विद्रोह करती–वह जिसमें मुझे विश्वास नहीं, जो पग-पग पर मुझे आडम्बर लगता है, उसके तिलक और लाल कपड़ों से मुझे घृणा होती है...तो मैं क्यों बैठूं, पूजा-पाठ में, वह भी इसके साथ? एक दिन मैंने साफ मना कर दिया...मंदिर की पूजा-पाठ से अब मैं खुद को अलग रखती हूं।

पढ़ाई का भी किस्सा सुनिये। मैं साइंस पढ़ना चाहती थी... एक साल बी.एस.सी. में दाखिला लेकर पढ़ा भी...लेकिन वह इसके मां-बाप को गवारा नहीं हुआ। सास का सास जैसा जो व्यवहार था सो तो अलग, शिकायत शुरू कर दी–'क्या हम यों ही बैठे रहने को हैं, ऐसे ही बैठे रहने को बेटा ब्याहा था क्या हमने, हम क्या करें दिन भर, हमें खेलने के लिए खिलौना चाहिए...

मेरा मन डॉक्टरी की परीक्षा में बैठने का था, इन्टर तक मैं पढ़ने में बहुत तेज़ थी...पी.एम.टी. की तैयारी भी कर रही थी कि सिद्धार्थ पेट में आ गया। उन्हें खिलौना चाहिए था पर परवरिश के नाम पर सबने हाथ झाड़ लिये, सारी जिम्मेदारी मेरे ऊपर। मैं रात-रात भर जागूं...सुबह कॉलेज। बोझ न संभला तो इसने सलाह दी कि बी.ए. करूं, हल्का रहेगा। तब भी हफ्तों मुझे सोने को न मिलता। ऐसा खिलौना चाहिए था सास को? अभी-अभी तक, जब मुझे मुकदमें के लिए हरभजन के यहां दफ्तर से ही जाना होता सास-ससुर सिद्धार्थ को भी साथ ठेल देते...अब वह वहां बारह-बारह बजे रात तक ऊंघता बैठा है। सास-ससुर दोनों घर में रखने को साफ मना कर देते...जरा

भी दया नहीं...जबकि आप जानते ही हैं, घर बेचने वाले मामले को बिगाड़ने में ससुर जी की जिम्मेदारी कम नहीं थी...पर वे बराबर कहते...तुम लोगों को सब कुछ देख लेना चाहिए था...क्योंकि घर तुम दोनों के नाम किया जा रहा था...हर चीज़ से हमी निपटें? ऐसे हैं—जितने बाहर से देखने में सीधे उतने ही भीतर से निर्दयी!

बात सिर्फ अभी की नहीं है। मेरी सास अपने बेटे का विवाह मुझसे ही करना चाहती थी...जानते हैं क्यों? यह तो है ही कि वे अपने बेटे की हर इच्छा पूरी करना चाहती रही हैं...लेकिन इसमें उनकी बदले की भावना भी थी। जिस लड़की के कारण उनके बेटे को पीटा गया, उसे अपने घर लाकर उसे तरह-तरह की यातनाएं देकर, आजीवन दंडित करते रहरहकर बदला लेना चाहती थीं...वर्ना आप ही बताइये—जिस घर से उनके बेटे को इतना अपमान मिला हो वहीं सम्बन्ध क्यों करना चाहेगा कोई?

"लेकिन मुझे तो कोई बड़ी कर्कशता नहीं दिखाई देती तुम्हारी सास में...वे भीतर-भीतर भले कुढ़ती रहें, उनका चेहरा भी खिंचा, कर्कश दिखाई देता है लेकिन तुम्हारे साथ व्यवहार में...

"बाहर वालों को दिखाती हैं। उन्हें डर भी है। मैंने बताया था कि वे बार-बार कहा करती हैं—'जानती है कि हमारी उंगली दबी हुई है!'...यह क्या है जानते हैं? मुझसे पहले जो इस घर में आई उसको खूब तकलीफें दीं थी मेरी सास ने।"

"मतलब...?"

"मेरे ससुर जी बहुत समय तक निस्सन्तान रहे तो उन्होंने रिश्तेदारी में से एक लड़के को गोद लिया था। उसकी पत्नी। वह अपनी पत्नी को बहुत चाहता था। मेरे सुनने में आया कि मेरी यह सास उस बेचारी को दिनभर उल्टा-सीधा कहती, तरह-तरह के ताने कसती, हमेशा तरेर कर देखती, घर के सारे काम कराती...सभी बाइयां छुड़ा दी थीं...और कभी-कभी उस पर हाथ भी छोड़ देतीं। तंग आकर उन दोनों ने आत्महत्या कर ली..."

प्रेमप्रकाश सहम गये। ऐसी दुर्घटना...लेकिन इसके चिन्ह् उनमें से किसी के चेहरे पर नहीं दिखाई देते थे। यहां तक कि उसने भी अब जाकर जिक्र किया। मध्य वर्ग का एक साधारण-सा परिवार और क्या-क्या गुजरा उसके ऊपर से। वह दुर्घटना तो घट कर चली गयी, लेकिन उसकी छाया ज़रूर मंडराती रहती होगी उस घर पर, उन सभी पर। उसके नीचे वे कैसे सामान्य रह सकते थे...

वह भी कैसे रह सकती थी!

प्रेमप्रकाश को एकाएक उससे डर लगने लगा। वे उसे घूर कर देखने लगे, ढूंढ़ रहे थे उसके चेहरे पर उस दुर्घटना का चिन्ह्, उसकी छाया...जिस घर में वे कितनी

बार बैठ आये थे, वहीं घटी होगी ये दुर्घटना। शायद इसीलिए उन्होंने मकान बेचा हो...

"तुमने देखा था उन्हें...?"

"नहीं, यह मेरे आने के पहले की बात है।"

"उस पुराने वाले घर में?"

"नहीं, पुराने कस्बे में...जहां पापा की नौकरी थी। पुलिस केस हुआ था। पापा ने किसी तरह दबवाया। वे उस लड़के को बहुत चाहते थे, सत्येन्द्र नाम था पर पापा 'बड़े' कहते थे...केस दबने के कुछ समय बाद रिटायरमेंट लेकर पापा यहां चले आये।"

"वहां के घर में तुम कुछ दिन रही होगी?"

"हां...साल से कुछ कम दिन।"

"तुम्हारी मां को तो यह सब मालूम होगा।"

"कस्बे में सभी बुजुर्गों को मालूम था।"

"यह जानते हुए कि एक बहू के साथ वहां यह हुआ, तुम्हारी मां ने..."

"बताया न—उन्हें मुझसे छुटकारा पाना था..."

"तुम्हें डर नहीं लगता था?"

"ब्याह के बाद मुझे उस दुर्घटना का पता चला। जिस कमरे में दोनों ने आत्महत्या की थी उसे बंद रखा जाता था। कुछ दिनों उस कमरे के पास से गुजरते हुए मुझे भी डर लगता था...लेकिन धीरे-धीरे आदत पड़ गयी। भीतर कुछ सख्त-सख्त चीज़ उग रही थी...कि मुझे भी देरसवेर इसी रास्ते जाना है। सास आदतन मुझ पर सख्ती करतीं...तब वह और मैं...दोनों ही उस कमरे की तरफ़ देखते थे। वे अपने भूत को और मैं अपने भविष्य को।"

कैसी रही होगी वह जो गयी। क्या इसकी तरह ही, सुन्दर, कोमल, संवेदनशील जिसे उसकी सास, एक दूसरी औरत की खार ने जला डाला? अखबार में ऐसी दुर्घटनाओं के बारे में पढ़ता रहता हूं, तब ज्यादा कुछ महसूस नहीं होता, आज पहली बार साक्षात देख रहा हूं। आइना बनी हुई थी वह, उस दुर्घटना की सीधी छाया उसके चेहरे पर पड़ रही है। काली छाया, जैसे उसे भान है कि सास का व्यवहार भले ही थोड़ा बदला हो, वह—उनकी दूसरी बहू, पहली के रास्ते ही जायेगी, नियति वही है, बच नहीं सकती। उसका चेहरा हल्का कठोर हो आया है। निर्निमेष सामने देखे जा रही है। वह कैसे बच सकती है। जीने की इच्छा तो अभी ही खत्म है।

"मुझे तुम्हारी मां पर गुस्सा आ रहा है। जिस घर का यह इतिहास हो उसमें

जानबूझकर ऐसे झोंकते हैं लड़की को?"

"आपको यह समझने में थोड़ा मेहनत करना होगी कि हमारे देश में अभी भी ऐसी कितनी जगहें, घर और परिवार हैं जहां लड़की को कूड़ा-करकट से ज्यादा कुछ नहीं समझा जाता। हमारे जीने-मरने की चिंता नहीं की जाती।"

"विवाह के फौरन बाद तो पति का व्यवहार ठीक रहा होगा।"

"दिन में अपनी अनुचरी बनाये रखना, रात को शरीर नोचना—शुरू से ही रहा। पति का धर्म उसके लिये यही है। उसने कभी यह चिंता नहीं की मेरी क्या इच्छा है। यह मानकर चलना कि पति की जो इच्छा है वही मेरी है, होना चाहिए...'अच्छा तू अब बी.ए. कर ले...ऐसा कर कि तू अब प्रायवेट कर ले...बच्चे को देखना है न। तेरी मां तो तुझे इन्टर के बाद पढ़ाने वाली नहीं थी, अहसान मान कि मैंने तुझे एम.ए. करा दिया।' ऐसी बातें कहता! पति होने के अलावा अपने इस अहसान के कारण वह मुझ पर अपना अपरिमित अधिकार मानता है। मारता-पीटता नहीं पर मानसिक यातना तो उससे बड़ी होती है...तरह-तरह से चोट पहुंचाना, ताने मारते हुए बोलना। यह जब चाहे मेरे साथ जो करे...क्योंकि पति है पर क्या वह पति का धर्म निबाहता है? मुझे न केवल खुद अपमानित करता है, दूसरों से भी कराता है। मुझे हरभजन के यहां अकेली छोड़कर चला गया, एक बार हरभजन ने भाभी-भाभी करके इसके सामने ही मुझे अपना तम्बाकू का गुटका खिला दिया...मुझे कितनी उल्टियां हुईं, रास्ते में अपनी एक साथिन के यहां रूकना पड़ा। इसके मन में हरभजन के लिए क्रोध उतराना तो दूर, यह हंसता रहा। मैंने याद दिलाया तो बोला—'अपनी गोट फंसी है, हरभजन नाराज हो गया तो अपना काम नहीं करेगा...' अरे! वह नहीं करेगा तो और वकील नहीं है क्या, उसकी नाराज़गी से बचना है तो कल मुझे उसके यहां सोने भेज देगा यह...'

उसकी आंखों से अंगारे निकल रहे थे, चेहरे पर सारे संसार के लिए घृणा चिपकी थी। मां के घर लड़की होने का अपमान, सास-ससुर से अपमान, पति द्वारा किया जाता, कराया जाता अपमान...पग-पग पर अपमान...वह सूखे फूंस के गट्टर पर बैठी होती जो कभी भी उसके क्रोध की चिंगारी से सुलग उठता...उसे जलाने लगता।

"जानते हैं, मुझे इसके साथ कहीं भी जाने में डर लगता है। कब किस स्थिति में फंसा दे वह। स्त्री को अपने पति के साथ सुरक्षित महसूस करना चाहिए...मैं। उल्टे बहुत असुरक्षित महसूस करती हूं। इसे क्या, यह तो कैसी भी स्थिति में पिच्च से हंस देगा।"

उसके चारों तरफ़ जो वृत्त बनते हैं, भीतर से क्रमशः बाहर की ओर जाते हुए, एक से बढ़कर एक दुःखदायी हैं मां से सौतेली मां के पास...फिर वहां से

निष्कासन। नये घर आयी कि पुराने से किसी मायने में तो बेहतर होगा।

लेकिन यहां उस पर और ज्यादा कहर...पिता की सुरक्षा नहीं थी तो पति की मिलती वह भी नहीं। वह कैसे बची रह गयी जबकि सारे सामान थे पहली वह के रास्ते जाने के। अकेले ही चली जाती! क्या था जिसने उसे जिंदा रखा, रखे हुए है।

"आप पहले आदमी हैं जिससे मैं। यह सब हक सकी, वर्ना ये बातें हम किसी से कह भी नहीं सकते...हमें सिर्फ मुस्कुराना होता है। बाहर सब यही समझते हैं कि सब अच्छा है—पति है, घर है, बेटा है, आड़ के लिए ससुर हैं, काम में हिस्सेदारी के लिए सास हैं... और अब आपकी मदद से नौकरी भी है..."

वह हंस दी। उस हंसी के नीचे गहरे विषाद की पर्त थी। यह आत्मदया नहीं थी, न ही किसी किस्म का पर्सीक्यूशन मेनिया कि सब उसे प्रताड़ित करने में लगे हुए हैं। खराब परिस्थितियां या खराब लोग सबके जीवन में कभी-न-कभी आते हैं पर यहां वे मुस्तकिल थे।

"तुम्हें अपने परिवार के लोगों में कुछ भी अच्छा नहीं दिखाई देता?"

"क्यों नहीं। जैसे पति धार्मिक व्यक्ति है, मांस-मछली, शराब-सिगरेट को हाथ नहीं लगाता, मुझे मारता-पीटता नहीं। तानाशाह जरूर है। ससुर जी में करुणा बहुत है...कोई चिड़िया का बच्चा या कुत्ता तकलीफ़ में दिख जायेगा उसे घर लाने की सोचने लगेंगे...लेकिन घर लाये मनुष्य यानि कि मेरे लिए कोई दया नहीं। सास जब खाना बनाने पर आती हैं तो बहुत अच्छा खाना बनाती हैं, अपनी बेटी का बहुत ख्याल रखती हैं पर मुझे अपनी बेटी जैसा नहीं मान सकतीं? दुर्भाग्य से शुरू से ही जो परिस्थिति बनी वह ऐसी कि एक नहीं, तीनों का नज़रिया मेरे लिए खराब ही होना...फिर उसमें इन लोगों की कमजोरियां आग में घी का काम करती चली गई फिर "इलाज क्या है?"

"इलाज? क्या...कुछ नहीं। न परिस्थितियां मेरी बनाई थीं, न इन लोगों का स्वभाव। और मेरे हाथ में अपने अलावा क्या है..." कहने के पीछे एक गहरी उसांस चली आई।

वह बिन्दु जब अपनी अशक्ता का अहसास इस हद तक होता है कि अपने जो दुःख-दर्द हम दोहराये जा रहे हैं वह दोहराना भी फालतू लगता है। जैसी भी है जिंदगी उसे चुपचाप झेलते चलो। वह यही कर रही थी कि मैं आ गया, उसे उकसाया तो वह सोचने लगी। अब मेरी तरफ़ तकती है कि शायद मैं ही कुछ रास्ता दिखा सकूं... और मैं घबरा जाता हूं। रास्ता होता भी है? अपनी जिंदगी में स्वयं मैं क्या कर सका...परिस्थितियों और आदमियों को दरकिनार

कर एक काम पकड़ लिया लिखना-पढ़ना...सोच लिया कि आदमियों से मुझे कुछ नहीं मिलेगा, जो मिलेगा अपने काम से। एक तरह से भाग ही लिया। मैं तो चलो भागकर निपट लिया, वह बेचारी तो भाग भी नहीं सकती। घर में कैदी की तरह रहने को अभिशप्त है...थोड़ा बहुत परिवर्तन नौकरी में, वह भी अब जाकर, और नौकरी के दर्म्यान भी बराबर यह अहसास कि लौटकर उस घर ही जाना है।

दरख़्तों के नीचे की छायाएं गहरा गई थीं, वहां से दबे पांव दोनों की तरफ़ रेंग रही थीं। आस-पास जो पौधे थे, उन पर फूल नहीं थे, घास भी कहीं सूखी, कहीं मुर्झायी पड़ी थी। पास जो दो-तीन घने पेड़ थे, उन पर चिड़ियों की चिकचिकाहट शुरू हो गई थी। वे कभी इस पर बैठतीं, कभी दूसरे ठौर की तलाश में दूसरे तक उड़ान भरतीं...रैन बसेरे की तलाश!

अंधेरा उतर आया तो वे चलने के लिए उठे। चलते हुए प्रेमप्रकाश ने उसे हल्के से अपनी तरफ़ किया, उसका सिर उनकी गर्दन में घुसता चला गया...जैसे शावक घोंसले के भीतर की सुरक्षा में घुसता चला जाता है।

प्रेमप्रकाश को ग्लानि ने घेर लिया था—क्यों उसे वह सब कह डालने को उकजाया? क्या फायदा...

उसके कन्धे को हल्के से थपथपा दिया।

•••

उसने सोचा था कि दो की तनख्वाह घर आयेगी तो उनके रहने का स्तर थोड़ा ऊपर उठेगा, वे सिद्धार्थ को बेहतर परवरिश दे सकेंगे। इसलिए वह जब तक युवागुरु को किसी अच्छी तनख्वाह वाली नौकरी पाने के लिए उकसाती रहती। उस पर कुछ असर न होता, ज्यादा कहो तो बोल देता—'क्या करना, तेरी तो है, समझ ले यही मेरी बढ़ी हुई तनख्वाह है', ऐसा ही कुछ। दरअसल उसकी नौकरी लगने के साथ ही वह ढीला पड़ने लगा था।

एक दिन उसने गौर किया कि युवागुरु कई दिनों से दफ्तर नहीं जा रहा, घर में

पड़ा रहता है। कुरेदा तो पता चला कि हज़रत सस्पैंड हो गये हैं। और क्या होना था। जब चाहे ऑफिस छोड़ देना, छुट्टी मनाते हुए घर पड़ा रहना...जैसे आप कोई बड़े अफसर हों। त्यौहारों पर दस-दस दिनों तक ऑफिस न जाना, क्योंकि आप नवरात्रि का व्रत कर रहे हैं या आपने गणपति बैठाये हैं। आप सोचते हैं कि यह सब बड़ा काम है, जो आप कर रहे हैं, जिसके आगे नौकरी क्या चीज़ है, मालिकों को यह समझना चाहिए! अब अपने देश में तो हर हफ्ते त्यौहार हैं। आखिर कोई कब तक सहेगा, नौकरी देने वाला कोई खैरात बांटने तो नहीं बैठा है...वह भी प्रायवेट। उसने समझाया कि अब भी कुछ नहीं बिगड़ा है, जाकर माफी मांग ले, उन्हें भरोसा दिलाये कि आगे वह इस तरह छुट्टी नहीं लेगा, अपने में चुस्ती लायेगा, अनुशासन में रहेगा तो बोला—

"मैं क्यों जाऊं, उन्हें ज़रूरत है तो वे बुलायें, तब सोचूंगा।"

क्या बात है! अपने देश में बड़ी कमी है न नौकरी पाने वालों की कि कोई इसी का इंतज़ार करता बैठा रहेगा, इसकी मनुहार करेगा। इसमें बड़े सुर्खाब के पर लगे हैं न, या यह कोई ऐसा कार्यकर्ता है कि जिसके बिना मालिकों का कारोबार ठप्प हो जाने वाला है...

"हाथ में आता ही क्या है जिसकी खातिर दिन भर खटा जाये।" वह आगे बोला।

युवागुरु ने दफ्तर से उधार ले रखा था। कटौती के बाद तनख्वाह तो कम होगी, उधार लेते समय नहीं सोचा। अब पूरी तनख्वाह हाथ में नहीं आती तो नौकरी में दिलचस्पी कम हो गयी। घर का खर्च कैसे चलेगा...जब यह बात उठाई तो तमक गया—"तुझे मतलब। मैं पैसा कहीं से लाऊं, पिताजी की पेंशन भी है।"

उसे ससुर पर आश्रित होना अच्छा नहीं लगता। पहले ही वे उनके घर में रह रहे हैं, वे अपनी पेंशन का घर पर खर्च करते भी हैं। पूरी तरह उन्हीं पर निर्भर हो जाना, बूढ़ों पर...जबकि अभी अपनी उम्र काम करने की ही...!

"मेरा मन नहीं लगता...बस। मैं अपना पूरा समय धर्मकर्म को देना चाहता हूं। मेरी जगह तू तो कमा रही है..."

उसने बात खत्म कर दी, माफी मांगने नहीं ही गया। वह नौकरी नहीं करना चाहता था। निशा से मिलने में भी असुविधा होती थी। अब पूरा दिन रहा करेगा उसके लिए...निशा को जब भी सुविधा हो। बच्चे के भविष्य की क्या चिन्ता...पिताजी का यह घर है जो मिलेगा ही, करने को कुछ काम न मिला तो मंदिर है...अगर युवागुरु अपनी जिंदगी सुबह-शाम आरती करके, दूसरों को समझाइश-उपदेश देकर निकाल सकता है तो उसका बेटा क्यों नहीं!

उधार की बची रकम उसके प्रौवीडेंट फन्ड से काट ली गयी और युवागुरु को नौकरी से हटा दिया गया। आखिरी हिसाब करने के लिए भी वह दफ्तर नहीं गया।

दफ्तर का पत्र घर आ गया, साथ में चैक...जो भी।

छिपी हुई तकलीफ़ जो थी, जिसे वह किसी से नहीं कह सकती थी कि वे अगर कहीं बाहर जायें और कोई पूछ बैठे कि तुम्हारे पति क्या करते हैं, तो वह क्या कहे...बेटे से कोई पूछे कि तुम्हारे पिता क्या करते हैं तो वह क्या कहे...यह कि पूजा-पाठ करते हैं और वह भी घर के अपने मंदिर में?

एक रात...अधनींद में उसे कोई कीड़ा अपना थूक उगलता पैर से ऊपर आता महसूस हुआ, गिलगिला, लिसलिसा रिसाव-सा उसके शरीर में जगह-जगह छोड़ता। वह उंगलियों से छिटकने की कोशिश करती, पर तब वह वहां नहीं होता। थोड़ी देर में दूसरी जगह वही गंदा गीलापन...

बगल में सिद्धार्थ बेसुध सोया था। वह अपनी सुरक्षा के लिए उसे बीच में सुलाती थी। उसके उधर युवागुरु सोता था...जो अपनी जगह नहीं था। सिद्धार्थ की नींद और घुप्प अंधेरे का फायदा उठाकर युवागुरु इधर आ गया था और उसे पैरों से ऊपर चूमता हुआ अब उसकी जांघों को चूमे जा रहा था, गाउन को ऊपर सरका कर...कभी भी वह ऊपर आ सकता था...

कि अपनी पूरी ताकत समेट उसने एक लात से उसे पुरजोर पायताने की तरफ़ ढकेल दिया। युवागुरु चारपाई के नीचे जा गिरा। वह उठ गई, उसे जोर से मितली आ रही थी। सीधे बाथरूम में घुस, लाइट जला अन्दर से बन्द कर लिया और फर्श पर बैठ कर उल्टी करने लगी। वाशबेसिन पर खड़े होने की सामर्थ्य नहीं थी...सारी ताकत युवागुरु को धकेलने में खर्च कर आयी थी।

बाथरूम से निकल वह सीधा छत पर चली गयी और खुद को हल्का करने के लिए इधर से उधर टहलने लगी।

सटे हुए उन घरों की कतार एलशेप में इधर से उधर चली गयी थी। सितारों की रोशनी के नीचे घर तब निर्जीव-से सोये पड़े थे। उसने आज पहली बार गौर किया कि उस पूरे कैम्पस में एक भी पेड़ नहीं था, सीमेंट का जंगल इस छोर से उस छोर तक। ऊंचाई पर पहाड़ियां थीं...बौनी।

"यहां से तुम इन पहाड़ियों को देखा करना"—प्रेमप्रकाश ने कहा था। इन पहाड़ियों को भी वह देख सकेगी...कब तक? वहां के पेड़ जा चुके थे, वहां भी सीमेंट का जंगल बना दिया जायेगा...जैसे अभी यहां था, नीचे!

वह जितना ससुराल से लेती है, उससे कहीं ज्यादा देती है। अपनी तनख्वाह... पूरी की पूरी। ऊपर से नौकरी के साथ-साथ घर का काम करती है—सब लोगों के लिए खाना बनाना, पति, बेटे और अपने कपड़े धोना। झाड़ू-पोंछा, बर्तन के लिए जो बाई लगी थी, उसके न आने पर वे काम भी करना। पति के सारे काम करती

है—उसके कपड़े धोती है, अन्डरवियर-बनयान तक। पूजा-पाठ वाले लाल कपड़े—जिससे उसे नफरत है—उन्हें भी धोने के बाद प्रेस करती है। युवागुरु नहाने के लिए बाथरूम घुसेगा तो वहीं से नंगा होकर आवाज़ देगा—'तौलिया लाना'। वह तौलिया पकड़ाती है, अक्सर वह तौलिया के साथ उसे भी अन्दर खींच लेता है और जोर जबर्दस्ती करता है, वह कर लेने देती है। नहाने के बाद उसे जो कपड़े पहनना है, उन्हें बाहर रखती है। भोजन युवागुरु केवल पत्नी का बनाया खाता है। और यह तो है ही कि थाली परोसकर पत्नी सामने बैठे, उसे भोजन करते देखे, जब तक वह भोजन न कर ले पत्नी वहीं बैठी रहे। पत्नी सामने न हुई तो वह थाली सरकाकर बिना खाये उठ जायेगा। उसे कहीं बाहर जाना है तो पत्नी उसकी अटैची लगाये। वह सिर्फ मगन-मगन अटैची लेकर चला जायेगा। नये शहर में उसे किस-किस चीज़ की जरूरत पड़ेगी—यह सोचना पत्नी का काम था। अगर कोई चीज़ छूट गयी तो लौटकर वह डांट भी लगायेगा।

और वह क्या करता है...उसका पति? एक नौकरी—वह जैसी भी थी—वह भी नहीं। पति के अधिकार सभी चाहिए...पत्नी का शरीर तो जरूर...जब जैसा उसका मूड आये...पत्नी की इच्छा हो, न हो...

उसकी इच्छा? प्राण जल उठते हैं, जब वह उस मन्शा से छूता है, जैसे उसे जीते-जी जलती चिता पर बैठने के लिए खींचा जा रहा हो।

वह काम जिसमें उसकी आत्मा झुलसती है...नहीं करेगी। पति की कामपिपासा का विषय वह नहीं बनेगी। वह भोग्या नहीं है, खाने की कोई चीज़ नहीं कि पति जब चाहे भक्क से अपने मुंह में डाल ले। आदमी जिसके लिये उसके मन में कुछ नहीं उगता, जो उसके आत्मसम्मान का ख्याल नहीं करता, पत्नी को जो सुरक्षा देना चाहिए, वह नहीं देता, गृहस्थ होकर कमाई नहीं करता...उसके आगे वह क्यों समर्पित हो? अपनी इच्छा के विपरीत वह स्वयं को क्यों उसे दे, अपने शरीर को क्यों नुचवाये... सिर्फ एक इस कारण कि वह उसका पति बन गया...एक लड़की की लाचारी और खराब परिस्थितियों का फायदा उठाकर?

यह शरीर...उसका अपना है। उसके जन्म के साथ यही वह चीज़ है जो उसे मिली, इतनी बड़ी दुनिया में एक इसी को अपना कह सकती है। इसी के भीतर तो सब है—मन, आत्मा जो भी। उसके जीव का मंदिर। इसे कीचड़ से गंदा नहीं होने देगी। इसे नोचने-खसोटने की इज़ाजत वह किसी को नहीं देगी, पति को भी नहीं। शरीर के इस काम को लेकर उसे यों भी वितृष्णा है, यही तो सिद्धार्थ को दुनिया में लाने का सबब बना। वह जब-जब सिद्धार्थ को देखती है अपराधबोध से भर जाती है कि उसके मां-बाप उसके लिए जो करना चाहिए, वह नहीं कर रहे, उसे उचित

परवरिश और वातावरण नहीं दे रहे। बड़ा होकर वह क्या बनेगा...इसी मंदिर में बैठकर पूजा-पाठ करने वाला...पाखंडी?

युवागुरु के साथ अभी जो हो गया...इसे वह अपने निश्चय का आकार देगी। अपने व्यवहार में इसे लाये, बेशक ज्यादा शालीनता के साथ...और अगर युवागुरु उसके व्यवहार से नहीं समझता तो अपने निश्चय को उससे कह भी

इसके एवज़?

वह इस तथाकथित पति से अपने किसी काम के लिए, भले ही वह उसकी पढ़ाई से सम्बन्धित ही क्यों न हो, रुपये पैसे नहीं मांगेगी, हां अपनी तनख्वाह में से साधिकार मांगेगी।

पढ़ा-लिखा दिया पति ने...और उस दर्म्यान उसने भी अपने को हर तरह से दिया। यहां पहुंचकर हिसाब बराबर होता है।

अब आगे नहीं।

•••

उसकी पी.एच.डी. का काम समाप्त था, उसने शोध प्रबन्ध जमा कर दिया था।

बी.ए/एम.ए. में वह लड़कियों वाले कॉलेज में थी। तब हीनभावना कि सभी सहपाठिकाएं अविवाहिता थीं...जिनका जीवन आगे खुलने वाला था, एक वही विवाहिता...एक बच्चे की मां भी। एम.फिल. में लड़के-लड़कियां दोनों थे पर संख्या में बहुत कम। डॉ. कौशिक इंजार्च थे। दुबले-पतले, कभी भी इमारत के बाहर सिगरेट फूंकते नज़र आते। हमेशा तनाव में रहते। कविताएं लिखते थे। एक-दो कविता संग्रह छपवा लिये थे, लेकिन इस रूप में विश्वविद्यालय के बाहर उन्हें कम ही जाना जाता था। उनका लक्ष्य भी साहित्यकार बनना नहीं था, सिर्फ यह कि विश्वविद्यालय में छात्रों और अध्यापकों में उन्हें शिक्षक से ऊपर भी कुछ जाना जाये, कुछ अतिरिक्त प्रतिष्ठा मिली रहे...

अक्सर कक्षाओं के बाद प्रो. कौशिक उसे अपने कमरे में बुला लेते और तब तक बिठाये रखते जब तक विभाग खाली न हो जाये। फिर किसी बहाने उनकी उंगलियां

उसकी कलाई से होती हुई ऊपर रेंगने लगती,...कि तभी वह किसी और तरफ़ प्रोफेसर साहब का ध्यान खींचकर चतुराई से निकल लेती। खुलकर विरोध नहीं कर सकती थी—रोज उनके सान्निध्य में रहना, उन्हीं से मार्गदर्शन मिलना, ऐसी किताबें जो लाइब्रेरी में नहीं होती थीं, उन्हें भी उनसे प्राप्त करना। फिर फाइनल का कोई-न-कोई पर्चा उनका होना था, मौखिक परीक्षा में भी एक सदस्य उन्हीं को होना था। प्रो. कौशिक की कुचेष्टाओं को वह नारीसुलभ चातुर्य से झेलती रही। उनके पास बैठते ही जाने का कोई बहाना तकती, अक्सर आख़िरी क्लास के पहले चली जाती या आख़िरी क्लास छूटते ही सर्र से बाहर अपने स्कूटर तक...कि कौशिक सर की नज़रों के घेरे में आये ही नहीं। छुट्टी के दिन कभी-कभी वे उसे अपने घर बुलाते...ऐसे समय जब उनके परिवार का कोई सदस्य घर पर न हो। कभी चाय बनवाते, कभी रात के लिए पराठे सेंकने को कहते। वह चुपचाप कर देती, भीतर धुकधुकी चलती रहती। ऐसी ही एक रात जब उनके लिए खाना बनाकर वह जाने की तैयारी में थी, प्रो. कौशिक ने उससे साफ़-साफ़ कहा—'तुम जानती हो कि मैं कविताएं लिखता हूं, अपनी संवेदना को जीवित रखने के लिए ज़रूरी है कि उसे सौन्दर्य का स्पर्श मिलता रहे। जैसे पढ़ाई में मैं तुम्हारी मदद करता हूं, वैसे तुम कविताएं लिखने में मेरी मदद करो। मैं तुम्हें बौद्धिक सन्तोष दूं, तुम मुझे भावनात्मक सन्तोष दो।' वह प्रो.कौशिक का इरादा भांप गयी उस बिन्दु पर ला दी गयी, जब उसे अपनी ज़मीन पर खड़ा हो ही जाना था। जब-जब वह ऐसे किसी मुकाम पर पहुंचा दी जाती तो पता नहीं उसके भीतर क्या हो जाता। रीढ़ की हड्डी तन जाती...आंखों से चिनगारियां निकलने लगतीं। उसने खुद को संभाला और बड़े ही सधे स्वर में प्रो.कौशिक से कहा—

"सर! आपको मालूम है मैं विवाहिता हूं, एक बच्चे की मां हूं।"

"तुम भी क्या...तुम्हारी पढ़ाई-लिखाई का फायदा क्या अगर तुम ऐसी दकियानूसी के पचड़े में पड़ी रही। विवाहित तो मैं भी हूं...तो? यह तो सुविधा है।"

"सर! आप कहें तो मैं पढ़ाई छोड़ सकती हूं।"

और आगे कुछ कहे बिना वह पैरों को जूतों में डाल सख़्त-सख़्त कदमों से बाहर निकल गयी थी।

उस दिन के बाद प्रो.कौशिक ने उसे कभी अकेले में घर नहीं बुलाया। पुरानी रंजिश धोने के लिए वे किसी-न-किसी के सामने ही उसे बुलाते, मिठास में स्वाभाविकता घोलते...जैसे कवि होने के कारण उनका स्वभाव ही भावुक, रसिक का था, कोई उल्टी-सीधी हरकत करने का इरादा उनका कभी नहीं था। मौका पाकर थोड़ी बहुत छेड़खानी-सी अब भी कर लेते थे,...कभी बांह छू ली, कभी कन्धा थपथपा दिया, कभी बाल बिथेड़ दिये। आदत से मजबूर थे...जैसे सिगरेट पीना नहीं छोड़ सकते थे।

एम.फिल. में उसे दूसरा स्थान कौशिक सर के चोट खाये अहं के कारण ही मिला था—वह जानती थी, पर ठीक इस कारण यह साफ़-साफ़ किसी को नहीं बता सकती थी, प्रेमप्रकाश को भी नहीं।

पी.एच.डी. के लिए रजिस्ट्रेशन के समय कौशिक सर ने उसे अपनी गिरफ्त से बाहर नहीं निकलने दिया। जिस भी अन्य व्यक्ति के पास वह गाइड के लिए जाती वह प्रो. कौशिक की तरफ़ वापस फेंक देता। आखिर उसे उनके अंडर ही पी.एच.डी. का रजिस्ट्रेशन कराना पड़ा। एक बार वह हो गया तो प्रोफेसर ने अपने पत्ते खोलना शुरू किये...हर मौके पर अपनी फीस, माने इतने रुपये, विश्वविद्यालय की फीस के अलावा! जो आत्मीयता वे पहले दिखाते थे, उसकी जगह अब विशुद्ध प्रोफैशनल सूखापन होता, उसके नीचे नंगी रिश्वतबाजी। कोई हिचकिचाहट दिखाये तो वे हर विभाग के हर प्रोफैसर-लैक्चरर की तरफ़ उंगली उठा देते, बताते कि यह तो सब जगह का दस्तूर है। कोई कहे कि छात्र जिनकी आय का कोई जरिया नहीं, वे कहां से लायें...तो उससे उन्हें कोई मतलब नहीं—मां-बाप से मांगकर लायें, भीख मांगें, चोरी करें। थीसिस जमा करने तक वह कभी घर से, कभी पति से लेकर प्रो.कौशिक की मांगें पूरी करती रही थी, इधर तो उसकी तनख्वाह भी थी जिसमें से कभी-कभी ले लेती।

लेकिन अब...?

शोधप्रबंध जमा हो चुकने के छः महीने बाद भी अपने आप जब कोई आगे की कार्यवाही नहीं हुई तो उसने प्रो.कौशिक को याद दिलाया। मौखिक परीक्षा के लिए प्रो. कौशिक ने उसके सामने एक बड़ी रकम खड़ी कर दी—ऐसे व्यक्तियों को बाहर का परीक्षक नामांकित कराना होगा जो नियत तिथि पर आ जायें वर्ना आगे की तारीखें ही होती चली जायेंगी। परीक्षक ऐसे हों जो उसकी थीसिस को पास कर दें, वर्ना तो छोटी मोटी कोई चीज़ निकालकर ही फिर से या और काम करने को सुझा सकते हैं। इसके लिए ज्यादा नहीं पांच हजार रुपये, वर्ना उसकी थीसिस चाहे जितनी अच्छी हो, मामला सालों साल खिंचता रहेगा, उसे पी.एच.डी. नहीं मिल पायेगी। नामांकित होने के बाद परीक्षकों को आने-जाने का ए.-सी. टू टियर का किराया वह देगी, भले ही वे अलग से यूनिवर्सिटी से भी लें। सभी यह करते हैं, पूछ लो। तीसरे, उनकी शहर में आवाजाही के लिए दो दिनों के लिए टैक्सी इन्तजाम करना होगा तो उसके लिए रुपये उन्हें देने होंगे। चूंकि यूनिवर्सिटी गैस्ट हाउस में अक्सर ठहरने को नहीं मिलता तो मौखिक परीक्षा वाले एक दिन के लिए होटल में ठहरने-खाने के लिए तीन-तीन हजार रुपये। यह सारी रकम प्रो. कौशिक के पास जमा करना होगी। मैखिक परीक्षा के पहले वे उसे परीक्षकों के पास अनौपचारिक मुलाकात के लिए ले जायेंगे और उसके सामने ही ये सारी रकम उन्हें सौंप देंगे...

कम से कम बीस हजार का खर्चा सामने था।

पुराना समय नहीं था कि पति से मांगती...वह कहीं से उधार लाकर देता, अब भी कर सकता था...लेकिन एक अलिखित करार उनके बीच हो गया था, अपनी अकड़ वह जाहिर कर चुकी थी—वह शरीर नहीं मांगेगा, यह पैसे नहीं मांगेगी। सास-ससुर से ले सकती थी...पर वे भी तो पति का ही हिस्सा थे। दस तरह के ताने कसेंगे।

शरणस्थली—प्रेमप्रकाश, जिनके पास वह पहुंचती थी, जब भी पेशोपेश में होती। बात उसने वह सब देने के औचित्य से उठाई, क्या यह रिश्वत देना नहीं है?

"रिश्वत तो यह है...' प्रेमप्रकाश ने कहा..." लेकिन यह भी तय है कि तुमने यह सब नहीं किया तो तुम्हारी पी.एच.डी. सालों आगे खिसक जायेगी—जाल ऐसा बिछा रखा है कमबख्तों ने। न दो, होम हो जाओ तो भी तुम इस भ्रष्टाचार को तो खत्म नहीं कर सकती। एक तुम्हारे न देने पर क्या यह सिलसिला रुक जायेगा? एक डॉ.कौशिक ही नहीं...ठीक इस समय कितने डॉ. कौशिक कितने विद्यार्थियों को इसे देने को मजबूर कर रहे होंगे? सबसे भयानक बात कि जो बेचारे बेरोजगार हैं, गरीब हैं उन्हें भी रिश्वत देने के लिए मजबूर किया जाता है और मजबूर करने वाले वे ही लोग जिनके पास वे शिक्षा लेने के लिए आते हैं?

तुम यह नहीं देती तो तुम्हारी मेहनत बेकार जाती है। जब तक तुम्हें डिग्री नहीं मिलती तुम्हारा जीवन अवरुद्ध पड़ा रहता है, तुम कहीं सही नौकरी के लिए आवेदन पत्र नहीं दे सकती, तुम अगर इस गंदगी से लड़ने चल पड़ती हो तो तुम्हारा जीवन एक दूसरी दिशा में ही चला जाता है।

"तो क्या किसी को प्रतिरोध नहीं करना चाहिए?"

"करना तो चाहिए...लेकिन तुम्हें स्वयं को बचाकर। होम नहीं हो जाना है, क्योंकि जीवन बार-बार तो मिलता नहीं।

"अगर ऊपर वालों को खबर दी जाये...

"ऐसा नहीं है कि उन्हें पता नहीं। ऊपर वे लोग हैं जो इनसे ज्यादा भ्रष्ट हैं, वे ही इन्हें लाये हैं। क्या पहले शिक्षक नहीं थे? हमारे समय में भी यही परीक्षाएं होती थीं...लेकिन तब लोग और थे, पूरा माहौल दूसरा था!"

प्रेमप्रकाश का मुंह लटक गया था। उनकी समझ में कुछ नहीं आ रहा था कि वे इसका क्या हल दें...उस लड़की को जो स्वाभिमानी थी, वह यह सीढ़ी पार भी कर जाती है तो कितनी सीढ़ियां और हैं...वह कितनी चढ़ पायेगी, कहां-कहां लड़ेगी। सिस्टम, माहौल या लोगों को बदलने का सवाल बाद में था...पहले एक जिंदगी थी—जो सामने खड़ी थी। उसके चेहरे की तमतमाहट पर हताशा की कालिख तुपती चली आ रही थी।

"एक काम करो, अगर तुम्हें ठीक जंचे तो। फिलहाल इन चतुर लोगों के साथ चतुराई से काम लो। अपनी परिस्थितियां बताकर थोड़ा रकम को कम कराओ...उतनी रकम दे–दवा कर छुट्टी पाओ। जब नतीजा तुम्हारे हाथ में आ जाये तब धन्यवाद देने इन सबके पास जाना और उन्हें ऐसा कुछ सुना आना जिससे इनका मन अपराधबोध से भर जाये, वे आगे के लिए कुछ सोचने लगे। अगर एक में भी थोड़ा बदलाव आया तो हम कह सकते हैं कि हमने अपने हिस्से का प्रतिरोधक किया और थोड़ा बहुत बदलाव भी लाये...और हां जीवन में तुम इन लोगों जैसी न बनना..."

उसे यह तजबीज पसन्द आयी...यों कि वह तत्काल हल्की हो गयी। वह आदर्शवादी थी, क्रान्तिकारी थी लेकिन साथ अपना नुकसान भी नहीं होने देना चाहती थी...इसलिए कि उसने बहुत मुश्किल से पढ़ा था...लोगों के अहसान-पर-अहसान सिर पर ले, पढ़ाई की उम्र निकल जाने के बाद भी। एक-एक साल क्या, पढ़ाई का एक-एक दिन उसे कड़ी लड़ाई के बाद फतह करने को मिला था...एक तरह से।

"मेरी एक समस्या और है। मेरे पास पैसे नहीं हैं और पति से या घर से मैं मांगना नहीं चाहती। मैं अगले महीने की अपनी पूरी तनख्वाह इसमें लगा दूंगी। बाकी क्या आप कहीं से मेरे लिए कर्ज का इन्तज़ाम कर सकते हैं? मैं धीरे-धीरे चुका दूंगी।"

"यह कोई बड़ी समस्या नहीं है। दूसरे से क्या मैं खुद तुम्हें कर्ज दे दूंगा।"

प्रेमप्रकाश जानते थे कि वह कोई रुपये घसीटू लड़की नहीं थी। मकान के मुकदमे के दौरान जब उन्होंने रुपये देने की पेशकश की थी, तब यही लड़की थी जो तमक कर आगे आ गई थी, सबको रोकने। उसमें आत्मसम्मान इतना था कि प्रेमप्रकाश यों ही देते तो न लेती, उसने कर्ज मांगा था।

रुपयों का इंतज़ाम हो गया तो पी.एच.डी. डिग्री पाने के काम आनन-फानन होते चले गये। उसने डॉ. कौशिक को अपने शारीरिक उपभोग की तरफ़ बढ़ने से रोका था—इसे लेकर प्रो. कौशिक में जो खिन्नता थी वह पैसे पाकर धुल गयी...कुछ आना चाहिए हर तरफ़ से। जहां यह न होता वहां डॉ. कौशिक को बहुत सूखा-सूखा लगता क्योंकि अपने चारों तरफ़ वे सभी क्षेत्रों में लोगों को अपनी पावर का इस्तेमाल करते, इस्तेमाल में माल खाते देखते थे। वे प्रोफेसर हुए, वैसी कोई पावर न हुई...पर पावर तो है रुपसियों पर, विद्यार्थियों पर...तो हर काम के एवज़ कुछ मिलना चाहिए। सहकर्मियों ने रास्ता दिखा रखा था। न केवल डॉ. कौशिक को उनका मांगा रुपया मिला, उनके मार्फत बाहर के परीक्षकों को भी। उसे यह बात खली कि होटल के लिए रुपया लेने के बावजूद परीक्षक यूनिवर्सिटी गैस्ट हाउस में ठहरे, जहां खर्चा नाममात्र का था। कायदे से इस एवज़ उससे लिये गये रुपये वापस किया जाना चाहिए था...पर परीक्षक वह भी डकार गये। वह प्रेमप्रकाश से लगातार पूछती रहती, वे उसे

चुपचाप अपनी मौखिक परीक्षा से गुज़र जाने, उसके बाद नतीजे का इंतज़ार करने को कहते। नतीजा जल्दी आ गया।

डिग्री मिलते ही उसने उस शहर में लेक्चरर के पद के लिए दर्ख्वास्त लगाना शुरू किया। यहां भी धंधेबाजी थी। कितनी संस्थाएं ऐसी थीं जो अर्जी के साथ बैंकड्राफ्ट मंगा लेतीं, इस तरह अच्छी खासी रकम इकट्ठा कर लेतीं, उसका सूद खाने के लिए। उसके बाद पद भरने की कोई कार्यवाही न की जाती, या पुराने काम कर रहे व्यक्ति को ही एक और साल के लिए रख लिया जाता। पुरानों को भी हमेशा अस्थायी ही रखा जाता था। एक और चलन का रास्ता सरकार ने दिखा दिया था। अस्थायी नियुक्तियां भी न करो...ठेके पर रखो, सत्तर रुपये प्रति लेक्चर। जुलाई में रखा और गर्मी की छुट्टियों के पहले ज्यादातर लैक्चररों की छुट्टी। छुट्टियों की तनख्वाह देने की कोई ज़रूरत नहीं। नये सत्र के शुरू होते ही अभ्यर्थी फिर दौड़ते फिरें। 'कान्ट्रेक्चुअल एम्पलौयमेंट' का यह सिलसिला सरकार के आला-अफसरों ने शुरू किया था...ताकि उनकी बीबियां जो यों किटी-पार्टी करती बोर होती रहतीं थीं, अब जहां और जब भी उनके पति तबादले पर जायें, उनकी लेक्चरशिप तैयार। स्थायी नियुक्ति से अगर योग्य लेक्चरर मिलते हैं, एक अच्छी फैकल्टी तैयार होती है...तो न हो। देश में उच्च शिक्षा का कबाड़ा हो रहा हो तो होता रहे...अफसरों की तो पौ बारह थी!

प्रायवेट कॉलेजों के मालिक अधिकतर छोटे-मोटे नेता ही होते थे, बड़े नेताओं के पिछलग्गू जिन्हें खैरात स्वरूप कॉलेज खोलने की अनुमति, उनके कॉलेजों को मान्यता आदि दे दी जाती थी। कागज़ पर ये कॉलेज यूनिवर्सिटी के नियमों का पालन करते दिखाये जाते, यहां तक कि लेक्चरर आदि को दिये जा रहे वेतन आदि में भी...लेकिन होता सब कुछ उल्टा ही था। लेक्चरर्स को नाममात्र का रुपया नग़द पकड़ाकर उनसे खाली रसीदें ले ली जातीं, उन पर यूनिवर्सिटी के वेतमान के हिसाब से भर लिया जाता। जो आपित्त करें, उन्हें दरवाज़ा दिखा दिया जाता...यहां तो यही सिस्टम है, नहीं पसन्द तो दूसरा कॉलेज देख लीजिये। हर जगह यही था...तो पी.एच.डी. किये बेचारे जायें तो कहां—कहीं-कहीं तो इन शर्तों पर भी लेक्चरर रखने के लिए उनसे रिश्वत ली जाती थी। उसे पुरानी नौकरी से ही संतोष करना पड़ रहा था, पी.एच.डी डिग्री मिलते ही अच्छी तनख्वाह वाली किसी नौकरी पा लेने का सपना, सपना ही रह गया था। अच्छे नम्बरों से पास होना सिर्फ अंकतालिकाओं में दर्ज था।

•••

"तुम अपने मायके कभी नहीं जातीं?"

युवागुरु की नौकरी छूटने की बात काफी दिनों छिपाने के बाद जब उसने बतायी तो बात को दूसरी तरफ़ मोड़ देने के ख्याल से प्रेमप्रकाश ने कहा। उसके मकान की तरह वे उसके इस पचड़े में भी नहीं पड़ना चाहते थे...जहां वे कुछ नहीं कर सकते थे।

एक फीकी हंसी...उसके साथ ही उसने अपना मुंह दूसरी तरफ़ कर लिया और उधर ही सामने देखने लगी। प्रेमप्रकाश की किसी बात का जवाब वह न दे—ऐसा कम होता था। प्रेमप्रकाश ने सोचा कि वह पति की नौकरी छूटने की बात से ज्यादा ही उलझी हुई है। वे उसे कुछ अच्छी बातों की तरफ़ ले जाना चाहते थे। ऐसे विषाद भरे क्षणों में वह मां-बाप, भाई-बहनों का सोचे, बचपन और तब के खेलों का सोचे, सखी-सेहलियों का सोचे, अतीत की यादों में खो जाये...

क्या पता उस तरफ़ मुंह किये वह सचमुच उस तरह की यादों में लुढ़क गई हो। कभी-कभी ऐसा होता भी है, स्वभावतः...तभी तो हम दुःख को अपने भीतर इतने लम्बे अरसे तक धारण रख पाते हैं।

उत्साह में प्रेमप्रकाश दोहरा बैठे—'तुम अपने मायके कभी नहीं जातीं?'

"मेरा मायका नहीं है।"

उधर से आया—सीधा, सूखा कड़ुवाहट भरा...इस तरह कि एकाएक खामोशी छा गयी। प्रेमप्रकाश के भी होठ सिल गये। कोई रंजिश होगी जिसके कारण उसका माता-पिता के घर जाना बन्द हो गया...वर्ना ससुराल का नया घर हो जाने के बाद भी भारतीय स्त्री के लिए कितना बड़ा सहारा होता है मायका जिस पर वक्त जरूरत टिका जा सकता है। हमारी समाज-व्यवस्था में यह कितनी बड़ी संस्था है।

एकाएक वह प्रेमप्रकाश की तरफ़ पलटी और बोली—"जब आपने छेड़ ही दिया...तो आज वह सब भी जान लीजिये—

"मेरे पिता बहुत ही अच्छे इन्सान थे। वे मुझे खूब प्यार करते। मैं छोटी फ्राक में होती, वे मुझे हाथों में ले ऊपर उचकाते, फिर लोक लेते। उनके साथ खेलते हुए मैं खिलखिलाती थी, हवा में उछाले जाने पर डरती पर विश्वास भी था कि पिता के हाथ मुझे थाम ही लेंगे। कभी मुझे कन्धे पर बिठाकर वे पुलिया तक ले जाते, वहां आसमान में किसी दिशा में जाते हुए सफेद पक्षियों की टोलियां दिखाते। वे मुझे बहुत चीज़ें बताना चाहते थे, मुझे हर वक्त हंसाना चाहते जिसके लिए वे और नहीं तो मुझे गुदगुदाते थे। इस छवि के अलावा उनकी सिर्फ एक और तस्वीर मेरी आंखों के सामने उभरती है—उन्हें जमीन पर पाड़ दिया गया था, सारा शरीर सफेद चादर से ढका, सिर्फ चेहरा बाहर...आंखें मुंदी हुई, दोनों नथुनों में रुई...जो हमेशा मेरे साथ खिलखिलाते थे, वे यों पड़े थे...कोई हरकत नहीं। मैं बहुत छोटी थी...मेरी समझ में नहीं आ रहा था

कि वे उठ क्यों नहीं रहे हैं, जबकि मुझे देखते ही उठ जाते थे। किसी ने बताया नहीं पर इतना इल्म मुझे हो गया था कि जब कोई आदमी अपने लिए भी कोई हरकत नहीं कर पाता तो कहते हैं उसका देहान्त हो गया। वे एकाएक चले गये—दिल का दौरा पड़ा था।

काफी दिनों बाद पिता के बक्से में मुझे कुछ काग़ज मिले जिनसे पता चला कि पिता तो हमारे ये थे लेकिन माता कोई और थीं। कौन थीं...हम कभी नहीं जान पाये। जो सुनने में आया वह यह कि पिता का किसी से प्रेम हो गया था। मैं और मेरा भाई उनसे थे जिन्हें पिता मेरी मां के न रहने पर अपने घर ले आये थे।

विमाता के तीन लड़के थे। वे बहुत क्रूर थे। मुझे जबर्दस्ती पेड़ के ऊपर ऐसी जगह चढ़ा देते जहां से मैं उतर न सकूं...मेरे कपड़े फट जाते...मैं डरती थी, चिल्लाती थी पर वे न उतारते, कहीं गायब हो जाते। मैं उतर न पाती...कभी-कभी तो दिन भर पेड़ पर बैठी रहती...डर और भूख से सुरसुराती हुई। किसी से शिकायत न कर पाती। पिता के जाने के बाद उन भाईयों का यह क्रूर मज़ाक हर दूसरे रोज चलने लगा था। मैं पेड़ से उतर पाती जब भाई या किसी राहगीर की नज़र में आ जाती। सौतेले भाई मुझे मारते थे...मेरा भाई उनकी मार से बचाने की कोशिश करता, जिसमें वह भी मार खाता। पिता के न रहने पर विमाता की क्रूरता बढ़ गयी थी। मुझसे वह घर के सारे काम कराती। सब बच्चों को नाश्ता खिलाने के बाद ही मुझे स्कूल जाने को मिलता...मेरा भाई काम में मेरी मदद करता। खाना बनाने में कभी कोई चीज़ बिगड़ गई तो विमाता सजा देती थी—एक बार भिन्डी की सब्जी में दोबारा नमक पड़ गया, उसने सजा दी कि सारी सब्जी मैं खाऊं और उन्हें खाली बर्तन दिखाऊं। मेरा भाई छिपकर आ गया, और मेरी खातिर नमक से भरी वह सब्जी उसने खाई। एक सौतेला भाई तो पक्का गुंडा था। एक बार सड़क दुर्घटना में वह सड़क पर पड़ा था...एक रिक्शे वाला उसे उठाकर हस्पताल ले गया, घर में इत्तला दी। जब वह ठीक हो गया तो किसी भी रिक्शे में बैठ दिन-दिन भर घूमता था...रिक्शेवाला पैसे मांगे तो उसे गालियां देता। उसकी जेब में बराबर रुपये रहते...उसकी मां देती थी। अपने भाईयों में पढ़ने में तेज़ एक मैं ही थी, हमेशा अव्वल आती। दसवीं में मैंने स्कूल में टौप किया। आपको बताया था—मैं गोल्ड मेडिल लेना चाहती थी, मां के आगे मैं बहुत गिड़गिड़ायी...पर उसने डांटकर मुझसे लिखवा भेजा कि मुझे 'कैश' चाहिए। यह कहती थी कि मैडिल का क्या होगा...कहीं पड़ा सड़ता रहेगा, कैश काम आता है। मैडिल होता तो उसमें मेरा नाम लिखा होता, जिंदगी भर के लिए याद करती, उसे मैं अपने बच्चे को दिखा सकती थी।

"मेरा सगा भाई मुझसे बड़ा था, वह घर में मुझे पढ़ाता था—कहता था तू वह

बनेगी जो पिता थे, जो उनकी सन्तानों में सिवा तेरे और कोई नहीं बन सकता, मैं तुझे डॉक्टर बनाऊंगा। एक दिन मैं रसोई में थी कि मेरे सौतेले भाई खबर लेकर आये कि मंडल कमीशन के खिलाफ़ आन्दोलन में मेरे भाई ने आत्मदाह कर लिया...कुछ पलों तक मेरी सांस दो टुकड़ों में बंटी, ऊपर की ऊपर, नीचे की नीचे रह गयी। अपने भाई को देखने के लिए मैं भागी कि सौतेले भाईयों ने पकड़ लिया, बोले–पुलिस ने उसे आग से निकाला, पुलिस उसकी लाश को ले गयी है। घर से कोई नहीं गया, न मुझे जाने दिया...उसका अन्तिम संस्कार भी नहीं किया गया, मां बोली-जल तो गया, उसकी मृत्यु में ही अन्तिम संस्कार हो गया।

आज भी मेरी आंखों के सामने एक तस्वीर घूम-घूम जाती है–चौराहे पर आग जल रही है, पीठ पर से जला मेरा भाई बाहर आने की बार-बार कोशिश करता है, लड़कों का हुजूम उसे सब तरफ़ से घेर कर फिर आग में ढकेल देता है। हुजूम में मेरे सौतेले भाई सबसे आगे हैं...

मेरे भाई को जिन्दा जला दिया गया, क्योंकि उसके मेरे सिवा कोई नहीं था...और मैं क्या थी...लाचार, घर में कैद। पिता होते तो शायद ऐसा न होता! मैं विश्वास नहीं कर पाती कि उसने आत्मदाह किया होगा। वह मुझे छोड़कर मर ही नहीं सकता था। उसे जबर्दस्ती उस आग में धकेला गया, फालतू था न, मेरी तरह...

भाई के जाने के बाद मैं पूरी तरह अकेली हो गयी...पर उसका सपना मेरे साथ था, उसे पूरा करने के लिए ही मैंने साइंस ग्रुप लिया था, मैं डॉक्टरी के इम्तहान में बैठना चाहती थी पर मेरे पति ने नहीं बैठने दिया..."

वह फफक कर रो पड़ी। प्रेमप्रकाश ने रूमाल निकाल कर उसे देना चाहा तो उसने उनके हाथ परे कर दिया।

"उन दिनों की याद मत दिलाया करिये मुझे। आप नहीं समझ सकते कि उन बातों से फिर से गुज़रना कितनी बड़ी यातना है..."

दुपट्टे से आंसू खुद पोंछते हुए उसने मुंह दूसरी तरफ़ कर लिया। वह रूष्ट–सी थी, प्रेमप्रकाश पर। प्रेमप्रकाश को अवसाद ने आ घेरा–बात कौन सी शुरू हई थी, खत्म होने पर कौन सी हो गयी? एक दुःख लेकर वह आयी थी, उसे दूर करने की बजाय उससे भी बड़ा दुःख दे बैठे उसे। उसका मुंह करीब-करीब सूज आया था–मन में असली मां की कोई तस्वीर नहीं, पिता का इतनी जल्दी चले जाना, भाई की ऐसी मौत! ससुराल ऐसी...ससुराल के अलावा जाने के लिए एक भी जगह नहीं, जहां वह कुछ दिनों के लिए और नहीं तो किसी दूसरे वातावरण में खुद को डालने के लिए जा सके...कहां है मायका!

"मुझे लगता है मैं बंजारिन हूं जो एक अदद घर के लिए कब से भटक रही है।"

थोड़ी देर बाद उसने कहा—

"मुझे अपनी मां का घर नहीं मिला। जहां रह रही हूं...इसमें मुझे ढकेल दिया गया। मैं सपने देखा करती हूं ऐसे घर की जिसे मैं अपने मन से तिनका-तिनका बनाऊं, जिसमें वह हो जिससे मैं प्रेम करती हूं, वही मेरा पति हो, मेरे उससे बच्चे हों..."

प्रेमप्रकाश थोड़ा सहम गये—वह सपने देख सकती है! सपने उसके दुःख को और गहराते थे। इस लड़की को अपनी मां का नहीं मालूम—कहीं वह सचमुच बंजारिन तो नहीं थी—तभी उसकी सन्तान में घर की यह प्यास। बंजारिनें ही असली प्रेम की ऐसी दीवानी कही जाती हैं, उनमें ही सच्चाई का ऐसा जज़्बा होता है। हो सकता है उसके पिता सचमुच किसी बंजारिन के प्रेम में पड़ गये हों...जिसने उनसे बच्चे, घर मांगे हों। बच्चे तो वे दे पाये, घर नहीं...

"अगर तुम्हें अपने मन का घर नहीं मिला तो अब बसा सकती हो, कौन रोकता है। तलाक ले लो..." प्रेमप्रकाश थोड़ा सख्त हुए।

"आप ले सकते हैं?"

प्रेमप्रकाश अचकचा आये। अचकचाहट को दाबने के लिए पुरानी रौ में बहते चले गये।

"मेरा मतलब...तुम्हारी पीढ़ी में तलाक कोई असंभव-सी बात नहीं है। तुम अभी जवान हो, सुन्दर हो। कोई भी तुम्हारा हाथ थामने के लिए तैयार हो जायेगा, तुम्हारे बच्चे को अपना ले...ऐसा भी मिल जायेगा?

"हां मिल जायेगा...पर मुझे भी तो कुछ चाहिए उस आदमी में?"

"क्या"।

"उसका मन आपके मन जैसा सुन्दर हो।"

प्रेमप्रकाश को अपना चेहरा तपा, सुलग आया हुआ जैसा महसूस हुआ...कि अगर ठीक उस वक्त वे अपनी उंगलियां अपने कानों पर रखे देते तो वे झुलस जातीं...

थोड़ी देर कोई नहीं बोला। प्रेमप्रकाश के चेहरे पर उग आयी तपन के शांत हो जाने का इंतज़ार कर रहे थे, दोनों।

"आपसे मिलने के पहले मैं मशीन की तरह पड़ी थी। आपने छू दिया तो जीवित हो उठी। इतनी कोमलता से मुझे किसी ने नहीं छुआ, इस तरह किसी ने समझाया नहीं। पहली बार मैंने अपने बारे में महसूस करना शुरू किया कि मैं भी कुछ हूं, मेरे साथ भी कुछ हो सकता है, होना चाहिए। मैं मृत थी, जी उठी। अब मैं जीना चाहती हूं..."

"तो तुम्हें कौन रोकता है। अगर उसके लिए यह घर छोड़कर नया भी बसाना हो तो उसके लिए भी समय है तुम्हारे पास...

"और आपके पास नहीं है?"

"मेरी जिंदगी तो निकल गयी..."

"ये आप कैसे कह सकते हैं'...अगर बीस वर्ष भी आदमी को और जीना हो तो एक तिहाई जीवन तो है ही, आप तो कम से कम तीस बर्ष जियेंगे अभी और..."

वह भीग आयी थी, आंखों में दिये टिमटिमा रहे थे। रोशनी की डोरियां प्रेमप्रकाश को खींच रही थीं। उनके भीतर आग के जो कण राख के नीचे दबे पड़े थे... करीब-करीब बुझे, उन्हें फूंक कर वह जगा रही थी।

•••

सच कहो...तुम भी तो उसका साथ चाहते हो...उसे छूते हो, अपने से बांधते हो तो तुम्हारा मन और शरीर दोनों एक हो जाता है। पूरेपन की प्रतीति होती है तुम्हें...लेकिन तुम उस पूरेपन को क्षणों में जीकर तृप्त हो जाते हो। वह उस पूरेपन का घर बनाना चाहती है, वह टुकड़ों में नहीं जीना चाहती...जैसे समय खंडखंड—इतना तुम्हारे पास, इतना उस घर में—वैसे ही क्या उसका जीवन भी खंडखंड? जब कि तुम जब चाहे लौट आने की सुविधा चाहते हो...उस लकीर के भीतर जहां से तुम थोड़ी देर के लिए निकलते हो। उसकी भावनाओं को प्यार कहा जायेगा, जब कि तुम्हारे लिए यह वर्जित सम्बन्ध की मिठास का आकर्षण है...

तुम कहते हो करुणा...जो गहराते-गहराते प्यार बन गई है।

बंधे तुम हो...तो वह भी बंधी हुई है। उसमें निकलने की हिम्मत है, तुममें नहीं। तुम कायर हो...किताबी कीड़े! वह तितली है...फड़फड़ाती, खुले में जाने को बेचैन!

•••

तू बहुत आगे निकलती जा रही है। जब से नौकरी पर जाना शुरू कर दिया तेरी चाल ही फर्क हो गयी। तुझे यह भी याद नहीं रहा कि नौकरी के काबिल तुझे बनाया किसने? हमारे यहां दसवीं तक ही तो पढ़कर आयी थी, आगे की पढ़ाई मैंने कराई।"

"मेहनत तो मेरी थी। कोई किसी को लाख पढ़ाता रहे, पढ़ने वाला अगर न पढ़े तो?" उसने प्रतिवाद किया।

"अब तू उस तरह नहीं रहती जैसे पहले रहती थी।"

"किस तरह नहीं रहती?"

"पत्नी की तरह।"

"कैसे नहीं रहती?"

"पति का ख्याल करती है?"

"दो बातों को छोड़कर बताइये क्या नहीं करती।"

"मंदिर में न बैठना चलो मान भी लिया जाय...मैं चाहता भी नहीं कि जब तुझमें श्रृद्धा नहीं तो तू वहाँ बैठे...लेकिन कोई ऐसे पति-पत्नी देखे जिनगें शारीरिक सम्बन्ध न हो?"

"ऐसे हैं या नहीं मुझे नहीं मालूम...पर मैं बता चुकी। मेरी इच्छा नहीं होती।"

"तू वही करेगी जो तेरी इच्छा होगी?"

"हां।"

"नौकरी करने से तेरा दिमाग खराब हो गया है। जब से तू प्रकाश सर के सम्पर्क में आयी तेरा चलन बिगड़ गया है। आये दिन मुझे लोगों से सुनना पड़ता है कि उनकी कार में घूमती-फिरती है, एश करती है।"

"गन्दे लोग गन्दा ही सोचते हैं।"

"मैं गन्दा हूं?"

"मैंने नहीं कहा, आपने अपने बारे में सोचा।"

"तू उनसे मिलना-जुलना छोड़ दे।"

"क्यों।"

"मुझे नहीं पसन्द।"

"एक इसी कारण? मेरी अपनी कोई पसन्द नहीं? आप कौन हैं मेरी पसन्द तय करने वाले।"

"मैं...मैं तेरा पति हूं।"

"मैं पत्नी हूं पर क्या मैं आपकी पसन्द तय करके देती हूं आपको?"

"पति का चलता है, पत्नी का नहीं...कोई घर देख ले।"

"मैं ऐसा नहीं मानती।"

"तेरा मानना न मानना इतना बड़ा हो गया कि तुझे दुनिया की परवाह नहीं। प्रकाश सर के साथ उठने-बैठने से हमारी बदनामी होती है...इसकी तुझे ज़रा भी परवाह नहीं? तू उसके साथ रेस्टोरैंट में बैठती है, अंधेरे में पार्क में बैठती है, कार में घूमती है। लोग मुझे ताने कसते हैं, कि इसका पति हिजड़ा है।"

"और आप सुन लेते हैं? कौन क्या कहता है...ज़रा उसे लाइये मेरे सामने!"

"तुझे प्रकाश सर के साथ उठना-बैठना बंद करना पड़ेगा।"

"मैं ऐसा नहीं कर सकती।"

"क्यों...ऐसा क्या मिलता है उससे। नौकरी के अलावा क्या है, जो उस बूढ़े ने तुझे दिया और तुझे मुझसे नहीं मिला।"

"बात उम्र की नहीं होती। कोई सम्पर्क आपको मृत करता है, कोई जीवित।"

"बड़ी-बड़ी बातें करना सीख गयी तू...जब से नौकरी करने लगी। पहले यह जुबान ऐसे कच्च-कच्च नहीं चलती थी। नौकरी छोड़ दे तू।"

"और आपकी तरह घर पर पड़ी रहूं। कभी सोचा—घर का खर्चा कैसे चलेगा?"

"अभी क्या तेरी तनख्वाह से चलता है?"

"नहीं पर अपनी सामर्थ्य भर कमाती तो हूं, अपने खर्च भर का तो लाती हूं।"

"छोड़ दे तू नौकरी।"

"नहीं छोड़ती। मैं आश्रिता बनकर नहीं रहना चाहती। आप यह चाहते हैं जिससे आप जैसे चाहे, मुझे लतियाते रहें।"

"मैंने जो ढील दी उसका फायदा उठा रही है तू। ये उल्टी-सीधी बातें प्रेमप्रकाश से सीखती है, जब देखो उसके साथ उठती-बैठती है क्या लगता है तेरा वह...ऐं?"

"वे...वे मेरे सर्वस्व हैं?"

एक छोटा-सा जुमला...ठंडा, सख्त। जुनून में कह गयी...जुनून, जो उसकी पीढ़ी का था। सत्य के लिए पता नहीं कौन-सा आग्रह—कैसी जिद! और उधर पहाड़ टूट पड़ा।

"चोप!...साली छिनाल, शर्म नहीं आती। पति बैठा है और खसम करने चली है।"

"पति सर्वस्व नहीं होता।" वह ठंडी ही रही।

"तो क्या होता है?"

"वह पति होता है। पति-माने आप, पग-पग पर अधिकार का लौंदा...अधिकार जताने वाले। आपके लिए पत्नी क्या...खाना बना, कपड़े धो, बिस्तर पर आ, यह कर, यह मत कर...और पत्नी जो हुकुम जो हुकुम करती रहे ताकि आपको यह सुख मिले कि आपकी आज्ञा का पालन हो रहा है...पति शहंशाह, पत्नी लौंडी..." "इस साली से

तो बात करना फिजूल है...”

फनफनाता हुआ युवागुरु उठकर बाहर निकल गया...लेकिन बात खत्म नहीं हुई। वह उसे दूसरी तरह से सबक सिखाने की सोचने लगा। रात मंदिर में अपनी गद्दी पर बैठकर प्लान बनाता रहता। नौकरी छोड़ने के बाद मंदिर में ही उसने छोटा मोटा दफ्तर खोल लिया था। घर के फोन का मेन कनक्शन वहां लगवा लिया ताकि उसकी और प्रेमप्रकाश की बातें सुन सके। एक मोबाइल ले लिया...जब बाहर जाता तो ऐसा इन्तज़ाम करके कि घर आया फोन मोबइल पर ट्रांसफर हो जाय...जिससे कि उसकी नामौजूदगी में वे दोनों जो बात करें, वह जान सके। उसे यह पक्का हो गया कि औरत की बर्बादी की असली जड़ नौकरी है...बाहर निकली कि उड़ी। नौकरी ने उसके दिमाग में हवा भर दी है, इसलिए उसकी नौकरी पहले छूटना चाहिए...वह घर बैठ जाय तो समझो गाय को खूंटे से बांध दिया। उसके कहने से तो यह नौकरी छोड़ेगी नहीं, तो गद्दी पर बैठे-बैठे युवागुरु ने प्लान बनाया...

संस्थान के निदेशक ओर मैनेजर को बेनाम कम्प्लेंट पर कम्प्लेंट आने लगे...कुछ लिखित, कुछ फोन पर—वह चरित्रहीन है, प्रेमप्रकाश, जिसने नौकरी लगवाई है, उसकी रखैल है। दोनों को कभी पार्क या कार में इश्क की पेगें लेते देखा जा सकता है। दो घर तबाह हो रहे हैं...आदि-आदि। कोई बाहर का आदमी शिकायतें भेज रहा है—यह जताने के लिए वह घर में उससे जब-कब कहता—‘पता नहीं कौन फोन करता है, फोन पर गालियां देता है—‘साले हिजड़े, तेरी बीबी को कोई और भोग रहा है और तू पूजा-पाठ में लगा रहता है, संभल जा...चिड़िया उड़ने वाली है, दोनों भाग जायेंगे...मैं नाम पूछता हूं तो फोन रख देता है।’ जो लिखित शिकायतें संस्थान को जा रही थीं, उनमें से एक-दो की प्रतियां युवागुरु ने डाक से अपने घर के पते पर भिजवा दीं। वह विचलित थी पर स्थिर भी...घर में जब वह सुनाता तो बमक पड़ती—‘आप ऐसे फोन पटक क्यों नहीं देते...या उसे मेरे सामने आने को कहिये, मुंह तोड़ दूंगी। युवागुरु बीच-बीच में फिर समझाइश देता कि वह नौकरी छोड़ दे, चार हजार में क्या रखा है जो वे समाज में बदनामी झेलें। इस सब का कोई असर नहीं हुआ तो एक दिन युवागुरु ने अपने किसी परिचित से उसे फोन करवाया—‘नौकरी के नाम पर बाहर जाती है और प्रेमप्रकाश के साथ गुलछर्रे उड़ाती है, रखैल बनी हुई है। पति हिजड़ा है तो मेरे पास क्यों नहीं आ जाती...उसके बाद खूब गन्दी-गन्दी बातें...आखिर में धमकी—‘एक दिन अखबारों में तेरे सारे कच्चे चिट्ठे खोलकर रख दिये जायेंगे, उस बुड्ढ़े के साथ तेरे फोटो भी...’

उस वक्त फोन करने वाले को तो डांट दिया...पर भीतर से वह सहम गयी। उसे अपनी बदनामी की चिंता नहीं थी, वह थी ही क्या...लेकिन प्रेमप्रकाश का नाम था।

उनके नाम को उसके कारण धब्बा लगने जा रहा था। अगर ऐसा है, तो वह नौकरी छोड़ देगी। घबरायी वह प्रेमप्रकाश के पास पहुंची।

प्रेमप्रकाश चिन्तित तो हुए पर उसकी चिंता की तीव्रता तक नहीं पहुंच पाये—

"यह कोई वजह नहीं बनती नौकरी छोड़ देने की।" उन्होंने कहा। "अखबार वाले यों ही कोई खबर नहीं छाप सकते, उनकी जवाबदेही बनती है। उन्हें मालूम है निराधार ऐसा कुछ छाप देने से कोई मानहानि का दावा कर सकता है। वे भले स्रोत का नाम न दें, पर अपने पास ज़रूर रख लेते हैं। फिर ऐसी छुटपुट बातें क्या खबरें बनती हैं उनके लिए?"

"पर आप जैसे नामी व्यक्ति के खिलाफ़ ऐसी चर्चा तो खबर बन सकती है।"

"हो सकता है...पर वे जिम्मेदारी बरतेंगे।"

"और कार्यालय?"

"उन पर इस सबका कोई असर नहीं होता। वे मुझे अच्छी तरह जानते हैं, वे यह भी जानते हैं कि लड़की थोड़ा मिलनसार हुई, सुन्दर हुई तो उसके खिलाफ़ यह सब चलेगा। वे प्रोफैशनल लोग हैं, ऐसी शिकायतों को फाड़कर फेंक देते हैं, वक्त नहीं है उनके पास। उन्हें मतलब है कौन कैसा काम कर रहा है उनके लिए कितना उपयोगी है...और कार्यकर्ता के रूप में तुम्हारा अच्छा नाम है!"

"पर मैं क्यों न नौकरी छोड़ दूं। क्या होता है चार हजार...जो मैं यों भी घर में दे आती हूं। मेरे लिए तो यह सच में आपसे मिलने का, कभी-कभी यों ही घर से निकलने का बहाना है, वर्ना दिन भर घर में पड़े रहो। जबसे उसने नौकरी छोड़ी, सवेरे-शाम पूजा के बाद वह घर में ही पड़ा रहता है। मैं ही जानती हूं इतवार का दिन मुझे कितना भारी पड़ता है। कुछ-न-कुछ बोलता रहेगा, चिपकाने की कोशिश करेगा, आते-जाते छू देगा...उसका छूना...जैसे शरीर पर छिपकली चढ़ आयी हो...मितली आती है मुझे। उसके जीवन में जैसे कुछ है ही नहीं सिवा मेरे...बस मेरे बारे में सोचता पड़ा रहेगा, जितनी देर मैं घर में रहती हूं, वह कहीं नहीं जाता। जितना मैं दूर भागती हूं, वह सटने की कोशिश करता है...

"रात?"

"बेटे को बीच में पाड़ती हूं। तिस पर भी कभी-कभी ऐसा दिखाते हुए जैसे नींद में खोया है, वह अपना पैर मेरे पैर पर रख देगा...मैं बेसुध नींद कभी नहीं सो पाती, हर पल अंदेशा रहता है।"

"तुम्हें नहीं लगता-यह तुम्हारी ज्यादती है। आखिर वह पति है तुम्हारा।"

"आप भी पुरुषों की भाषा में बोलने लगे। मुझे उसकी छुअन से शुरु से ही घिन छूटती थी...आपसे परिचय के पहले से ही। आपका स्पर्श पाकर मेरे शरीर में तरंगें

उठने लगीं। मुझे अपना शरीर बहुत पवित्र लगने लगा है। उसे कोई और छुए...मुझे लगता है कि किसी ने मुझ पर कीचड़ डाल दिया।"

प्रेमप्रकाश ने उस बात पर बहुत ध्यान नहीं दिया। वे जानते थे कि वह बहुत भावुक किस्म की लड़की थी...ये बातें हवा के साथ बह जायेंगी। वे असली समस्या से उलझे रहे।

"संस्थान में शिकायतें, घर में फोन...इस हद तक वही जा सकता है, जो तुम्हें-मुझे लेकर बहुत आहत हो। तुम्हें चाहने वाला कोई दूसरा है क्या?"

"हट..."

"तो फिर दो ही हो सकते हैं—तुम्हारा पति या मेरी पत्नी। मेरी पत्नी के पास इस सबकी लियाकत नहीं है।"

"क्यों उनकी कोई सहेली, कोई रिश्तेदार...भाई वगैरह नहीं हो सकते?"

"हो सकते हैं...जिनसे उसने चुपचाप-चुपचाप शिकायत की हो, मदद मांगी हो। ऐसी प्रवृत्ति है उसकी...मगर मुझे तुम्हारे पति पर ज्यादा शक है..."

वह एकाएक चुप हो गयी। इस दिशा में उसने कभी सोचा ही नहीं था। वह क्या ऐसा करेगा जिसमें उसकी अपनी इज्जत ही थू-थू होती हो। कर भी सकता था, क्योंकि खुराफाती था। ऊपर से अब कोई काम का नहीं, खाली दिमाग शैतान का अड्डा। उसने देखा होगा कि सीधे-सीधे वह उसके कहने से नौकरी नहीं छोड़ रही तो ऐसे सही। जो वह भी नहीं सोचता कि दोनों नौकरी छोड़ घर में बैठ जाते हैं तो छोटे-छोटे खर्चों के लिए भी पेंशनायाफ्ता पिता का मुंह ताकना होगा। जो उसे हरजभजन के आगे धकेल सकता था...वह यह भी कर सकता था।

वह चुप रह गयी। उसने देखा है कि लोगों को लेकर प्रेमप्रकाश की समझ अधिकतर ठीक होती है।

"देखो, तुम्हें अपने बच्चे से बड़ा लगाव है। बच्चे को मां-बाप दोनों चाहिए। घर में लड़ाई-झगड़े का उस पर प्रभाव अच्छा नहीं पड़ता। तुम्हें पति के साथ एजस्ट करना चाहिए, सभी करते हैं। उससे तुम्हारे कैरियर में जो रुकावटें वह खड़ी कर रहा है... ये शिकायतें, ये फोन...यह सब भी बंद हो जायेंगी और...

"आप न खुद को समझते हैं, न मुझे...और हमारे बीच जो कुछ है...उसे तो कतई नहीं। अपने घर एडजस्ट करते रहिये...मुझे सीख की ज़रूरत नहीं...

आप पहले मुर्दे में जान डालते हो। उसे जिलाया, उठाया...जब वह चलने लगा तो उसी तरफ़ फिर ढकेलने लगे जहाँ वह मृत पड़ा था।"

"तुम्हारे बच्चे के भविष्य के लिए मैंने यह सुझाया।"

"पहले मैं तो जीवित रहूं। अगर मैं ही न रही तो कौन बच्चा, किसका बच्चा!

मैंने दुःख इतना देखा है कि ज़रा भी सुख आता है तो उसे स्थायी बनाने के सपने पालने लगती हूं। सुख का जो टुकड़ा मिला उसे पकड़कर रख लेना चाहती हूं। आप मिले...तो अब आप ही अपने आपको मुझसे छीने ले रहे हैं...ऐसा ही करना था, तो खींचा क्यों मुझे अपनी तरफ़..."

जब-जब उसे अपनी प्रिय चीज़ के छीने जाने का खतरा होता है, उसके भीतर दबा हुआ क्रोध उसके सारे शरीर में खड़खड़ाने लगता है...जैसे एक कमज़ोर खाली इमारत में तूफानी हवा।

उसका चिकना चेहरा सूजन भरा हो आया था जैसे गीली रेत जिस पर से समुद्र की लहर अभी-अभी लौटकर गयी हो। जो चेहरा उथलपुथल से हमेशा भरा रहता था, जैसे भीतर भावों की जो उर्मियां उठती थीं वे बाहर चेहरे की स्लेट पर उतरती चली जाती हों...वही अब यह। अति के दो छोरों पर जीती थी वह—एक यह जब उसका चेहरा क्या, पूरा शरीर ही भीतर के गुस्से को थामने, बाहर न निकलने देने की पूरी कोशिश में लगा होता। साफ दिखता था कि उसकी एक-एक नस उस भारी प्रयत्न में लगी हुई है...बोलने से खुद को बचाते हुए, क्रोध जो ज्वालामुखी की तरह बाहर आने को फड़फड़ाता था, उसे अपनी पूरी ताकत से अपने भीतर ठेलते हुए...जैसे कि अगर कहीं वह बाहर आया तो जो सामने आया उसे जलाता चला जायेगा...उन चीज़ों और व्यक्तियों को भी जो उसके प्रिय थे—उसका बच्चा, या कि प्रेमप्रकाश। सालों से इस तरह भीतर ठिलते-ठिलते क्रोध तह-दर-तह जैसे आग की एक मोटी ईंट बन उसके भीतर बैठ गया था, जरा कुछ हुआ कि चिटक पड़ने, भभक कर लपलपाते हुए बाहर आने को तैयार...साक्षात अग्नि जो कुछ भी लीलती चली जायेगी...

ऐसे व्यक्ति के भीतर की कोमलता अब तक खत्म हो जाना चाहिए थी...लेकिन अति का दूसरा छोर भी था—प्यार जो उसकी आंखों से निकल बारिश के झीने बादलों की तरह नमी बिखेरता...प्रेमप्रकाश को भिगो जाता...मद्धिम बरसात उसकी आंखों में ठहरी होती, प्रेमप्रकाश पर बरसने को आतुर! ऐसे में उसके गोरे सुन्दर हाथ और भी सुन्दर हो जाते, प्रेमप्रकाश को उनका स्पर्श बेहद शीतल, स्नेहसिक्त लगता। वे उसकी हथेलियों में मुंह रख देते...वहां इतनी शांति...उन्हें ताज्जुब होता कि जो व्यक्ति भीतर से इतना अशांत है, उससे कैसी इतनी शांति फूटती है। जो स्पष्ट न होता था वह यह कि जो उससे फूटता था वह प्यार था कि...प्यार की प्यास, प्यार...जो उसे कभी नहीं मिला!

लेकिन उस वक्त उसकी आंखें भीतर दूर-दूर तक खोखली थीं, उनमें बहुत नीचे...तल पर नमी ठिठकी हुई थी, जो बहुत रोने के बाद भी आंखों में ठहरी रह जाती है।

चेहरे पर जो सूनापन था...उससे ऐसे व्यक्ति की तस्वीर बनती थी जिसे यह प्रतीति थी कि उसकी पीठ पर त्रासदी—भरा अतीत है...जिसे लादे-लादे चलना है... भविष्य की ओर, भविष्य...जो है ही नहीं। सूनापन जो उसके साथ अभी है, वही जो रहने वाला है, उसे उसके साथ ही चलना है, जब तक वह जीवित है—

"देखो, इतना भावनात्मक होकर जीवन के फैसले नहीं किये जाते। इस तरह का उबाल सिर्फ अपने आपको तकलीफ़ देना है...हर स्थिति का सामना, उसके बारे में सोचना थोड़ा तटस्थ होकर ही हो सकता है।"

"मैं क्या करूं अगर मैं ऐसी बनी हूं तो..."

यह सही था कि वह ऐसी ही थी—इमपल्सिव...बेहद भावनात्मक, उबल-उबल पड़ती हुई। बाहर से घमंडी, जिद्दी। प्रेमप्रकाश के साथ खुशी में तैरते-उतराते उसे एकाएक कोई बात लग जाती...और जैसे वह उस बात...बात का कोई टुकड़ा चोंच में दबाकर उसे धरती पर पटकने लगती...इस तरफ़, उस तरफ़। देखते-देखते वह कुछ और हो जाती—आंखें क्या, पूरा चेहरा ही सूजा हुआ...सपाट। कुछ बोलती नहीं, बस सूनी-सूनी आंखों से कहीं भी देखती हुई...एकदम 'ब्लैंक', जैसे पूरा शरीर ही निचुड़ गया हो। उसकी आवाज़ बदल जाती—बहुत भीतर के किसी गह्वर से निकलती गीली-गीली भारी आवाज़—जैसे वह किसी और की थी। ऐसा परिवर्तन तृप्ति के क्षणों में भी फटाक से आ जाता था, जैसे वह शापित हो कि सुख उसके साथ थोड़े भी लंबे समय तक नहीं ठहरेगा, उसे वापस उसी स्थिति में ला पटकेगा जिसमें उसका अधिकांश जीवन बीता है। हो सकता है यातना में ही डूबते-उतराते रहने के कारण ऐसा हो गया था कि सुख उसे गड़ने लगता और जल्दी ही वह खुद को अपनी पुरानी स्थिति में ढकेल देती...खुद को यातना देने लगती। प्रेमप्रकाश को लगता जैसे कोई प्रेत उसके भीतर घुस गया और सुख की स्थिति से उसे बलात खींचता हुआ उसे फिर से अवसाद में ले जाकर पटके दे रहा हो। ऐसे में वह स्वयं अपने सुख की चीज़ों को भी बिथेड़ती हुई, अपने हितैषियों को लात मारती हुई...खुद को विषाद के तल पर ला पटकती। वह सुख के क्षणों को पकड़कर रखना चाहती, काल्पनिक रूप से वे ज़रा भी ओट हुए कि क्रोध से ट्रान्स में चली जाती। फिर उस ट्रान्स की स्थिति से उसे जल्दी कोई नहीं निकाल सकता था। निकलने में उसे हफ्तों लग जाते, मुंह बराबर सूजा हुआ—सा, आंखें पथरायी, आवाज़ भर्रायी हुई, गीली। रह रहकर वह शून्य में देखती होती...वहीं खोई हुई। प्रेमप्रकाश की प्रेत की शंका इसलिए और पक्की हुई थी क्योंकि जिस बात से वह उखड़ जाती थी वह अक्सर इतनी मामूली होती थी कि विश्वास नहीं होता था कि उतनी जल्दी सहसा वह सामने वाली सुख की स्थिति में मुंह मोड़कर अपने को दुःख में डुबो लेगी...जैसे कि एकाएक उसमें उपजा यह अहसास कि

प्रेमप्रकाश उसके पास होते हुए मनसा कहीं और हैं... जो गलत ही होता था, या कि मामूली-सी किसी बात का कोई टुकड़ा जिसके दसियों मतलब हो सकते थे या कोई वह बात जो प्रेमप्रकाश ने मज़ाक में कही...पर जिसे वह अपनी तरफ़ खींचकर ऐसा मतलब निकाल लेती जो उसे तकलीफ़ दे ही। प्रेमप्रकाश सोचते 'मैसोचिज्म' यही होता है...आलपीनें उठा-उठा कर खुद में गड़ाना...

समझाबुझाकर उसे वैसी स्थिति से बाहर नहीं लाया जा सकता था। समझ के परे पहुंच चुकी होती थी वह। एक ही तरह से वापस होती थी...प्यार का हल्का-हल्का स्पर्श, प्यार में पगी बातें...भले ही वे बातें कितनी हवाई हों। प्रेमप्रकाश को लगता कि उस लड़की का रेशा-रेशा प्यार का भूखा है...पर वे यह भी सोचते कि वे कब तक उसे इस तरह सामान्य स्थिति में लाते रह सकेंगे, क्या एक बिंदु ऐसा नहीं आयेगा जब वे ही थक जायेंगे। वह सहज रहना कब सीखेगी...कब तक अतियों के इन दो छोरों में ही झूला करेगी—या प्यार की प्रतीति में डूबे हुए या फिर भीतर घुसे प्रेत से जूझते हुए।

कहीं उसके भीतर घुसा प्रेत उस घर की पहली बहू का तो नहीं था?

पर उस दिन प्रेमप्रकाश उसे शहर से बाहर एकांत में ले गये, उसे प्यार करते रहे। प्रेमप्रकाश की गर्दन में घुसी वह रोती रही।

वह मेरी गोद में थी। आसुंओं से भर-भर आती उसकी आंखें, थरथराते पतले-पतले होठ, चिकनी-चिकनी बाहें...मैं उसे दीवाने की तरह चूम रहा था। उसके घने बालों, सुन्दर मुंह, गहरी आंखों, चिकनी बाहों में कभी इधर-कभी उधर फूल खिल आते...मैं होठों से उन फूलों को अपने भीतर कर लेने के लिए दौड़ पड़ता...कर लेता, तो फौरन वहां से खुशबू उठने लगती...वह खुशबू का गुच्छा हो गयी थी—रोती जाती थी और प्यार भी दे रही थी—बरसात से तरबतर एक टहनी, जो हवा के हल्के झोंके से हिलती और प्यार की कितनी बूंदें मुझ पर छिड़क जाती।

प्यार में शरीर क्या से क्या हो जाता है...समझ में आ रहा है थोड़ा-थोड़ा, जीवन में इतनी देर से। वह चली गयी तब भी खुशबू, मुझसे लिपटी थी...जैसे थोड़ी देर पहले वह। जब वह मुझे पूरा अपने में ले लेगी...तब पता नहीं क्या हो जायेगी...और क्या मुझे बना देगी।

इस दुनिया से जाने के पहले मैं उस अनुभूति को चखना चाहता हूं...जहां दो जीव पूर्णतः एक हो जाते हैं, जहां उनके मन का प्यार अथाह प्यार उनके शरीरों में उतर आता है, वहां थिरकता है, उन्हें एक कर देता है...

ख्याल से ही पूरे जिस्म में छरछराहट दौड़ने लगती है।

•••

युवागुरु उसके आने-जाने की पूरी जानकारी रखता था, पर अब वह उसे रंगे हाथों पकड़ना चाहता था। इस बार उसने उसका पीछा किया, देखा कि उसने अपना स्कूटर सुपर बाजार के स्टैंड पर खड़ा किया और पास ही में इंतजार करती प्रेमप्रकाश की कार में जाकर बैठ गयी। फिर दोनों कहीं को निकल गये। वह लौटकर घर आयी तो युवागुरु ने अपने मां-बाप के सामने उसे घेरा–

"बता कहां गयी थी तू! कहीं का बहाना करके घर से निकलती है, कहीं जाती है। उसकी कार तेरे लिए खड़ी रहती है...उसमें बैठ तू कहीं चली जाती है, बोल कहां जाती है। क्या है यह? तुझे सब लोगों के सामने यह सब करते हुए शर्म नहीं आती?"

"किस बात के लिए शर्म! कार में बैठ जाने के लिए...उस व्यक्ति के साथ जो मेरा परिचित है, इस घर का भी? मैंने उनसे मिलने की बात कभी किसी से नहीं छिपाई...तो शर्म किस बात की। शर्म आपको आनी चाहिए जो इस तरह चोरी छिपे किसी का पीछा करते हैं।"

"मैं किसी का पीछा नहीं करता, अपनी पत्नी का करता हूं...बोल कहां जाते हो तुम दोनों?"

"क्यों, क्या मैं अपनी मर्जी की किसी जगह नहीं जा सकती।"

"पर तुझे बताना होगा।"

"क्यों?"

"मैं तेरा पति हूं।"

"पति...या मालिक! मैं जायदाद हूं और आप इस जायदाद पर मिल्कियत का रोब जमाने वाले...वह भी पति की एक भी जिम्मेदारी न निभाकर..."

उसने उलटवार कर दिया। अपनी सुरक्षा के लिए उससे ऐसा ही हो जाता था।

"क्या जिम्मेदारी नहीं निभाता...बोल, क्या नहीं करता...तेरी कौन सी ज़रूरत पूरी नहीं होती?"

"क्या आप मेरी और अपने बच्चे की जिम्मेदारी महसूस करते हैं?"

"क्यों नहीं करता...बच्चे को स्कूल की बस से घर लाता हूं। सवेरे पूजा में रहता हूं इसलिए भेजने पापा जाते हैं। तू जाती है क्या।'

''जिम्मेदारी महसूस करते होते तो नौकरी नहीं छोड़ते।"

"तुझे इससे क्या मतलब कि मैं क्या करता हूं। नौकरी से न सही मैं कहीं से पैसे लाऊं...तुझे मतलब...तेरे और बच्चे को पूरा खर्च उठाऊंगा। बोल क्या चाहिए तुझे। कब से कह रहा हूं कि तू ये टुटल्ली नौकरी छोड़ दे...क्या रखा है तेरी चार हजार की नौकरी में?"

"नौकरी सिर्फ पैसे के लिए नहीं की जाती। इसके माध्यम से हम अपने हिस्से

का कर्म करते हैं, अनुशासन में रहते हैं...खाली दिमाग शैतान का घर नहीं होते। ये मेरे हाथ में नहीं कि आज के समाज में मेरी योग्यताओं के हिसाब से क्या तनख्वाह मिलती है...पर जितनी भी मिले...इससे बच्चे के स्कूल की फीस, ट्यूशन का खर्चा, मेरा खर्चा तो निकल आता है।"

"मैं दूंगा...छोड़ तू नौकरी।"

"खर्चे सिर्फ आज के नहीं होते...बच्चा है तो आगे का भी सोचना होता है। कल के दिन हम उसका दाखिला, इंजीनियरिंग या डॉक्टरी में कराना चाहें तो कहां से आयेगा पैसा?"

"हर चीज़ के लिए लोन मिलते हैं...जब जिस समय ज़रूरत होगी लोन उठा लूंगा। तुझे मतलब?"

'लोन' के भरोसे बैठे रहें? ग्रहस्थ होकर हम क्यों न भविष्य के लिए रुपये जोड़ें। और आप हैं कि अभी से नौकरी छोड़ बैठे हैं...यह है पति की जिम्मेदारी निभाना!"

"तू कौन-सी पत्नी की जिम्मेदारी निभाती है।" युवागुरु मां-बाप को सुनाते हुए बोला—"आज साल होने को आ गया, इसने अपना शरीर मुझे नहीं दिया। हमारे शारीरिक सम्बन्ध नहीं हैं, हम कहां के पति-पत्नी हैं..."

मुझे भरे बाजार नंगा कर दिया। पति ने यह किया जिसे मेरी इज़्जत का ख्याल रखना चाहिए, मुझे सुरक्षा देना चाहिए। यह हमारे बीच का मामला था। उस पर एक पर्दा पड़ा था अब तक, इस आदमी ने उखाड़ कर फेंक दिया। जो मसला हम दो के द्वारा ही तय होना था, उसे उछाल दिया सबके सामने...

उसे अपना चेहरा सुलगता हुआ महसूस हुआ।

"यह तो ग़लत बात है, पत्नी का धर्म तो निबाहना चाहिए।" ससुर जी थे।

पत्नी का धर्म क्या यही है कि पति जैसा भी हो, वह जब चाहे उसे अपने ऊपर पड़े रहने दे, उसे अपने मांस को नोचने दे, कुत्ते की तरह चींथने दे...आक्रोश में जाने क्या-क्या उबलता चला आ रहा था भीतर से, उल्टी की तरह...बाहर निकल भी आता अगर तनतनाती हुई वह ऊपर अपने कमरे की तरफ़ न चल देती। नीचे से युवागुरु पीछे-पीछे भागा और एक हाथ से उसके बालों को पकड़े, दूसरा उसकी बांह पर गपाये...उसे खींचता हुआ वापस हॉल में ले आया—

"तू हमेशा इसी तरह बात टालकर चल देती है। आज फैसला हो ही जाना चाहिए। यह अच्छा लगता है कि विवाहित मैं पत्नी के घर में होते हुए भूखा रहूं। तेरा काम तो उस अधेड़ के साथ चल जाता है, मैं क्या करूं...मेरी तो उम्र है..."

"बस करो...ये नंगी बातें"—वह चीखी। वह आदमी अपने मां-बाप के सामने वह सब कहे जा रहा था और पूजापाठी बनता है।

"क्यों बस करूं...आज फैसला हो ही जाना चाहिए। मैं इन लोगों के सामने कहता हूं...बैठ यहां, यह पढ़ ले और दस्तखत कर..."

स्टाम्प पेपर था...वैसा ही जैसे घर की बिक्री का करारनामा हुआ था। उसने सामने रखे कागज़ में कोई दिलचस्पी नहीं दिखाई तो युवागुरु ने स्टाम्प पेपर को अपनी तरफ़ खींच लिया और सबको सुनाते हुए पढ़ना शुरू कर दिया।

एक—मैं आज इसी वक्त से प्रेमप्रकाश से मिलना बंद कर दूंगी।

दो— शरीफ़ औरतों की तरह सीधा नौकरी पर जाऊंगी और सीधा वापस घर आऊंगी।

तीन—नौकरी के अलावा कहीं जाना हो, तो घर बताकर जाऊंगी कि कहां जा रही हूं और कब तक लौटूंगी।

चार—रात का खाना जो पापा बनाते हैं, वह भी मैं बनाऊंगी। सुबह का पूर्ववत बनाती रहूंगी।

पांच—पति की आज्ञा मानूंगी और तत्काल प्रभाव से उनसे शारीरिक सम्बन्ध स्थापित करूंगी...

तत्काल प्रभाव से...विध इमीडिएट एफैक्ट! जैसा सरकारी आदेशों में लिखा जाता है। नौकरी करने की छूट दे दी गयी थी...इसलिए कि उन तीनों बंदों को घर में पैसे का आना बुरा नहीं लगता था...पर नौकरी के लिए सीधा जाना, सीधा घर वापस आना...मशीन की तरह। नौकरी करने वाले की कोई इच्छा ही नहीं हो सकती, इच्छाएं रखने का कोई अधिकार नहीं, क्योंकि पत्नी है। अभी तक नौकरी के एवज़ शाम का खाना बनाने से छूट थी। पापा बनाते थे, उन्हें शौक था, इस बहाने उनका थोड़ा समय भी कट जाता था। अब यह भी वह करेगी...मतलब जो स्वेच्छाचारिता उसने की थी, उसका दंड!

पढ़ना खत्म कर युवागुरु गर्जा—

"दस्तखत कर।"

"यह सब स्वांग है।"

"स्वांग है? मैं वकील से बनवाकर लाया हूं।"

माने-वकील को भी जाहिर कर आया...उसके सामने भी नंगा कर दिया, क्या पता हरभजन के यहां ही गया हो, जिसके पास तम्बाकू खिलाने के लिए ढकेल दिया था...और किसके पास गया होगा, एक उसी को तो जानता है।

"मैं यह सब कुछ नहीं मानती। पापा को अगर तकलीफ़ है तो मैं शाम का खाना बनाना शुरू कर दूंगी...पर उसके लिए ये कागज़ी कार्यवाही नहीं चाहिए..."

"तो तू अपने मन का ही करती रहेगी?"

हां...क्योंकि मैं जानती हूँ कि मैं कुछ गलत नहीं कर रही"

"प्रेमप्रकाश से मिलना-जुलना भी ग़लत नहीं?" क्या सम्बन्ध हैं तेरे उसके साथ?"

"जो ऐसी भद्दी भाषा बोलता है उसकी समझ में नहीं आ सकता जो मेरा—उनका सम्बन्ध है। मैं इतना जानती हूं कि हमारे बीच कुछ ग़लत नहीं है। और मेरा जानना काफी है।"

"तू जो मेरे साथ कर रही है, वह भी ग़लत नहीं है?"

"नहीं।" उसने ठंडे-ठंडे कहा।

"निकल जा।" ...युवागुरु दहाड़ा—"हमारे घर से निकल जा। यह हमारा घर है, घर की मर्यादा का ख्याल नहीं है तुझे तो तू हमारे घर नहीं रह सकती। एक हफ्ते के अंदर घर छोड़ दे..."

जैसे किरायेदार को घर खाली कर देने को कहा जा रहा हो।

वह उठकर ऊपर चली गयी। युवागुरु नीचे बड़बड़ाता रहा। कमरा बंद कर जैसे वह अपने साथ हुई, रोना फूट पड़ा।

वह पुलिस में युवागुरु के खिलाफ़ रिपोर्ट लिखा सकती है, नारी-उत्पीड़न से सम्बन्धित किसी संस्था में शिकायत कर सकती है...लेकिन सबसे पहले तो वे उसे ही अपनी बेधती नज़रों का शिकार बनायेंगे। फिर दिखाने के लिए पति को बुला लिया जायेगा। जहां पति ने कहा कि उसके सम्बन्ध प्रेमप्रकाश से हैं...सबकी हमदर्दी पति के साथ हो जायेगी, वे पति की बात मान लेंगे...उसकी एक भी सुने बगैर। किस्से उगलवा-उगलवा कर वे उस पर हसेंगे, मज़ा लेंगे...और फिर समझाबुझा कर कि ये सब घर की अन्दरूनी बातें हैं, वह पत्नी है तो घर की मर्यादा का उसे ही ख्याल रखना है, पति की मर्जी का करना चाहिए...महिला पुलिस ये सब आगे बढ़-बढ़ कर कहेगी—वे उसे वापस घर भेज देंगे...और पिटने के लिए!

•••

यह अजीब सम्बन्ध हुआ! विवाह के इतने सालों बाद! उनका बेटा ही सात साल

का हो गया है...एकाएक आपका कुछ नहीं लगता यहां, घर उनका है, उसे कभी भी निकाला जा सकता है...एक इस कारण ही कि वह वहां रहने वालों में से एक के मन का नहीं करती। आज अगर सब कुछ शांत भी हो जाये तो तलवार तो हमेशा ही सिर पर लटकती रहेगी...क्या गारंटी कि विवाह के पच्चीस-चालीस साल बाद भी उसे दरवाज़ा नहीं दिखा दिया जायेगा—सिर्फ दो शब्द ही तो...'निकल जा।'

पति का घर...जहां भेजकर मां-बाप लड़की से छुट्टी पा लेते हैं!

जिस घर को वह दिन-रात बुहारती रही, जिसके फर्श को पोंछा लगाती रही...वह उसके कभी था ही नहीं। तो इस घर की क्या थी वह—बाई, नौकरानी, झाड़ू-पोंछा वाली? जिसे आज लगाया, कल निकाला जा सकता है।

वह कैसे बताये कि प्रेमप्रकाश क्या लगते हैं उसके, जिन्होंने उसे जीवित किया, जो धीरे-धीरे सिखा रहे हैं जीना! वह बताये भी तो क्या ये लोग समझ सकेंगे ऐसी बातें। कहेंगे—'जी नहीं रही थी? खाती-पीती थी, पढ़ने जाती थी, सोती थी, बच्चे पैदा कर रही थी, घर का सब काम करती थी! मरी तो तू अब है जब गृहणी के धर्म से मुंह मोड़ने लगी!"

उसके मन में डर बैठ गया—'निकल जा'। एक हफ्ते के भीतर हमारा घर छोड़ दे। ये फर्मान फिर जारी हो सकता है, प्रेमप्रकाश उसके जीवन में न भी रहें तब भी...किसी बहाने जारी हो सकता है...

कहां खड़ी है वह? कुछ ऐसा है क्या जिसके लिए वह कह सके—यह था जो जीवन में उसका हुआ।

इस घर में रहते हुए उसका नौकरी करते रहने का मतलब...जब न पैसा उसका है, न घर? भविष्य की कोई सुरक्षा नहीं। नौकरी में कमाई घर के हवाले करना, जहां जाकर स्वाहा...जहां कभी भी उससे कहा जा सकता है—'निकल जा', उस समय भी जब टिकट कटाकर कहीं जाने के लिए उसके पास एक पैसा भी न हो!

क्यों स्त्री को किसी पुरुष के घर में रहना लाजिमी हो...कि वह जब चाहे बोल दे—'निकल जा'! उबलती-उबलती वह कभी सोच बैठती है कि यह शहर छोड़कर कहीं और चली जाये। फिर बच्चे का क्या करे...बच्चे का मोह छोड़कर वह निकले भी...तो कहां जाये। उसके न मां-बाप हैं, न भाई-बहन...जिस शहर से यहां आयी थी, वहां कौन है...पिता के चचेरे भाई, जो उसके विवाह में पिता की जगह खड़े हुए थे, उनसे पूछकर देखे?

इसी शहर में बच्चे को लेकर बाहर कहीं रहने लगे...? उतनी तनख्वाह है क्या उसकी? जब-जब उसने प्रतिरोध या अपने बचाव में यह बात चलायी है...उसका पति बमक पड़ा है—'तेरी इज़्ज़त कुछ नहीं, मेरी तो है। लोग पूजते हैं यहां मुझे। इसी शहर

में तू बाहर रहेगी तो मेरी इ़ज्जत तो गई। अभी तो कुछ लोग ही दबे-दबे कहते हैं, तब सारा शहर बोलेगा, मंदिर कौन आयेगा...आशीर्वाद क्यों लेंगे लोग मुझसे, मुझे उखाड़ना चाहती है?"

प्रेमप्रकाश को बताया तो उनका मुंह लटक गया।

"वह यही तो कहता है कि मुझे छोड़ दो, तो छोड़ दो। मेरे बिना क्या बिगड़ा जाता है तुम्हारा!"

"सवाल इसको या उसको छोड़ने का नहीं है—मेरे अपमान का है, उसके अधिकार और मेरी स्वतंत्रता का है। कल वह किसी दूसरे व्यक्ति के लिए यह कहेगा। यानी मैं उसी के पास उठूं-बैठूं जिसको वह कहे। अगर उसे नहीं पसंद तो बंद कर दूं, चाहे वह व्यक्ति मेरे लिए कितना ही अहं क्यों न हो।"

"मैं तुम्हारे लिए अहं नहीं हूं।"

"आपको नहीं मालूम तो न हो, पर मुझे तो मालूम है।"

"तुम्हारा समय-समय पर मार्गदर्शन...तुम्हारे तनावों...व्यथा की हिस्सेदारी करना...यह सब हम कभी-कभार इधर-उधर मिलकर कर लिया करेंगे। तुम कह दो उससे...ठीक है नहीं मिलोगी मुझसे।"

"लुके-छिपे आपसे मिलना...यह नहीं होगा मुझसे। जिसे मैं ग़लत नहीं मानती उसे क्यों छिपाऊं दूसरे से, क्यों झूठा वायदा करूं किसी से।"

प्रेमप्रकाश...इतने पढ़े-लिखे, बौद्धिक! उनमें वह नैतिकता नहीं जो इस मामूली-सी लड़की में थी, शायद जन्मजात। प्रेमप्रकाश में कभी रही होगी...पर व्यावहारिकता और पढ़ाई-लिखाई, बौद्धिकता ने सोख डाली। वे सफल व्यक्ति बन गये!

एक रास्ता निकल सकता था, प्रेमप्रकाश टोहने चले—

"असली समस्या तुम्हारा-मेरा मिलना नहीं बल्कि शरीर को लेकर उसकी भूख की है। क्या ऐसा हो सकता है कि..."

"नहीं।" बीच में ही टपक कर उसने बात को काट दिया।

"पहले तो तुम्हारे सम्बन्ध थे...बेशक तुम्हें कष्टकर। क्या वे इतने असहनीय हो गये कि..."

"तब मेरे जीवन में आप नहीं थे।"

"हमारे-तुम्हारे बीच शारीरिक सम्बन्ध कहां हैं।"

"एक सैक्स भर न होने से क्या होता है! आप मुझे छूते हो, चिपकाते हो...मुझे थपकाते हो, चूमते हो...आपका प्यार मुझ तक पहुंचता है—हवा बांसुरी में गुज़रकर संगीत की सृष्टि करती है, बांसुरी का साफ रहना ज़रूरी है। उस आदमी का छूना ही मुझे कलुषित करता है, मुझे लगता है—मैं वैश्या हो रही हूं।"

"पर पहले तुम दोनों का शारीरिक सम्बन्ध था। तुम्हारा बेटा है।"

"मैंने कभी एक क्षण के लिए भी शरीर का सुख, उसका कोई पक्ष महसूस नहीं किया। सदा सहा। पहले मैं इस तरह सोचती भी नहीं थी।"

"मैं तुम्हारे जीवन में न आया होता, तब क्या तुम किसी और वजह से भी ऐसा महसूस कर सकती थीं?"

"हां...जब भी उसके लिए मेरा मन इस तरह का हो जाता। शरीर की जिस छुअन को मन का आधार न मिला हो...वह वैश्यावृत्ति का ही आचरण है।"

"क्या सभी विवाहित स्त्रियों का मन अपने पति में होता है?"

"वे वैश्यावृत्ति करती हैं। कुछ का पूरा जीवन निकल जाता है। मेरा तो थोड़ा ही निकला।"

"शास्त्रों में पत्नी के लिए आचार संहिता में कहा गया है कि वह पलंग पर पति की प्रेमिका की तरह आचरण करे।"

"प्रेमिका की तरह न...प्रेमिका तो नहीं हो सकती, जब तक मन में प्यार का फूल नहीं खिला। यानि दिखावा। वैश्याएं भी तो यही करती हैं। ये आचार संहिता वगैरह...सब पुरुषों के बनाये हैं।"

"नहीं पतियों के लिए भी आचरण संहिता है।"

"तो आज के पति करें तो वैसे आचरण। कोई विवाहिता स्त्री बेवजह नहीं बाहर निकलती—नौकरी के लिए भी नहीं। वह पूर्णता घर में तलाशती है और किसी दूसरे पुरुष से सम्बन्ध बनाने के पहले तो वह कैसे-कैसे अन्तर्द्वन्द से गुज़रती है।"

"यह भी तो हो सकता है कि तुम मुझसे प्रेम करती हो, मैं न करता होऊं।"

"नहीं, आप जानते हैं ऐसा नहीं है।"

"प्रेम जैसा तुम समझती हो—वैसा तो नहीं ही करता। तुम प्रेम की खातिर सब तहसनहस कर देने में विश्वास करती हो। मैं नहीं करता...क्योंकि मैं जानता हूं कि जीवन में प्रेम ही सब कुछ नहीं होता। साथ रहने चलो तो एक-दूसरे से ही उकता जाते हैं लोग...और तब जो एकाकीपन उठता है उसे झेल नहीं पाते—टौल्स्टौय की एन्ना करनीना अंत में आत्महत्या कर लेती है।"

"ये किस्से—कहानियां...सब पर लागू नहीं होते। मैं किताबों की एन्ना या फलां नहीं हूं...आज की सदी में जन्मी हाड़मांस की एक लड़की हूं। पर वह छोड़िये। मैं आपसे आपको मांगने नहीं आयी, सलाह लेने आयी हूं। उसने एक हफ्ते में मुझे घर छोड़ने को कहा है, मैं छोड़ देना चाहती हूं।"

"ऐसी बातें गुस्से में निकल जाती हैं मुंह से...फिर पति-पत्नी में यह सब होता रहता है।"

"ये लीपापोती करना मेरा स्वभाव नहीं है। मैं इस घर को एक हफ्ते में छोड़ देना चाहती हूं...जो उसने कहा है।"

"अपने स्वभाव का गुरुर तो है तुम्हें...पर खुद को नहीं देखती कि तुम कितनी अशक्त हो...क्या कर सकती हो, एक जगह नहीं तुम्हारे पास जहां जा सको। कहां जा सकती हो?"

"वही तो आपसे पूछने आयी हूं।" उसके बांये होठ ने थोड़ा फैलकर उस तरफ गाल में एक रेखा-सी खींच दी थी। उसमें व्यंग्य था, जैसे कह रही हो—'बोलो अब?8

"मैं अपने चाचा के पास चली जाऊं...वे जो मरे पिता की नामौजूदगी में मेरे विवाह के समय खड़े हुए थे।"

"पहले तो वे तुम्हीं से पूछेंगे कि क्या हुआ, क्यों हुआ। तुम्हारे पति से बात करेंगे। वह शिकायत करेगा—शरीर नहीं देती, दूसरों से सम्बन्ध है। बस एक इसी बात पर चाचा भी तुम पर दोष मढ़ देंगे—'यह तो भाई बड़ा जुलुम किया तूने उस पर।' वह आहतपार्टी हो जायेगा। फिर वे सलाह देंगे—पति का घर न छोड़ो. अब वही तुम्हारा घर है, तुम्हारा सब कुछ उसका है, औरतें इसी तरह रहती हैं...आदि आदि। तुमने जिद्द की, कहा कि तुम वहां नौकरी कर लोगी, वे दस पन्द्रह दिन तुम्हें रख लेंगे...उसके बाद तुम्हें लेकर चाचा के परिवार में ही कलह शुरू हो जायेगी। तुम आजिज़ होकर चल दोगी..."

"इस सब के बाद मैं उस घर में तो नहीं रह सकती।"

"तो ठीक है, बाहर किराये का एक छोटा-सा घर ले लो। बच्चे को लेकर वहीं चली जाओ।

"मैं इस शहर में नहीं रहना चाहती।"

"तुम जो चाहती हो, वह हमेशा तो नहीं हो सकता।"

"हां, क्यों हो...मुझमें है भी क्या..." उसकी आंखों के कोरों में बड़ी-बड़ी बूंदें चमकने लगीं थी। प्रेमप्रकाश फिर परवश-से हो आये...जैसे उसके सामने अक्सर हो जाते थे। अपनी झिड़क, नाराज़गी उन्हें बहुत ही छिछली हरकत लगने लगती थी ऐसे में।

"क्या तुम्हारे आत्मसम्मान के यह ख़िलाफ़ होगा अगर तुम अपने पति से कहो कि तुम घर से निकलने से इंकार करती हो। बिना तलाक के तुम्हें नहीं निकाला जा सकता।"

"पर मैं खुद नहीं चाहती वहां रहना।"

"सुनो तो...तुम उससे यह कहो कि तुम निकल जाओगी...पर अपनी मर्जी से निकलोगी, अपनी सुविधानुसार...जब तुम्हें किसी दूसरे शहर में नौकरी मिलती है, कि

तुम उसके एक हफ्ते वाले फरमान को मानने से इंकार करती हो। कहो कि तुम इसी शहर में किसी और मकान में जा सकती हो...पर उससे उसकी प्रतिष्ठा को धक्का पहुंचेगा, तो इस खातिर उसे भी धीरज रखना चाहिए...जैसे ही तुम्हें कहीं बाहर की नौकरी मिली..."

प्रेमप्रकाश का यह प्रस्ताव उसे अपने आत्मसम्मान के अनुकूल लगा, सच के करीब भी। युवागुरु की तो नहीं घर की प्रतिष्ठा का उसे ख्याल था, आखिर गृहिणी थी। यह भी सोचने की ज़रूरत नहीं थी कि प्रेमप्रकाश इस बीच बाहर नौकरी के लिए कोशिश करेंगे।

•••

नयी नौकरी...स्कूल की, नया शहर, नया घर...ससुराल वाले बड़े घर के मुकाबले यहां एक किराये का कमरा ही घर। रहने वाले चार की जगह अब एक अकेली वह। सब पीछे छूट गये...प्रेमप्रकाश भी। फोन पर बातचीत हो जाती है—प्रेमप्रकाश से, उस आदमी से भी जिसे उसका पति कहा जाता है!

युवागुरु सोचता था कि वह जा ही नहीं सकती। एक लड़की जिसने कभी रेल में अकेले सफर भी न किया हो, वह नये शहर में अकेली रहेगी...कैसे? और नौकरी भी क्या तैयार रखी है। मिल भी गयी तो तनख्वाह इतनी कहां से होगी कि उसका खर्च चल सके, अकेली डरेगी...युवागुरु के बिना उसका नहीं चलेगा...

वह सोचती थी कि शायद वे लोग उसे न जाने दें, जबर्दस्ती रोक लें...लेकिन युवागुरु ने सबके सामने कहा था—'निकल जा'...तो अब रोकना उसकी प्रतिष्ठा के खिलाफ़ पड़ता था। मां-बाप बेटे का मुंह देखकर चलते थे। किसी ने कुछ नहीं कहा...जब उसने सिर्फ सूचना दी कि फलां शहर में उसे नौकरी मिल गयी है और वह वहां फलां तारीख को ज्वाइन करने जा रही है। प्रेमप्रकाश की मदद से उसने चुपचाप आरक्षण करवा लिया था, वहां फिलहाल रहने के लिए एक लड़कियों का हॉस्टल भी मिल गया था...आगे वह स्वयं कर लेगी।

रास्ते खुलने लगे...क्योंकि यहां वह अपने फैसले खुद कर सकती थी। हॉस्टल में

बहुत गिचपिच था...इसलिए एक परिवार के घर का बाहरी कमरा किराये पर ले लिया। प्रेमप्रकाश ने चलते समय कुछ रुपये दिये थे...उससे और फिर अपनी तनख्वाह से ज़रूरत की चीज़ें लीं, मोबाइल भी। उन लोगों को नम्बर भी बता दिया, लेकिन उधर से कोई फोन नहीं...जैसे तय किये बैठे हों कि हारकर यहीं लौटेगी, और कहां जायेगी। प्रेमप्रकाश करीब-करीब रोज़ फोन करते थे, धीरज से उसकी सब सुनते पर अंत में अधिकतर एक ही बात—'तुम बेहतर सोच सकती हो...निर्णय अब तुम्हें ही लेना है।' दरअसल वे उसे एक काम करने वाली, तर्क-बुद्धि से सोचने वाली, प्रैक्टिकल, आत्मनिर्भर महिला के रूप में देखना चाहते थे। वे उसकी भावुकता में नहीं बहते थे, वह ज़रूर बहती चली जाती। उसे अकेलापन सालता, वह रोती तो वे सांत्वना देते, समझाते कि जल्दी ही वहां उसकी जान पहचान बढ़ जायेगी, फिर वहां अच्छा लगने लगेगा।

बच्चे से बात करने की जबर्दस्त हूक उठती थी। घर में कोई फोन उठाता वह बच्चे को बुलाने को कहती तो कोई-न-कोई बहाना—वह फलां के घर गया है, वह खेल में मगन है, अभी मैदान में खेल रहा है, यहां कोई नहीं जो बुलाने जाये। कभी बुलाने जैसा दिखाकर कह दिया—थोड़ी देर में कर लेना। वह फिर फोन करे तो सूखा-सा—वह अभी नहीं आया। कभी तो वे यह भी कहते कि बेटे से कहा पर वह नहीं आ रहा, कहता है मुझे नहीं बात करना। कभी 'बुलाते हैं' कहकर फोन लटका दिया जाता, वह फोन पर हलो-हलो किये जा रही है, बिल बढ़ रहा है...वह छूंछा फोन पकड़े हुए है। साफ दिखता था कि युवागुरु की सबको हिदायत थी कि कोई ज़रूरत नहीं उससे किसी के बात करने की, एंठ कर गयी है तो भुगतने दो...जबकि उसके जाने का कारण उसकी नहीं पति की एंठ थी। एक बार बेटे ने ही फोन उठाया...तो पता चला उसे कोई बताता नहीं कि मां का फोन है, उसका भी मन बहुत होता है बात करने का। उसने बेटे को अपना नम्बर लिखा दिया, समझा दिया कि जीरो लगाकर फोन कर लिया करे। एकाधबार उसका फोन आया भी...फिर आना बंद। फिर जब बेटा फोन पर टकराया तो उसने बताया—लगता नहीं। युवागुरु ने बच्चे को फोन करते देख लिया था, उसने फोन का एस.टी.डी ही कटवा दिया। ज़रूरत पड़ती थी तो उसके पास अपना मोबाइल था ही।

इस तरह महीना-महीना हो जाता, वह बेटे से बात न कर पाती।

उदासी, अकेलापन...जिन्हें तो वह स्कूल के काम में व्यस्त रहकर भर डालती थी।...पर बेटे के लिए बेचैनी, छटपटाहट! उसकी आवाज़ सुनने के लिए तरस-तरस जाती। कैसा होगा वह, समय पर कोई उसे खाना देता होगा या नहीं...स्कूल बराबर जाता होगा? होमवर्क नहीं करता होगा तो स्कूल में डांट पड़ती होगी। लगातार

झिड़कियां खाने से बेशर्म हो रहा होगा, पढ़ाई में रूचि कम होती जा रही होगी...सोचती चली जाती वह और वहां निकलती जहां यह तेज़ी से लगने लगता कि बच्चे को छोड़कर चले आना ग़लत हो गया।

अपनी इ़ज्जत का ख्याल...क्या इतना बड़ा था कि बच्चे को बरबाद होने को छोड़ दिया जाये। क्यों यह नहीं सोच सकती थी कि वह चली गयी तो पीछे बेटे का ख्याल करने वाला कोई नहीं। दूसरी औरतें ऐसी परिस्थिति में बच्चों की खातिर सब सहती हैं...

वह स्वार्थी है!

पर तभी भीतर कुरकुराता हुआ, एक महीन-सा सवाल रेंगता सुनाई देता... वही—बच्चे की देखभाल कर सकेगी, बची रही तभी तो?

आदमी कितना कसाई होता है! लड़ाई उससे है, बच्चे पर क्यों निकाल रहे हैं? सिर्फ उसे नहीं, बच्चे को भी तो मां चाहिए...इसी खातिर बात करवा दिया करें। उसका पति क्रूर है तो वे बूढ़े लोग जिन्होंने दुनियां देखी है—उनके मन में भी बच्चे के लिए दया नहीं उपजती? या सब मिलकर तय किये बैठे हैं...कि बच्चे को ऐसी आदत डाल दो जैसी कि उन बच्चों की पड़ जाती है जिनकी मां मर गयी, कुछ दिनों में मां को भूल जायेगा, जब आयेगी तो वह पहचानेगा भी नहीं। वह जायेगी कभी क्या? वे घर में घुसने देंगे? वह लड़कर, उनसे कटकर तो नहीं आयी है...'निकल जा' वाली पुरानी रंजिश की याद दिलाकर भी नहीं आयी। सिर्फ सूचना दी थी कि नयी नौकरी यहां से अच्छी है, जा रही है। उन्होंने रोका नहीं।

यह अलग हो जाना, घर छोड़ देना तो नहीं हुआ?

•••

रीता मैम, उसकी हैड। पढ़ाने का तजुर्बा भी उतना जितना शरीर पर चिपका मांस। कितने दिनों टाला जा सकता था उन्हें। भुखयायी आंखें, जानने को बेचैन...यह छोकरी क्या है, कैसे रहती है, पति? पहली बार झूठ का सहारा लेना पड़ा—पति साथ रहते हैं, टूरिंग जौब है, देर रात आते हैं...कभी-कभी नहीं आ पाते।

घर में तो कुछ भी नहीं है?

बहुत ज़रूरी चीज़ें ही लाये हैं, पता नहीं यहां की नौकरी कितने दिनों चलेगी।

पर भाई कोई आये तो उसके बैठने के लिए तो कुछ हो?

मैम को कैसे बताया जाये कि इरादा अगर किसी को बुलाने-बैठाने का हो ही न...कौन झेलेगा ऐसी ताकू-झांकू बातचीत। वह अकेले खुश है...

पर रीता मैम ने अपने नौकर के हाथों बेंत की अपनी दो कुर्सियां और एक मेज़ भेज ही दिये। उनकी बाल्कनी की जगह घेरे पड़े थे। 'भाई हम आयें तो बैठने को तो हो कुछ। तुम मेरी जूनियर साथी हो...यहां नयी हो तो तुम्हारा ख्याल रखना भी मेरी जिम्मेदारी हुई। बच्चे को क्यों नहीं लाई?

अभी से कैसे मैम...यहां स्थायी हो जाऊं, अभी से स्कूल कैसे छुड़वा दिया जाय।

तुम दोनों यहां रहते हो तो वहां उसकी देखभाल कौन करता है।

सास-ससुर।

उधर से आई सी! फिर, प्रश्न पर प्रश्न।

प्यार भी उनके झूलते सांवले मांस की तरह फसर-फसर—तुम्हें अपने बच्चे की याद आती होगी! मैं अपनी छोटी बेटी को एक घंटे के लिए भेज दिया करूंगी, स्कूल के बाद का तुम्हारा समय कट जाया करेगा। तुम उसका होमवर्क वगैरह देख लिया करो, थोड़ा-बहुत...तुम्हारी तनख्वाह अभी कम है तो पांच सौ का महीना मैं देती जाऊंगी, थोड़ी मदद हो जायेगी...

स्कूल के नियमों के अनुसार ट्यूशन करना मना था। उसकी स्कूल की हैड ही बायपास निकाल नियम तोड़ती हैं। उन्होंने कहा नहीं पर जाहिर कर दिया था कि उनकी तजुर्बेकार आंखें देख सकती हैं कि पति कोई अच्छी नौकरी पर नहीं है...तभी तो बीवी कमाने को निकली है, आई है इतनी दूर...और स्कूल में जो उसकी तनख्वाह है, वह देखती ही हैं...तो पैसे तो चाहिए...

अब वह घंटे...दो-दो घंटे रीता मैम की लड़की को पढ़ाती क्या, झेलती है, उसके साथ खेलती है...जब तक वह यहां रहना चाहे। बच्ची दिमाग़ की थोड़ा ढीली है, मैम के प्रभाव के कारण इस स्कूल में पढ़ रही है, वर्ना एड्मीशन भी न मिलता। जब तक लड़की उसके साथ होती, मैम और उनके हबी इत्मीनान से घूम-फिर सकते हैं। रुपये लेने से ज़रूर उसने मना कर दिया था...लेने लगती तो रीना मैम को दबाव बनाये रखने के लिए उसकी एक और कमज़ोरी मिल जाती, उन्हीं की बनायी हुई।

प्रिंसपल का व्यक्तिव उसे भाता है। सुंदर, चुस्त-दुरुस्त, कद-काठी, फट-फट चाल। जैसे स्कूल भर नहीं जिन्दगी भी मुट्ठी में हो, कसी हुई मुट्ठी में। बुद्धि और तर्क से हर चीज़ को देखती हुई, एक-एक जुमले से वह ज़ाहिर। इर्दगिर्द कुछ भी ढीला ढाला नहीं, बेकार की चीज़ों को वह इस तरह झाड़ देती हैं जैसे कचरे का कोई टुकड़ा

साड़ी पर आ गिरा हो...स्कूल की मैडमें और सर...सब उनके आग निस्तेज पड़ जाते हैं...

प्रेमप्रकाश उसे प्रिंसपल मैम जैसा देखना चाहते हैं!

उनका व्यक्तित्व आकर्षित करता है पर वे उसे प्रिंसपल के रूप में पसंद नहीं आतीं। स्कूल के मालिक का प्रतिनिधि जो प्रशासन को देखने के लिए स्कूल के ही एक भव्य कमरे में बैठता...है उसके आगे प्रिंसपल मैम को हैं-हैं करते देखा जा सकता है। स्कूल में प्रिंसपल के ऊपर का कोई नहीं बैठना चाहिए...पर वे लोग जिन्होंने स्कूल खोलने में रुपया लगाया है, उन्हें प्रौफिट चाहिए, पावर भी चाहिए...स्कूल तो अपने रास्ते चलता ही रहेगा।

तो वही प्रिंसपल मैम जो बच्चों और टीचर्स के बीच से शेरनी की तरह गुज़रती है...उस आदमी जिसके पास न अक्ल है, न लियाकत है—उसके सामने लोमड़ी हो जाती हैं। जब असली मालिक स्कूल में आता है तो प्रिंसपल मैम प्रवेश द्वार पर एक लम्बा लाल संकरा कार्पेट बिछवाती हैं...कार्पेट की लाल सड़क! दोनों तरफ़ हाथ में फूल लिये खड़ी होती हैं अध्यापिकाएं। फूल लेता प्रवेश करता है वह...तोंदुल। मुंह की जगह थोबड़ा...जिस पर भीतर गोबर होने की छाप। जो सिर्फ पैसा लगाना और पैसा बनाना जानता है वह अनारकलियों के बीच से शहजादा सलीम की तरह गुज़रता है...

और यह सब कराती हैं प्रिंसपल मैम। काश वे स्कूल की हैड होने की हैसियत से बोल सकतीं कि अध्यापिका, अध्यापिका होती है कोई लौंडिया नहीं। ऐसी गुलामी तो औरत ने अपने देश में तब भी नहीं की होगी जब उसने पहली बार नौकरी के लिए घर के बाहर पैर रखा होगा। किसी टीचर को सबके सामने डांट देती हैं– "यह तो मेरी छुट्‌टी करायेगी...या अब या तो तुम रहोगी या मैं...ये भाषा उनके व्यक्तित्व से मेल नहीं खाती...यह स्कूल के उस अपढ़ मालिक की फिल्माना भाषा लगती हैं गनीमत कि इस भाषा का इस्तेमाल वे बच्चों के मां—बाप के सामने नहीं करतीं? पर उनके सामने भी प्रिंसपल मैम का ढुलमुल रवैया उसे अखरता है...बच्चे की लाख गलती हो, आप उसे कुछ नहीं कह सकते, पैरेंट्स डे पर प्रिंसपल मैम बच्चे और उसके मां-बाप के सामने ही अध्यापक-अध्यापिकाओं को डांट देंगी। मालिकों के लिए, इसलिये प्रिंसपल के लिये भी हर छात्र कीमती है क्योंकि भर्ती के साथ वह डोनेशन के रूप में इतना-इतना रुपया लाया था। उसके माध्यम से और लड़के आयेंगे, माल लायेंगे। तो मां-बाप की अपने लाड़ले के लिए कही गयी हर बात स्कूल को मान्य है! स्कूल है या किसी रईस बच्चे के घर का आंगन, जहां बच्चे की ही हर बात मानी जाना है। जब स्कूल वह आंगन नहीं होता, तो दुकान हो जाता है!

प्रिंसपल स्कूल की हैड हैं...उन्हें शिक्षा का उद्देश्य, स्कूल का लक्ष्य, बच्चों का

भविष्य जैसी बड़ी-बड़ी बातें सोचना चाहिए, अपने मातहतों को भी वैसे ही सोचने की प्रेरणा देना चाहिए...लेकिन मैम छोटी-छोटी बातों में उलझी रहती हैं—स्कूल के मालिकों को खुश करना, अपने कामों को बढ़ा-चढ़ाकर बताना। चन्द लोगों के सामने उनकी छवि क्या बन रही है...उनके लिये यह ज्यादा महत्वपूर्ण है बनस्पित बच्चों, शिक्षकों या नगरवासियों के सामने एक प्रिंसपल की छवि रखने के...

उस जैसी नयी अध्यापिकाओं से प्रिंसपल मैम बहुत काम लेती हैं, उन्हें हर तरह के तनाव में रखती हैं, उन्हें ज्यादा ही डांटती डपटती रहती हैं। उनके अनुसार वे अनुशासनप्रिय हैं, वे नयों को सही शिक्षा दे रही हैं पर नयों को प्रोत्साहन भी तो चाहिए...यह क्या कि कैरियर के शुरू में ही उन्हें पस्त कर दिया जाय। वैसे अब कैरियर है भी कहां...यहां जब तक वह है उससे कसकर काम लिया जायेगा। ये लोग चाहते हैं कि अध्यापकिाएं तंग होकर छोड़ जायें...मैनेजमैंट को नयों को पैसा कम देना पड़ेगा, नयों की भर्ती की पावर हाथ में रहती है जिस कारण लोग पूछते हैं। नयी दबी-दबी रहती हैं, पुरानों के पर निकलने लगते हैं। तो आज नहीं कल छोड़कर जाना होगा। और एक स्कूल छोड़कर दूसरे में जाना माने एक दुकान छोड़कर दूसरे में काम करने लगना।

रीता मैम की तरह दूसरी अध्यापिकाओं के लिए भी यह कौतूहल का विषय है कि वह इतनी दूर नौकरी करने क्यों आई है, नौकरी ही क्यों कर रही है, अपने घर क्यों नहीं रहती। तरह-तरह से टटोलने की कोशिश करती हैं जब कि जानती हैं कि आर्थिक रूप से स्वतंत्र होकर ही स्त्री स्वतंत्र हो सकती है। यह पहली सीढ़ी है...पर जैसे वे स्वयं परतंत्र रहना चाहती हैं तो दूसरों को भी वैसा ही देखना चाहती हैं।

वह किसी को अपने घर आने के लिए उत्साहित नहीं करती, भ्रम बनाये रखती हैं कि शाम को पति घर पर होते हैं...पर दो धंस ही गये—रीता मैम और राहुल सर। मैम हैड हैं, अपना अधिकार समझती हैं। राहुल सर की मदद किराये का यह कमरा ढूंढने में लेनी पड़ी क्योंकि कुछ काम आदमियों के सामने आये बगैर बनते ही नहीं। अकेली लड़की से मकान मालिक तमाम तरह के सवाल करने की स्वतंत्रता पहले से ही हड़पे हुए होते हैं...कहां से आयी हो, वहां कौन-कौन है, यहां कौन है, पति किस कम्पनी में काम करता है, क्या काम करता है...चलते चले जायेंगे। आदमी हो तो एक जवाब में ठप्प कर देता है—फलां स्कूल में काम करती हैं, स्कूल की प्रतिष्ठा सुनी ही होगी, किराया समय पर मिलेगा...बात खत्म। रीता मैम की तरह राहुल सर अधिकार जताते हुए घुस नहीं पाते...पुरुष हैं...पर कोशिश में हैं कि जब चाहे उसके यहां आकर बैठ सकें, दयाभाव जगाकर भूमिका बांध चुके हैं—'शादी बहुत पुरानी नहीं है पर घरेलू जिंदगी अच्छी नहीं है...पत्नी महत्वाकांक्षी है, उसे उनकी यह फटीचरी टीचरी पसंद नहीं...इसलिए यहां लगकर नहीं रहती, आती-जाती रहती है। चलेगी नहीं हमारी शादी,

यहां अकेला रहता हूं, अपना खाना आप बनाता हूं।' राहुल सर के बारे में...किसी के बारे में उसने कभी कुछ टटोलने की कोशिश नहीं की...सबके पास छिपाने को कुछ होता है, वह स्वतंत्रता हर व्यक्ति को मिलनी चाहिए...

राहुल सर से खतरा है, हर पुरुष से होता है...ज़रा सी छूट दी कि...। अकेली रहती लड़की है। कठोर बनना पड़ता है, खुद को कसे रहना है। यह अपनी तरह का स्ट्रेन है। मानसिक रूप से रिलैक्स होने के लिए भी वह किसी पुरुष का सहारा नहीं ले सकती...लिया तो लड़की की दुनिया, खिड़की ज़रा सी खुली और फिर असुरक्षा ही असुरक्षा...पता नहीं कब कहां से क्या हो बैठे। इसलिए वह राहुल सर के साथ रेस्तोरां में ही बैठती है...पर एक बार वे कमरे में आ ही गये, बैठे रहे कि उसके पति आ जायें तो उनसे भी मिल लेंगे। वही रीता मैम के घर जाने का बहाना बनाकर निकल गयी! राहुल सर की आंखों से झलकता है—उन्हें अकेली लड़की आकर्षित करती है...

दूसरों को दोष क्यों दे...उसमें भी तो यहां आकर परिवर्तन आते जा रहे हैं। दूसरी लड़कियों को उसने पुरुष मित्रों के साथ पैंटकमीज़ में स्कूटर पर बैठे देखा...तो वह भी अपने लिए जीन्स-कमीज़ ले आयी। ससुराल में पैंट पहनना मना था, विमाता के घर में पहले तो वह बच्ची ही रही, बड़ी हुई तो काम करने वाली हो गई। पैंट पहनने की हसरत दबी ही रही। ससुराल में तो कभी भी इसकी इज़ाजत नहीं मिलेगी! पैंटकमीज़ पहन जब राहुल सर के स्कूटर में पीछे बैठी...तो लगा आज वह स्वतंत्र है, पुरुष के समकक्ष है, उड़ी जा रही है। ऐसी एक और ड्रैस लाने का मन है, वर्ना राहुल सर क्या सोचेंगे कि उसके पास यही एक पैंट कमीज़ है, बार-बार पहनती है।

राहुल सर के साथ रेस्तोरां में बैठती है, उनके स्कूटर पर पीछे बैठती है...वे हम-उम्र हैं...पर कभी उन्हें छूने की इच्छा नहीं होती...जो प्रेमप्रकाश के लिए होती है! राहुल सर से उस तरह बातें भी नहीं की जा सकतीं जैसे प्रेमप्रकाश से। इस आदमी में गहराई नहीं, उल्टे एक छिछोरापन है...इसलिए उनके साथ इधर-उधर के काम कर लेने, बदले में उसे थोड़ा सहकर्मी का साथ दे देने वाला सम्बन्ध ही चल सकता है। राहुल सर थोड़ा आगे बढ़ने की कोशिश करते हैं तो वह किसी तरह उन्हें याद दिला देती है कि वे दोनों एक स्कूल में काम करते हैं और वहां आदमी-औरत में बहुत घनिष्टता अच्छी नज़रों से नहीं देखी जाती! उन दोनों के लिए ठीक नहीं होगा।

सच के लिए बड़बोलेपन तक का आग्रह रखने वाली वह कैसे झूठ के पीछे दुबकने लगी है, पति के बारे में कैसे झूठ पर झूठ बोलती है। आज के ज़माने में कितनी औरतें होती हैं जिनकी पति से नहीं बनी, वे अलग रहने लगीं। सामान्य बात हो गयी है यह। प्रेमप्रकाश ने ही शहर की एक ऐसी महिला का पता दिया था जिसका पति से तलाक हो चुका, यहां अकेली रहती है, उसके सहकर्मी, दोस्त वगैरह कभी भी उसके यहां आते-जाते हैं। वह उस महिला से मिलकर आई...गजब का आत्मविश्वास

उसमें कि कोई उसके अकेले होने का फायदा नहीं उठा सकता। घर और बाहर उसके उठने बैठने में एक स्वाभाविकता है। कोई ग्रन्थि नहीं, कोई चिंता नहीं कि कोई क्या सोचता है, उसके बारे में क्या राय बनाता है। उसने इसके पति-अति के बारे में कोई पूछताछ नहीं की...यह काफी था कि वह इस स्कूल में नौकरी करती है, प्रेमप्रकाश का संदेश लेकर आई है। उसने आश्वस्त किया—'जब भी किसी चीज़ की ज़रूरत हो बेखटके मुझे खबर देना।' वही उसके पास संकोचवश दोबारा नहीं गई...

लेकिन उस महिला की परिस्थिति में फर्क है...उसके बच्चा नहीं है, दूसरे वह यूनिवर्सिटी में पढ़ाती है। थोड़ा व्यापक दृष्टिकोण होता है वहां लोगों का। यहां इस स्कूल में दिखावा है, उन्हें दिखाना है, बच्चों के अभिभावकों को कि वे चरित्र पर कितना ज़ोर देते हैं...लुभाना है क्योंकि हर बच्चे का एडमीशन लाख डेढ़ लाख का मामला होता है, पब्लिक स्कूल ठहरा। मैनेजर साहब और प्रिंसपल मैडम...दोनों ही यह कहने में नहीं थकते कि हमारी टीचर्स को आदर्श प्रस्तुत करना है, चरित्रवान होना है। कहते हैं कि टूटे या टूटने की तरफ़ जाते विवाह वाले अध्यापक-अध्यापिकाएं ग़लत मिसाल होते हैं...हम ऐसे टीचर्स को नहीं रखते...जबकि राहुल सर और अंग्रेजी की अध्यापिका प्रमिला जिसे स्कूल के मालिक के सोर्स से रखा गया है...उनके बारे में सभी जानते हैं। प्रमिला एलानिया कहती है कि वह और उसका पति इंनकौम्पिटेबल हैं...बेमेल। सो व्हाट! यह हमारा प्रायवेट मामला है। प्रमिला के मुकाबले वह दब्बू है क्योंकि छोटे कस्बे की है। स्कूल के माहौल को देखते हुए उसने अपना घर वाला मामला दबाकर रखा है। आगे बढ़-बढ़कर बताती है कि स्थायी होने पर अगले वर्ष अपने बच्चे का दाखिला इसी स्कूल में करायेगी। बच्चे की सच बात से पति वाला झूठ छिप जाता है। वह यह भी सोच रही थी कि अगले साल पूरा फ्लैट ले लेगी, बैडरूम में डबल बैड डाल देगी...जिससे सबको लगे पति यहीं रहते हैं, बैडरूम में शालीनता-वश लोग ताक-झांक नहीं करते...पर फ्लैट का खर्च उसकी तनख्वाह भर से नहीं उठाया जा सकेगा। प्रेमप्रकाश की मदद लेनी होगी। इस मामले में वे हमेशा आश्वस्त करते रहते हैं—रुपये पैसे की चिंता करने की ज़रूरत नहीं है, उस कारण कोई तक़लीफ़ नहीं उठाना...लेकिन बुनियादी या बेहद ज़रूरी चीज़ों के लिए उनसे मदद लेना एक बात है, फ्लैट...इसे तो वे लक्ज़री कहेंगे!

•••

पहली बार अपने घर से बाहर गयी है। नये शहर की अजनबीयत, एकाकीपन और घर से दूरी...शायद तीनों वजहों से वह फोन पर लंबी बातें करती है, ज्यादा गहरी, भावनाएं छलक-छलक पड़ती हुई...मैं, उनमें लिपटता हुआ काफी दूर चला जाता हूं। उसके लिए प्यार उमड़ने लगता है, यह विश्वास जमने लगता है कि प्यार में उम्र-वुम्र कुछ नहीं होती।

पर मुझे सोच लेना चाहिए, थम कर।

वह कहती है—आप सोचते बहुत हो, सोचने वाले कहीं नहीं पहुंचते।

करीब-करीब दीवानगी में वह मुझसे चिपक गयी हैं वह सही हो सकती है कि सोचने वाले सोचते ही रह जाते है। सोचते-सोचते उन विरल अनुभूतियों को जीवन जिन्हें अपनी झोली में लिये सामने खड़ा होता है...उन्हें गंवा बैठते हैं। सोचना हमें यथास्थिति को बदलने से विमुख करता है, यहां तक कि कायर बना देता है।

शुरू-शुरू में मैं भी उसकी तरफ़ यों खिंचा जैसे दीवाना हो गया था, लेकिन ज्यों-ज्यों उसे और उसके बारे में जानता गया, मेरा उसके बारे में सोचना बढ़ता गया, गहरा होता चला गया। दीवानगी की धुन्ध छंट गयी। वह एक शरीर नहीं एक व्यक्ति, एक जीव के रूप में मेरे मन में उतरती गयी।

मैं उसके, अपने और हम दोनों के बारे में ज्यादा सोचने लगा। सोचना बंद होता है क्या किसी का, कम-से-कम मेरा तो नहीं हो सकता। वह अगर उस तरह की बनी है तो मैं इस तरह का। चाहूं भी तो सोचना बंद नहीं होगा।

मुश्किल यह है कि सोचना शुरू नहीं हो पाता और जीवन आगे बढ़ चुका होता है, कहीं-का कहीं पहुंच जाता है, फिर सोचना उसके पीछे-पीछे चलता है, लंगड़ाता हुआ।

मेरी करूणा उस तक प्यार की तरह पहुंची। करुणा रही होगी शुरू में, आगे चलंकर वह प्यार ही हो गया था, उम्र के फासले को पाटने के लिए मैं उसे करुणा मानता रहा, अपने को भ्रम दिये रहा जैसे कितनी और चीज़ों में करता हूं लेकिन प्रेम तो यह है...उसके बिना इतनी गहराई से दूसरों की तक़लीफों/दुःखों में उतरना नहीं हो सकता। उसने नीचे की इस असलियत हमारे प्रेम को झट से देख लिया, पकड़ लिया, उम्र-वुम्र के जालों को फाड़कर उसे कोमल स्पर्श मिला तो उसमें जीने की इच्छा पैदा हुई—जिजीविषा...और जो चीज़ तुममें जिजीविषा भर दे वह गलत कैसे हो सकती है।

मैंने सोचा था कि उसके पंखों के नीचे जो घाव हैं, मेरे स्पर्श से जब वे ठीक हो जायेंगे तो वह उड़ सकेगी। अब जब मैं उससे कहता हूं कि वह अपने

बल पर एक नये शहर में है, मेरी घायल चिड़िया स्वस्थ हो रही है, जल्दी ही आसमान में उड़ जायेगी...तो वह कहती है उसे नहीं होना ठीक, वह घायल ही रहना चाहती है, इसी घोंसले में दुबके रहना चाहती है।

वह मुझसे कम उम्र, कम-सोच वाली है पर उसमें हिम्मत मुझसे कहीं ज्यादा है। मैं परिस्थितियों को देख वैसे ही नज़रें झुका लेता हूं जैसे बाड़े में कैद कोई जानवर बाड़ को देखकर मुंह लटका लेता है। दूसरी तरफ़ यह भी है कि खोने को मेरे पास बहुत है, उसके पास कुछ नहीं। मैं बहुत आगे का सोच लेता हूं, वह दो कदम आगे का नहीं सोचती।

वह कहती है कि 'हमारे सम्बन्ध से अगर किसी को दुःख पहुंचता है, उसका क्यों सोचा जाये! किसी ने कभी ठहरकर सोचा कि उसे क्या दुःख पहुंच रहा है। किसी-न-किसी को तो दुःख पहुंचेगा ही, बिना उनके कोई खुशी कहां मिलती है। अगर दूसरे के अंदर जीवात्मा है, तो तुम्हारे अंदर भी तो है, उसे क्यों मारते हो। अपने लिए जीना हमेशा स्वार्थ नहीं होता, खुशी पाने का यही रास्ता है। लेकिन खुशी जैसी चीज़ कभी मिलती है क्या...मिलती है तो कितनी कम देर के लिए। हम एक दूसरे के साथ ज्यादा समय रहें तो यह बिल्कुल हो सकता है कि एक दूसरे से उकताने लगें, क्या ऐसी प्यास बनी ही रहेगी? आगे जाकर यह सवाल भी उठ सकता है कि उसके/मेरे परिवारों के दुःखों की नींव पर जो महल हमने अपने लिए खड़ा किया, वह क्या इस लायक था? वाज़ इट वर्थ इट! कितने उपन्यासों में ऐसी स्थिति आई है।

उसके इस कहने में दम है कि वह हाड़-मांस की एक औरत है जो आज की दुनिया में, आज की तारीख में है, पहले कभी नहीं हुई। उसे किसी किताब के चौखटे में फिट नहीं किया जा सकता। पर किताबों के उदाहरणों को सामने न रखें तो कैसे कयास लगा सकते हैं कि आगे हमारे साथ क्या हो सकता है। उसका कहना है कि यह तभी जाना जा सकता है जब वह हो चुका होगा, जब हम उसे जी चुके होंगे...हम क्यों यह मानकर चलें कि विरक्ति ही पैदा होगी। आसक्ति बढ़ती चली जाये—यह भी तो हो सकता है। उसकी मान्यता है कि 'प्रेम में उतार-चढ़ाव होता ही नहीं। सच्चा प्रेम तो प्रकट ही ऊँचे स्तर पर होता है, वहीं बना रहता है, अपने आलोक से नये-नये कोण खोलता हुआ—हम गिरने लगें तो हमें उठाता हुआ, हममें क्षण-क्षण जीवन भरता हुआ। प्रेम की तीव्रता और गहराई वही रहते हैं...उनका प्रकटीकरण बदलता रहता है...जैसे चन्द्रमा तो पूरा है, गोल है...घटता-बढ़ता तो वह दिखता भर है।'

अजीब कि जीवन में मेरे साथ उतना बुरा नहीं हुआ पर मैं यही सोचा

करता हूं कि हर चीज़ खत्म होगी ही, यहां कोई चीज़ बने रहने को नहीं आई-पटाखे वाली चमक, क्षण की...फिर फुस्स। उसके साथ इतना-इतना भयानक हुआ है पर वह यह सोच लेती है कि हमारा सम्बन्ध कभी खत्म नहीं होगा।

सपने देखने वाली रोमान्टिक लड़की। इसीलिए चोट पर चोट खाती है।

मैं उसे चोट नहीं पहुंचाना चाहता। इसीलिए उसे तार्किक ढंग से सोचने वाला बनाना चाहता हूं।

दूसरे समाजों की तुलना में मुझे भारतीय समाज बहुत आक्रामक और क्रूर नज़र आता है। जीवात्मा-परमात्मा की बड़ी-बड़ी बातों के बावजूद हमारे यहां मनुष्य की कोई इज़्जत नहीं। विदेशों में यह आम मान्यता है कि यह जो जीवन है, जब तक है वही है, उसके बाद कुछ नहीं...इसलिए मनुष्य को जीवन या सम्बन्धों के मामले में हर तरह की स्वतंत्रता मिलना चाहिए...और आसानी से। हमारे यहां इस जन्म बलि चढ़ो जिससे जन्मान्तर बने। जन्मान्तर का पता नहीं, तुम ज़रूर जन्म-जन्मान्तर खटते रहो! वहां सिर्फ व्यक्ति है, हमारे यहां जाल मां-बाप, भाई-बहन, पुत्र-पुत्री, बेटा-बहू, नाती-पोतों...पता नहीं कहां-कहां तक फैला हुआ है...ये सब बर्तन खड़खड़ाकर बज उठते हैं जहां व्यक्ति ने कुछ किया। जो कुछ आपने पूरे जीवन में अर्जित किया वह एक इस छोटी सी ईमानदार स्वीकृति में ही ध्वस्त कि जीवन के इस मुकाम पर आप फलां के साथ रहना चाहते हैं!

•••

जब से यह ससुराल छोड़कर गयी, निशा की आवाजाही वहां बढ़ गयी थी। युवागुरु के मां-बाप उसे और निशा को पूरी स्वतंत्रता देते थे। उनके लिए अच्छा ही था कि एक बहू गयी तो उसकी जगह बहू जैसी दूसरी आ गई...भले ही अनौपचारिक रूप से, आड़ में, कम समय के लिए...पर वह वहां होती तो थी, जितनी देर को सही। वे स्वयं दिन भर टी.वी. के सामने पड़े रहते, सुबह की पूजा और शाम की आरती के

समय ही मंदिर आते। उनका बुनियादी लक्ष्य एक ही था—बेटा खुश रहे...जैसे भी... क्योंकि इकलौता था और असली बहू उसे कितना अतृप्त रखती है—यह वे जान चुके थे।

युवागुरु और निशा हर दूसरे-तीसरे दिन मिलते। निशा कभी-कभी शाम को भी आ जाती। अब मंदिर न जाकर सीधा घर जाती और वहीं से गुरु को मोबाइल पर फोन करती। गुरु आ जाता और वे ऊपर उसी कमरे में बैठते जहां कभी उसकी पत्नी होती थी। बेटा स्कूल गया होता था तो उन्हें मनचाहा एकांत मिल जाता। वह हुआ तो निशा मंदिर चली जाती। कभी निशा आकर सीधा रसोईघर में घुस जाती...जो मन किया बनाती, अपने लिये, युवागुरु के लिए...उसके मां-बाप को भी खिला देती। घर में वह इस तरह चलती-फिरती जैसे वही मालकिन हो। मां-बाप से कुछ पूछने की ज़रूरत नहीं। युवागुरु के मां-बाप को यह अच्छा लगता था...जैसे नयी-नयी बहू आने पर लगता है।

लेकिन कुछ समय बाद तनाव ने उन दोनों के एकांत में दस्तक देना शुरू कर दिया।

"मां और पिताजी ने मेरे विवाह की चर्चा फिर छेड़ दी है।" निशा ने एक दिन युवागुरु को बताया। शाम की आरती के लोग जा चुके थे और वे दोनों मंदिर के भीतरी कक्ष में थे।

"क्यों...अभी तो तीन साल पूरे नहीं हुए, नक्षत्रों का दोष कहां टला।"

"उन्होंने किसी और शास्त्री को मेरी कुंडली दिखाई है। उसने बताया है कि कोई दोष कभी था ही नहीं।"

युवागुरु थोड़ा झेंपा पर साफ़ छिपा गया।

"दृष्टिभेद होता है...पर तुम्हें कैसे मालूम कि वे विवाह की कोशिश कर रहे हैं।"

"कल मुझे कुछ फोटो दिखाकर पसन्द करने को कहा था।"

"पसन्द आया कोई?" युवागुरु ने कुटिल मुस्कान के साथ पूछा।

"हट!..." निशा शरमाते हुए गुरु की तरफ़ देखने लगी, इस तरह अपना प्यार उस पर उड़ेल गई।

"दीदी आ जायेगी तो हमारा मिलना-जुलना कम हो जायेगा।" वह चिंताकुल थी।

"वह नहीं आने वाली।"

"तुम उनसे बिल्कुल प्रेम नहीं करते?"

"उस छिनाल से? उसके सारे करतब तुम्हें बता चुका हूं। वह एक की रखैल बन गयी है। उसी के बल पर उचकती थी। मैंने निकाल दिया उसे। किस मुंह से आयेगी अब?"

"अपने बेटे से प्रेम करते हो?"

"मुझे नहीं मालूम वह कैसे हो गया...क्योंकि उस बदजात के शुरू से ही लक्षण खराब थे, उसे देखकर अरूचि पैदा होती थी। कमजोरी के किसी क्षण हो गया। अब है, तो जिम्मेदारी निबाहना है। समाज में तो रहना है न।"

"मुझसे सचमुच प्रेम करते हो।"

"तुम्हें मालूम है मेरे जीवन में और कोई नहीं। मैं ज़रूर यहां बैठकर सबकी दुःख-पीड़ा सुनता हूं...पर मेरी सुनने वाला कोई नहीं, सिवा तुम्हारे..."

"मेरे लिए अपनी पत्नी और बेटे को छोड़ सकते हो?"

"वह तो निकल ही गयी है, बेटे को भी ले जायेगी एक दिन।"

"मुझसे विवाह करोगे?"

"विवाह का बन्धन आवश्यक है क्या? तुम तो जानती हो कि धर्म के मेरे इस क्षेत्र में तलाक को अच्छी नज़रों से नहीं देखा जाता। क्यों न हम दोनों यों ही स्वतंत्र रहें? पश्चिम में रहते ही हैं इस तरह...क्या कहते हैं उसे—लिव इन रिलेशनशिप! हमें किस चीज़ की कमी है। वह और बेटा चले गये तो स्वतंत्रता ही स्वतंत्रता है, वैसे भी घर उस तरफ़ है। मेरा घर तो यह है। हम जब चाहें बाहर भी जा सकते हैं, किसी अच्छे होटल में कुछ दिनों रह सकते हैं। रात तुम जब चाहो यहां बिता सकती हो।"

"अगर मुझे बच्चे चाहिए हों तो..."

"देश में जनसंख्या वैसे ही बढ़ रही है। हमारे यहां बेकारों की संख्या कितनी है, मालूम? क्यों उसमें बढ़ोतरी करें। पहले हम दो हमारे दो का नारा था, फिर 'एक' का हुआ...अब 'एक भी नहीं' का है। व्यर्थ की जिम्मेदारियां ओढ़कर अपना जीवन नष्ट करना! हम ऐसे ही ठीक हैं, विवाह की क्या आवश्यकता है।"

"मेरे मां-बाप तैयार होंगे इसके लिए?"

"उन्हें तुम तैयार कर लो, कहो तुम्हें विवाह अभी नहीं करना, पढ़ाई के बाद देखोगी...या उपयुक्त वर की तलाश दिखाती रहो। यों भी वे मेरे साथ विवाह के लिए तैयार नहीं होंगे, कहेंगे—विवाहित हूं, एक बेटे का बाप हूं। मैं तलाक ले भी लूं तो भी वे दस दूसरी खामियां निकाल लेंगे। कहेंगे तलाकशुदा है, कुछ करता नहीं, मां-बाप की खाता है। आध्यात्मिक कर्म को तो कुछ मानते ही नहीं हमारे देश में, जब कि यही हमारी थाती है। इसके लिए नौकरी जैसे सांसारिक कर्म त्यागने होते हैं...यह कौन समझता है। तुम तो विवाह को सिर्फ टालती रहो। क्या है उसमें जो हमारे बीच नहीं है, नहीं हो सकता। ऐसे ही चलने दो। जहां थोड़ी उमर पार की, खतरा अपने आप टल जायेगा। हम ऐसे ही रहें आजीवन तो प्यार भी बना रहेगा।"

निशा को युवागुरु से पहली बार निराशा हुई। एक-से-एक तर्क रखकर गुरु ने

अपनी बाता सही साबित तो कर दी थी...पर उस पूरे इंतजाम में कुछ था जो अतृप्त छोड़ता था। यों साथ रह भी लिया जाय पर इसे जीवनसाथी के साथ जीवन बिताना तो नहीं कहा जा सकता...लेकिन इस व्यवस्था में भी कुछ है तभी तो यह पश्चिम में प्रचलित है, वहां तो बिना विवाह के बच्चे भी होते हैं... और वे समाज में मान्य होते हैं। हमारे देश में भी यह शुरू हो गया है।

अभी से इतना आगे का क्यों सोचा जाये। मां-बाप को देखने दो...कोई मिले तो, फिर वह उसे पसन्द आना चाहिए। जब ऐसा कोई मिल जायेगा तब देखा जायेगा। तब तक...

समय तो अच्छा बीत रहा है। युवागुरु उसके लिए, उसके घर, मां-बाप के लिए इतना सोचता है, हमेशा तत्पर रहता है। उसका सहारा है।

"मुझे यहां अक्सर देर हो जाती है, तुम्हें छोड़ने जाना पड़ता है। जाना-आना। तुम कहते थे—मुझे बाइक ले दोगे?"

"जब कहो।"

"रुपये इकट्ठे हो जायें...तब।"

"तब तक क्या इंतज़ार करना। ये पुराने लोग करते थे। हमारा समय दूसरा है—लोन वाला समय, इंतजार न करने वाला समय। कल ही बैंक से लोन लेकर बाइक उठा लाते हैं, अपनी परेशानी को क्यों खींचा जाये..."

थोड़ी देर पहले की निराशा धुल गयी। युवागुरु उसकी इच्छाओं का कितना सम्मान करता था...निशा सोच रही थी।

•••

"गुरु जी। गुरुआइन के बिना जम नहीं रहा। लोग बातें बनाते हैं। अपनी प्रतिष्ठा गिर रही है।"

युवागुरु के प्रिय शिष्यों में से एक कह ही बैठा एक दिन। युवागुरु का यह सबसे अन्दरुनी वृत्त था—आवारा घूमते तीन चार वे लोग जो गुरुजी की वाह-वाह कर उसे गदगद रखते थे। जब ये लोग ऐसा सोचते हैं तो बाहरी वृत्त वाले भक्त तो पता नहीं

क्या सोचते हों, भले ही सामने कोई कुछ न कहता हो...युवागुरु चिन्तित हो उठा...

"क्या कहते हैं।"

"कहते हैं कि गुरुजी का धर्म-कर्म में अब मन नहीं लगता, कभी-कभी तो सुबह-शाम आरती के समय भी मंदिर नहीं आते...पिता को भेज देते हैं। एक लड़की को स्कूटर में बिठाये घूमते रहते हैं। उसके ही कारण गुरुआइन चली गईं...अपने घर को संभाल नहीं पाते और दूसरों को सीख देते हैं!"

दिखाने को युवागुरु मुस्कुरा दिया...लेकिन शूल भीतर तक गया, वहां ठहर गया। जो यह सोचते हैं कि निशा के कारण पत्नी चली गई—वे और भी न जाने क्या-क्या सोचते कहते होंगे। ज़रूर निशा और उस पर नज़र रखे हुए हैं...कौन जाने ये शिष्य-गण ही बाहर बात फैलाते हों।

जीत का अहसास तो युवागुरु को तब भी नहीं था जब बेटे के साथ पत्नी को छोड़ने स्टेशन गया था। तब खुद को समझाता रहा कि मानवीयता का तकाजा है कि उसे रेल पर चढ़ा आये। स्त्री है, पहली बार बाहर जा रही है। बेटा भी जिद कर रहा था। उसके वहां जाने के बाद कुछ दिनों खींचे भी रहा—बेटे के मन में बिठाना था कि उसकी मां क्रूर है, उसे छोड़कर चली गयी। चाहता तो शुरू-शुरू में नये शहर में उसे बसाने के लिए साथ जा सकता था पर सोचा उसे अकेले भुगतने दिया जाय...वह टूट जायेगी धीरे-धीरे...लेकिन आज रत्नेशानंद (शिष्य को उसका ही दिया नाम) ने जब कहा कि ठीक नहीं हुआ तो युवागुरु को पहली चुभन लगी। अगर लोग ऐसा सोचते हैं और यही क्रम चलता रहा तो उसकी प्रतिष्ठा धूल में मिल जायेगी—बाहर तख्ती पर लटके स्वामी...आनंद...का भट्टा बैठ जायेगा। वह ग़लत खेल रहा था, उल्टा खेलना होगा। पत्नी का वहां जमना, युवागुरु का अपने धंधे में उखड़ जाना था। भक्तगणों के सामने आदर्श गृहस्थ का उदाहरण रखना पड़ेगा। अपना देश ऐसा ही है—देवी-देवता को पूजने वाले ये लोग शुद्ध आदमी ढूंढ़ते हैं। युवागुरु को दिखाना होगा। आदमी होने की छूट उसे है तो छिपे-छिपे ही। अगर ऐसे ही लोग बोलते रहे तो कल के दिन युवागुरु के गुरु स्वामी अनूपानंद के पास भी खबर पहुंच सकती है...

युवागुरु का शातिर दिमाग चल पड़ा। वह ऐसी ही उल्टी मारता था—गुरु वाली गद्दी बनी रहना चाहिए, उससे आमदनी भी रहेगी, निशा भी। पेश्तर इसके कि पत्नी नये शहर में जम जाये, यहां आने से इंकार करने लगे...कुछ करना होगा...वर्ना बहुत देर हो जायेगी...मायाजाल फैलाया जाये...

और आने वाले दिनों में पत्नी के साथ उसके व्यवहार में एकाएक परिवर्तन आ गया। अब वह बेटे को अपनी मां से न केवल बात कर लेने देता, अगर बहुत दिनों तक पत्नी का फोन न आये तो खुद लगाकर मां-बेटे की बात करा देता, पीछे से वह

भी कुशलक्षेम पूछ लेता। एक दिन यह प्रस्ताव कर दिया कि कहे तो वह कुछ दिनों के लिए आ जाये, वहां गृहस्थी अच्छे से जमवा दे। सुनते ही वह सहम गयी...उसके साथ अकेले रहने के ख्याल से ही कंपकपी छूट गयी। अकेले में वह बलात्कार भी कर सकता था। उससे कुछ काम करा बैठी तो अहसान जताते-जताते वह पता नहीं क्या मांग बैठे, क्या कर बैठे, यहां स्कूल के लोगों से मिलमिला कर क्या खुराफात शुरू कर दे। उसने साफ मना कर दिया। यह काफी होगा कि युवागुरु वहीं रहकर बच्चे का पूरा ख्याल रखे—सिद्धार्थ ठीक से खाये-पीये, स्कूल नियमित जाये। वह बैठकर उसका होमवर्क करवा दिया करे। एक अच्छा ट्यूटर लगा दे। लड़के की पढ़ाई के खर्च के लिए वह दो हजार का महीना भेज दिया करेगी। युवागुरु ने तटस्थ भाव दिखाते हुए यह प्रस्ताव स्वीकार कर लिया, आती लक्ष्मी के लिए ना-नुकुर करने से देवी का अपमान होता है! लेकिन कहा यही कि रहने दे, नये शहर में उसे रुपयों की तकलीफ़ होती होगी।

बेटे के मार्फत उसने माया-जाल को लम्बा फैलाना शुरू किया। उसे सिखाता—'मां से बोल तेरी बहुत याद आती है, मां तू जल्दी आ जा'। ऐसा कहेगा तो मां आ जायेगी...? सिद्धार्थ जब ऐसे बोलता तो इधर उसकी रूलाई छूट जाती, वह घंटों उदास रहती...

दशहरे, दीवाली की छुट्टी में उसने बच्चे के पास जाने का मन बना लिया—आखिर उनसे लड़कर या यह कहकर तो नहीं आई थी कि अब कभी नहीं आयेगी, बच्चा वहां है तो कोई यह सोच भी कैसे सकता है कि वह कभी आयेगी ही नहीं। उसने कहा—'निकल जा' वह निकल भी आयी, मगर सभ्य तरीके से कि बाहर किसी को इल्म न हो, इसी दिखावे को बनाये रखने वे लिए भी यह ज़रूरी है कि वह बीच-बीच में जाती रहे, सब यह समझेंगे कि नौकरी के लिए ही बाहर गयी है।

जब पहुंची तो युवागुरु सिद्धार्थ के साथ स्टेशन पर मौजूद था, पुष्पगुच्छ लिये इधर से उधर दौड़ता हुआ, डिब्बों में उसे खोजता। उसे प्रसन्न करने के लिए वह पैंट-बुशर्ट पहनकर आया था। पुष्पगुच्छ लेकर उसने औपचारिक थैंक्स कहा—जैसे स्कूल में कहते थे—और बच्चे से चिपट गयी।

घर पहुंचकर सबसे पहले उसने सिद्धार्थ की डायरी मंगाकर देखी। हैरान रह गयी कि पिछले टैस्ट में वह हिन्दी को छोड़कर बाकी सभी विषयों में फेल था, क्लास टीचर की भर्त्सना दर्ज थी और यह भी कि लड़के की स्कूल में उपस्थिति ठीक नहीं है...

"क्या स्कूल रोज नहीं जाता था।" उसने लड़के से सबके सामने पूछा, जैसे कि वह सवाल सबसे था। सिद्धार्थ चुप रहा, युवागुरु ही बोला—

"जाता क्यों नहीं था। तेरे जाने के बाद इसकी तबीयत कुछ ज्यादा ही खराब

रहने लगी थी। जिस दिन कहता तबीयत ठीक नहीं है, मैं जाने पर ज़ोर नहीं देता था...स्कूल में और बिगड़ जाये तो...” “ये क्यों नहीं कहते कि इसके साथ आप अपनी छुट्टी का इंतज़ाम कर लेते थे—न भेजने जाना, न लाने। ट्यूशन जाता था?” “पिछले महीने छूटा...मैं जब लेकर जाता वह मैडम मिलती ही नहीं थी। मैंने छुड़ा दिया। दूसरा ट्यूटर ढूंढ रहा हूं।”

“आप एक बार भी ट्यूटर-मैडम से मिले, उसे फोन किया। टीचर अधिकतर गैरजिम्मेदार नहीं होते।”

“ये वे टीचर नहीं हैं। वे हैं, जिन्हें कोई काम नहीं तो ट्यूशन करने लगे।”

“तो फिर कोई अच्छा ढूंढ़ लेते, दिन भर तो इधर-उधर डोलते रहते हो।”

“ढूंढ़ रहा हूं। मिल जायेगा।”

सास-ससुर एक किनारे बैठ तमाशा देख रहे थे। उनके लिए अपने इकलौते बेटे की इच्छा सर्वोपरि थी। वह खुश रहे तो वे तृप्त थे। अगली पीढ़ी से उन्हें यों भी मतलब नहीं था क्योंकि तब तक वे गुज़र जाने वाले थे। उन्हें क्या पड़ी कि वह पढ़ता है या नहीं! घर बनवाकर वे छोड़े ही जा रहे हैं, लड़का-बहू दोनों के नाम कर दिया है कि बेटा बेच-बाच कर साफ न कर सके। तो पोते के लिए यह घर रहेगा ही...दो जून का खाना सबका हो जाता है। ससुर चुप रहे, सास ज़रूर उधर मुंह करके धीमे से भुनभुनाई—“पढ़कर जैसे बड़ा लाट साहब बन जायेगा।” बहस जब खत्म हो गई, सब तितर-बितर हो गये तो सास ने उल्टा पैंतरा लिया, उससे अकेले में फुसफुसाई—‘अगर बेटे को पढ़ाना चाहती है तो उसे अपने साथ ले जा, तेरे अलावा किसी की नहीं सुनता वह...’

युवागुरु अपना खेल खेल रहा था। पत्नी वहां रहे, कमाये...बच्चे का खर्च भी भेजती रहे तो उसे यहां क्या मिलने वाला था। उल्टे लोग ज़्यादा तांक-झांक करने लगते हैं। वहां वह एश करेगी...अकेले यहां युवागुरु पर दस तरह के प्रतिबन्ध। घर में पत्नी है तो प्रतिष्ठा बनी रहती है, निशा के लिए भी सुविधा रहती है। उसके मां-बाप उसे चाहे जितने बजे तक यहां रहने दे सकते हैं। पत्नी मंदिर की तरफ़ वैसे भी नहीं जाती, प्रेमप्रकाश को लेकर उसके मन में खोट है तो किस मुंह से रोकेगी। दिखाने के लिए पत्नी वह, निशा असली बनी रहेगी। हर बड़ा आदमी दो रखता है। वह यहां रहेगी तो घर का कामकाज भी देखेगी, खाना बनायेगी, लड़के को संभालेगी ...वह निश्चिन्त होकर अपने कामों में लगा रह सकेगा। वह बाहर जम गयी तो हाथ से गई, उसे अकेले रहने, स्वतंत्र रहने की लत पड़ जायेगी, खून का स्वाद लग जायेगा। वहां का सिलसिला बिथेड़कर उसे यहां ले आया जाये...बाहर जब-जब वह सिलसिला बिठाये, लंका दहन कर दिया जाये...

युवागुरु बाहर से तटस्थ बना रहा। उसकी हां में हां मिलाता था—'जैसा वह कहे'...'बच्चे के भविष्य का सवाल है'...वगैरह। वह सख्त भी बोलती तो झेल लेता, सीधा बना रहता।

वह सिद्धार्थ को वहां कैसे ले जाये...नौकरी पक्की नहीं, तनख्वाह इतनी नहीं कि दोनों को बोझ उठा ले, घर के नाम पर एक कमरा, किराये का। फिर आदमी न होने से इंतजाम का सारा बोझ खुद पर...पग-पग पर सहारा लेना राहुल सर का...या किसी और पुरुष का।

सिद्धार्थ को ले भी जायेगी तो अपने स्कूल में नहीं डालेगी, वहां सभी कुरेद कर उससे छिपी बातें उगलवायेंगे—पिता कहां, यहां क्यों नहीं, क्या करते हैं। इसकी पढ़ाई का जो हाल है अगले कुछ महीनों में उसका बाजा बज चुका होगा। नये शहर के किसी अच्छे स्कूल में दाखिला भी हो सकेगा? हो भी गया तो उन बड़े स्कूलों के बीच क्या यह मानसिक रूप से टूट नहीं जायेगा...मनोवैज्ञानिक समस्या खड़ी हो जायेगी। चली थी उसका भविष्य बनाने और उसे अपंग बना बैठेगी, उसके जीवन से भी हाथ धो बैठेगी...

वह बहुत आगे तक सोच गई।

कभी-कभी लगता है दोष उसी में है—वह अपने मन का चाहती है...और कुछ छोड़ना भी नहीं चाहती। उसे स्वतंत्रता चाहिए पर घर की चहारदीवारी भी, पति की निरंकुशता नहीं चाहिए पर पति चाहिए...समाज की चिंता नहीं लेकिन पति साथ रहता है या नहीं, वह नौकरी क्यों कर रही है...ऐसी चीज़ों के बारे में लोग जो सोचते हैं उसकी परवाह करती है, लोगों की मान्यताओं के अनुरूप दिखावा भी करती है।

पति के साथ एक बैठक की जा सकती थी। इन दिनों वह ठंडा था, शायद उसके चले जाने का झटका लगा था!

"सिद्धार्थ की पढ़ाई बिगड़ी जा रही है, आपको ध्यान देना चाहिए। पता नहीं इस बार पास भी हो सकेगा या नहीं।"

"मैं क्या करूं अगर उस पर तेरे कहने का ही असर होता है, अपनी तरफ़ से तो मैं पूरा ध्यान देता हूं।"

"अगले साल तो उसे ले ही जाऊंगी...लेकिन डर है कि कहीं इस साल इतना नुकसान न हो बैठे कि वहां दाखिला ही न हो पाये, हो भी तो क्लास में चल ही न सके। वहां लड़के बहुत तेज़ हैं, इससे दस गुना आगे..."

"ऐसा कर, तू इसे हॉस्टल में डाल दे।"

"वाह! क्या 'आइडिया' है। वहां तो और भी नहीं चलेगा। ऊपर से बिगड़

जायेगा, कच्ची उम्र है। इस उम्र में कोई डालता है हॉस्टल में...और मालूम है कितना रुपया लगता है?"

"वह आ जायेगा—तू फिकर न कर। आधा मैं लगा दूंगा, आधा तू।"

युवागुरु हवाबाज़ था—वह जानती थी। उसकी तरफ़ से कोई प्रतिक्रिया नहीं आई तो युवागुरु ने धीरे से अपना मोहरा सरका दिया—

"तू यहीं कोई नौकरी कर ले। सिद्धार्थ तेरी देख-रेख में रह लेगा।"

"कर तो रही थी, फिर क्यों निकल जाने को कहा।"

"भूल जा...उस बात को भूल जा..."

हल्की सीटी बजाते हुए वह हवा बाहर फेंकने लगा, जैसे उससे कह रहा हो—जैसे वह हवा बाहर फेंक रहा है, ऐसे ही वह भी उस बात को बाहर फेंक दे। पुचकारने की उसकी यह अदा बहुत भद्दी लगती थी उसे।

"आसान होता है क्या। मैं आप जैसी नहीं हूं—एक पल में यह, दूसरे पल में वह...आज यहां, कल वहां...थूका और चाट लिया। मैंने यहां की लगी-लगाई नौकरी छोड़ी, नई ढूंढी...वहां लिखित, मौखिक परीक्षा दी...वहां घर ढूंढा, गृहस्थी जमाई...इतना सब किया, अन्दाजा लगाइये कितना खराब लगा होगा कि यह सब किया।"

"गुस्से में हो जाता है।"

"वह गुस्सा भर नहीं था, पूरे हफ्ता भर आपने दोहराया—'निकल जा'। उसके बाद कौन रहेगा। मैं अपने भर के लिये कमा-खा सकती हूं। रही बात बच्चे की तो वह दोनों का है। आपका भी कुछ करने का बनता है।"

"मैं कहां इंकार करता हूं। कहा न रख दे हॉस्टल में। आधा पैसा मैं दूंगा...चाहे जहां से लाऊं।"

"हॉस्टल में भेजने का समय यह नहीं है। देखते तो हैं किसी ने कुछ कह दिया तो वह एक किनारे सुबकता बैठा रहेगा, खाना-पीना छोड़ देगा...जब तक कोई मनाये नहीं। वहां कौन मनायेगा उसे...हुंह..."

"तो तू एक काम कर...वापस आ जा।"

"वापस...और फिर 'निकल जा'! इसकी क्या गारंटी कि वैसा फिर नहीं होगा। आप बार-बार कहते हैं—घर आपका है।

"मैं लिखकर दे देता हूं...स्टाम्प पेपर पर।"

वैसा ही स्टाम्प पेपर...जिस पर यह तब अपनी शर्तें लाया था—यह करेगी, यह नहीं करेगी। उसे याद था।

नौकरी यहां अब मिलेगी? उससे कहो तो फट से कह देगा...क्या ज़रूरत। वह कमाकर लायेगा, चाहे जहां से। नौकरी की उसे अब ज़रूरत है। वह आर्थिक रूप से

कभी इसकी आश्रिता नहीं होगी।

बात को वहीं छोड़कर उठ गई। पहले खुद सोच ले...क्या चाहती है वह।

सिद्धार्थ भले कम उम्र हो...उसकी भी राय हो सकती है, उससे पूछ कर देखना चाहिए। कभी-कभी वह सोचती है कि बेटे को अपने पिता से ज्यादा मोह है या क्या पता उसकी नामौजूदगी में इन लोगों ने बेटे को वैसा बना लिया है। कमज़ोर है...कैसा सिकुड़ा-सिकुड़ा, घबराया सा रहता है, भीतर-भीतर मसोसता-सा। तो शुरू के दिनों की डांट-झिड़क के बाद वह अकेले में उसके पास बैठी, कोमलता का स्पर्श देते हुए...

"सिद्धार्थ बेटा, तुम रोज स्कूल क्यों नहीं जाते?"

"स्कूल अच्छा नहीं लगता।"

"देखो सब बच्चे स्कूल जाते हैं। नहीं पढ़ोगे तो बड़े होने पर सब तुम पर हंसेंगे कि यह पढ़ा-लिखा नहीं है। कमा नहीं सकोगे, ब्याह नहीं होगा!"

"यह स्कूल अच्छा नहीं, सब डांटते रहते हैं।"

"डांटते इसलिए हैं कि तुम पढ़ने में कमज़ोर हो। पढ़ाई में ठीक हो जाओगे, होमवर्क करके जाओगे तो कोई क्यों डांटेगा।"

"मुझे इस स्कूल में नहीं पढ़ना।"

"अच्छा चलो, अगले साल तुम्हें दूसरे स्कूल में कर देंगे। इस दर्जे की तो पढ़ाई यहां कर लो। साल के बीच तो स्कूल नहीं बदला जा सकता न। और ठीक से खाते-पीते क्यों नहीं?"

"वही खाना रोज-रोज बनता है, अच्छा नहीं लगता।"

यों भी उसे जब देखती तो दया उमड़ती थी...तब आंसू छलछला आये। बेचारा! मां-बाप के दो पाटों में फंसा...अब तो बिल्कुल अनाथ हो गया...यहां कौन पूछता होगा उसे—बेटा तुझे क्या खाना।

"जो तुम्हें खाने का मन हो दादी से मांग लिया करो।"

सिद्धार्थ कुछ नहीं बोला। वह उसे और गुमसुम होते देखती रही।

"पापा मारते हैं?"

"नहीं। कभी डांटते तक नहीं। वे बहुत अच्छे हैं।"

"तुम्हें जो चीज़ें चाहिए ला देते हैं?"

बेटे ने हामी में सिर हिला दिया।

"दादा-दादी डांटते हैं?"

"नहीं।"

"देख बेटा...मैं ट्यूशन लगाये जाती हूं। वहां से इसके लिए रुपये भेजती हूं। मन लगाकर पढ़ना, पढ़ने में अच्छे हो जाओगे तो स्कूल तुम्हें अच्छा लगा करेगा।"

"मां! तुम मेरे पास क्यों नहीं रहती?"

उसे क्या बताये...रूलाई फूटने को हो आई।

"वहां नौकरी है मेरी। कमाऊंगी नहीं तो तुम्हारे और मेरे खर्च के लिए रुपये कहां से आयेंगे?"

"तुम टीचर हो...यहां भी तो हो सकती हो। कितने सारे स्कूल हैं यहां। मेरे साथ रहो न मां, तुम्हारे बिना अच्छा नहीं लगता।"

उसने सिद्धार्थ को अपने से चिपका लिया—उसे कहां अच्छा लगता है बेटे के बिना। उसके शरीर की यह गंध जो इस वक्त उसके नथुनों में भर रही है, जो जब वह रात को उसे अपने पास लिटाती है तब उसके शरीर से उठती है...इसके लिए कितना तड़पती है उस शहर में...वह किसे और कैसे बताये। कभी सोचती है कि उसकी और युवागुरु की लड़ाईयां, घर और पति के लिए उसकी धृणा आदि सब सतह का झाग है...भीतर स्वच्छ बहता पानी यही है—उसका बेटा। इसकी खातिर कोई उसे कितना भी अपमानित कर ले, मारकूट ले...वह अपने बेटे के साथ रहे।

संभाला उसने खुद को।

"तुम मेरे साथ ही रहना चाहते हो?"

"हां।"

"तो इस साल यहां की पढ़ाई मन लगाकर कर लो। अगले साल तुम्हें वहां ले चलूंगी, अपने स्कूल में दाखिला दिला दूंगी, पर उसके लिए तुम्हें यहां इस क्लास में नम्बर अच्छे लाने होंगे। चलोगे वहां?"

"हां।"

"वहां पापा नहीं मिलेंगे।"

बेटे ने कुछ नहीं कहा, उसके भीतर कुछ उमड़-घुमड़ कर रहा था। मां उठने लगी तो वह बोला—

"मां क्या ऐसा नहीं हो सकता कि पापा भी वहां आ जायें?"

उसके जबड़े भिंच आये, जिस्म सख्त हो गया। जिस कोमलता से वह बेटे के साथ अब तक बात करती रही थी—वह तिरोहित हो गई, एक पल में।

"दुनिया की न सोचो तुम। सिर्फ मन लगाकर पढ़ो, इस साल यहां रहकर अच्छे नंबर लाओ। अगले साल तुम और मैं साथ रहेंगे, प्रौमिस।"

•••

प्रेमप्रकाश को नहीं पसन्द यह कि वहकिसी पर आश्रित हो, कोई और उसके निर्णय करे लेकिन क्या करे वह...जितना खुद को टटोलती है तो पाती है कि जितनी उसमें खुद्दारी है, स्वतंत्रता के लिए भूख है...उतनी ही प्यार की प्यास है। प्रेमप्रकाश के बिना वह शून्य है...वे नहीं तो आगे बढ़ने, कुछ होने की आग ही बुझ जाती है, वह भयंकर विषाद में डूबती चली जाती है। उनके बल से शक्ति आयी कि रेल में चलना सीखा, नये शहर में अकेले रहना सीखा...और अब भी जो कुछ करने की सोचती है...तो इसलिए कि कोई सूर्य है जो उसमें ऊर्जा भरता है। वे न हों तो वह फिर आकर इसी घर में पड़ी रहेगी, मुर्दे की तरह। सिद्धार्थ का बहाना बनाकर जो वह यहां आने की सोच रही है...क्या इस कारण तो नहीं कि उस शहर में उसके पास प्रेमप्रकाश नहीं है? यहां भले ही उसे उनके साथ रहने को न मिले, यह अहसास ही बहुत होता है कि वे इसी शहर में हैं। वह मिनटों में उनके पास पहुंच सकती है। कहीं प्रेमप्रकाश के नीचे बात पुरुष की तो नहीं? क्यों ऐसा लगता है कि नये शहर में इस तरह अकेले वह बहुत दिनों तक नहीं रह सकती। इसमें वह चीज़ नहीं है कि रीता मैम, प्रिंसपल मैम आदि बाहर के लोगों को ठेंगा दिखाते हुए प्रमिला की तरह अपना जीवन जिये, उन लोगों की खोज-बीन बातों-तानों का सामना कर सके। वह आत्मविश्वास नहीं कि बाहर जो भूखे भेड़िये घूमते फिरते हैं,...उनसे खुद को बचा सके। साथ रहने वाला पुरुष चाहिए। सिद्धार्थ भी चाहिए...क्या इसके मायने यह नहीं कि यही घर चाहिए, यह उठकर वहां चला जाय... क्योंकि सिद्धार्थ साथ होगा तो साथ रहने वाला पुरुष वही हो सकता है, जो उसका पिता हो। फिर यहां-वहां में क्या फर्क हुआ, सिर्फ सास-ससुर नहीं...मात्र दो वृद्ध, उनसे तो बहुत परेशानी है भी नहीं।

उसमें यह भी नहीं कि बिना पुरुष की मदद के अपने जीवन से सम्बन्धित कोई निर्णय ले सके। बेशक वह पुरुष सिर्फ एक है—प्रेमप्रकाश। यह शहर छोड़ने का निर्णय भी उन्हीं के सहारे लिया था। बिना उनके वह सिर्फ एक ही चीज़ कर सकती है—घिसटते रहना। कितनी बेबस, लाचार...छिः। क्यों हुई वह ऐसी?

छुट्टी पर आयी है, एक बार ही तो मिल पायेगी उनसे...तो प्रेमप्रकाश से अकेले में मिलने का आग्रह किया। अपना कम बेटे का ज्यादा सुनाया। प्रेमप्रकाश को साफ दिखा कि बेटे के बिना वह नहीं रह सकती। हिन्दुस्तानी परिवार स्त्री को आजीवन कैद में रखने के लिए शुरू से ही यह करते हैं—गाय के गले मे ठिंगरा डाल देना। उसके प्रति थोड़ी वितृष्णा भी उठी कि उसमें महत्वाकांक्षा न सही, आगे बढ़ने की वह आग नहीं...जो सब बाधाओं, अपनी कमज़ोरियों को भी सूखी झाड़ियों की तरह इधर-उधर जलाते हुए आगे बढ़ती चली जाती है।

"जिसके लिए मैं नौकरी करने निकली, नये शहर गयी...अगर उसी का भविष्य

कुछ न बना तो फायदा क्या हुआ...” वह कह रही थी।

“तुम उसके लिए नहीं निकलीं, तुम इसलिए निकली थीं क्योंकि तुम्हें ‘निकल जा’ कहा गया था। खुद्दारी थी तुममें, इसलिए वह अपमान नहीं पी सकीं।”

“मैं जानती हूं अगर मैं यहां वापस आयी तो आपकी नज़रों गिर जाऊंगी।”

“उससे क्या फर्क पड़ेगा।”

“आपको नहीं, मुझे पड़ेगा। मैं क्या करूं मैं बेटे को नहीं छोड़ सकती। एक ही सूरत में छोड़ सकती हूं, अगर आप सबको छोड़कर मेरे साथ रहने लगो।”

बिजली का झटका जैसा लगा प्रेमप्रकाश को। आस-पास का सब कुछ एक अदृश्य कम्पन में हिलता नज़र आया। कुछ पल लगे संभलने में। कैसी-कैसी त्रासदियों से गुज़री यह लड़की! फिर भी सपने देखती है। वह एकटक प्रेमप्रकाश को देखे जा रही थी, जैसे कि उनके चेहरे पर धुंधले उजले जो भी रंग उभरें, उन्हें पकड़ ले...उनमें अपने प्रस्ताव का जवाब ढूंढ़ ले। अजीब है यह लड़की—वापस आने जैसा कोई कदम उठाने के लिए जो उसकी छवि उसकी अपनी नज़रों में धूमिल करता है...उसका कारण वह अपने से बाहर ढूंढ़ लेना चाहती है...जिम्मेदारी खुद नहीं लेना चाहती, उस कारण पर थोप देना चाहती है। रोमान्टिक है...पर यह व्यापारिक बुद्धि—तुम यह छोड़ों तो मैं वह छोड़ती हूं। शायद किसी रोमान्टिक चरम बिंदु पर ऐसा हो जाता होगा...पर जीवन या सम्बन्धों के बारे में फैसले इस तरह किये जा सकते हैं क्या? यहां तो जो करना है आपको ही करना है क्योंकि दूसरे का आपके हाथ में होता ही नहीं...

प्रेमप्रकाश के चेहरे पर हल्की कालिख बिछ आयी थी। दुनिया भर की थकान उनके मन पर लद आयी, शरीर ठंडा पड़ गया था, मुर्दे के जिस्म की तरह...

“आप जानते हैं मैं आपसे प्यार करती हूं, सच कहिये—क्या आप मुझसे प्यार नहीं करते?”

“करता हूं।”

“फिर...अगर मैं अपने बेटे को छोड़ने को तैयार हूं, तो आप अपने परिवार को क्यों नहीं छोड़ सकते!”

“एन्ना कैरनीना अपने बेटे को छोड़कर गई थी...क्या हुआ।”

“फिर एन्ना...फिर किताब?”

“प्यार स्वार्थी होना नहीं होता। प्यार देने में है लेने में नहीं।”

“आपने अब तक लोगों को दिया ही है। आपको अपने लिए लेना भी सीखना चाहिये।”

कल की छोकरी! अपनी जिंदगी संभलती नहीं, मुझे सिखा रही है। नहीं, यह नयी पीढ़ी का नया मूल्य है—अपना सुख। कह रही है पर यह नहीं जानती

कि बच्चे को वह कभी नहीं छोड़ पायेगी, अपने मन के व्यक्ति के साथ रहने को मिले...तब भी नहीं। थोड़े दिनों में ही शूल उग आयेगा।

"तुम वहां नयी जिंदगी शुरू करने गयी हो, ढूंढ़ लो अपने लिए कोई उपयुक्त...

"सारा जीवन यही करती रहूं...एक के बाद दूसरा, दूसरे के बाद तीसरा। वैश्या हूं क्या...जब एक मिल गया तो वही क्यों नहीं। वह नहीं तो कोई नहीं।"

"मेरी तुम्हारी उम्र में बहुत फर्क है।"

"यह फर्क दूसरों के लिए है। जब आप और मैं महसूस नहीं करते तो...? एक बात बताइये—अभी आप कम से कम बीस वर्ष स्वस्थ रहेंगे, बीस वर्षों बाद मैं भी बुढ़िया होकर आपकी बराबरी पर आ जाऊंगी। फिर, कहां फर्क रहा?

"जो सार्वजनिक रूप से वर्जित है उसे सार्वजनिक नहीं किया जाना चाहिए जैसे अपने समाज में खुले में चुम्बन-आलिंगन निषद्ध हैं तो नहीं करते हम लोग। नीति से उसका निर्वाह किया जा सकता है। कोई भी अपरिचित मुझे अंकिल कहता है, तुम्हारे साथ देखेगा तो हंसेगा। समाज में मेरी प्रतिष्ठा है।"

"प्रतिष्ठा पर आंच आती है...है न?" उसके चेहरे पर व्यंग्य-भरी मुस्कान उछल आयी थी।

"हां।"

कैसे इस बिंदु पर एक हैं ये दोनों—प्रेमप्रकाश और मेरा पति! दोनों प्रतिष्ठा से बंधे हैं...पति की प्रतिष्ठा कितनी खोखली है, मैंने देखा है। इनकी? मैंने देखा नहीं पर शायद वह भी उतनी ही खोखली हो!

"अच्छा...वह जो मैंने पूछा था—अगर मैं फिर यहां आकर उसी तरह रहने लगी जैसे पहले रहती थी तो आपके दरवाज़े तो मेरे लिए बंद हो जायेंगे।"

"क्यों...मैंने हमेशा स्वतंत्रता की वकालत की है। स्वतंत्रता माने अपने विश्वासों के अनुसार चलना। तुम अपने जीवन के बारे में जो चाहे निर्णय लो। अगर तुम्हारी तुम्हारे पति से नहीं निभती तो तुम्हें किसी अन्य के साथ अपना जीवन बिताने का अधिकार है। इसी तरह तुम्हें फिर से इस घर को एक ट्रायल देने का...या हमेशा के लिए इसी घर को अपनाने का अधिकार है। लौटने का भी। लोग ऐसा करते हैं—आगे जाना, लौटना, फिर आगे जाना—यही जीवन है।"

•••

पति ने कहा 'निकल जा'...मैं निकल आई। वह सोचता है मैं बहुत आगे निकली जा रही हूं। चाहती तो हूं...आगे, बहुत आगे निकल जाना...लेकिन कहां जा सकती हूं, बिना किसी सहारे के। फिसलती रेत पर रही आती हूं। कहीं की न रही—न पत्नी बन पायी, न प्रेमिका। पति मिला तो क्रूर, तानाशाह, प्रेमविहीन। प्रेमी मिला तो अपनी प्रतिष्ठा से बंधा हुआ। दूर से मेरी मदद करता रहेगा, उस पर अविश्वास नहीं कर सकती...यह घर छोड़ भी दूं तो अपनी नौकरी और उसकी मदद से रह सकती हूं, शायद वह मेरे पास आता-जाता भी रहे। वह रुपयों से मेरी मदद करके तृप्ति पा लेता है। मोटी-सी बात नहीं समझता कि मुझे प्यार चाहिए...वह जो मुझे अब तक नहीं मिला। अगर उससे प्यार मिलना बंद हो जाये तो मैं उससे रुपयों की या कोई मदद नहीं ले सकती। उसने अपना माना, तभी तो लेती हूं...वर्ना क्या मुझे भीख चाहिए? ऐसा रिश्ता क्या बनेगा आगे चलकर...कुछ भी नहीं, हवा में टंगा हुआ। अभी इस दिखावे के घर में सामाजिक इज्जत तो है। विवाहित का ठप्पा है, सुरक्षा है। बाहर अकेली रहने लगूं तो...? लांछित होकर रहना पड़ेगा, पग-पग पर वही सवाल—पति के घर क्यों नहीं रहती? कोई भी पुरुष मुझे प्राप्य समझेगा—अकेली जो रहती हूं!

अभी वह कुछ कहता हो, पति का स्थायी भाव है—प्रताड़ना देना, व्यंग बाणों से तहस-नहस कर देना...जैसे किसी ने तार-तार फाड़ डाला हो। अधिकार की तलवार चमकाते हुए आना। उसके लिए विरोध ही विरोध मन में उठता है। प्रेमी का स्थायी भाव—जख्मों पर लेप लगाना, दया, निस्वार्थ भाव से मदद करना। मैं उसे अधिकार देना चाहती हूं, वह नहीं लेता...मुझे स्वतंत्रता थमा देता है। मैं चाहती हूं एक घोंसला बनाना जहां उसकी खुशबू हो, मेरी मोहर हो...जहां मैं हर समय उसके साथ रह सकूं, सिर्फ उसकी खुशबू में सराबोर। वह समर्थ है...क्यों नहीं बना सकता ऐसा घोंसला? क्या अपनी पत्नी के साथ के एक पुराने बंधन के कारण...जिसे उसने सिर्फ ढोया है, अभी भी ढोये ही जा रहा है, समाज के डर से। कहता है—सपने मत देखो। समाज जिसे जीवन में हासिल नहीं होने देता, उसके सपने भी नहीं देखने देगा? सपने तो देखने दो भाई!

इतना पढ़ा-लिखा, समझदार होने के बावजूद वह मुझे नहीं समझता, भीतर से कोमल होने के बावजूद क्रूरता कर बैठता है। यह क्या कि पौधा लगाया और उस पर धूल डाल दो कि पनप ही न सके। मैं क्रोध की भंवर में आ फंसती हूं—फिर भी क्या है कि क्रोध से निकलते ही कोई मुझे फिर उसी के

पास फेंक देता है...

कुएं से निकलना चाहती थी, निकली भी पर जा उलझी उससे जो मुझे कहीं नहीं ले जा सकता।

वह मन के प्यार की बातें करता है...ऐसा प्यार जो दूर से दिये की तरह टिमटिमाता रहे, हमें जीने की, कर्म करने की, आगे बढ़ने की प्रेरणा दे। कहता है प्रेम देना ही देना है, लेना नहीं पर मैं लेना चाहती हूं। मुझे साक्षात वह चाहिए। उसका स्पर्श, जिसे मैं अपनी त्वचा पर, शिराओं में महसूस कर सकूं...घंटों, दिनों दिन, महीनों हमेशा। तभी तो मन तक पहुंचेगा। सम्पूर्ण प्यार...जहां कोई वर्जना न हो—न शरीर की, न समय की, न साथ रहने की। नहीं तो क्या फर्क हुआ—पति के यहां शरीर है, मन नहीं...यहां मन है, शरीर नहीं। दोनों ही झुलसाते हैं।

यह अधूरा प्यार, फिर भी प्यार है...इसलिए निराशा के बावजूद शांति और उज्जवलता देता है। पति के यहां सिर्फ नंगा शरीर है...घिन उपजाता है। प्रेमी के प्यार में अपने लिए आदर निहित है। मेरी स्वतंत्रता की कद्र है...भले ही अपनी कमज़ोरियों के कारण वह मुझे उस तरह न अपना सके जैसे मैं चाहती हूं। आदर तो देता है मुझे...वर्ना मुझमें ऐसा क्या है जिसके लिए कोई आदर या प्यार महसूस करे, मैं कुछ नहीं उसके सामने, उसका बड़प्पन ही है, जो मुझ जैसे धूल के कण को आदर देता है...जबकि पति तो रौंद-रौंद कर कण का ही अस्तित्व मिटा देना चाहता है!

मेरी नियति...कि मुझे आधा ही मिलना था। पूरा लिखा होता तो पूरे परिवार में न जन्मती? हमेशा ढकेली जाती रही—असली परिवार से विमाता के परिवार की तरफ़, उस परिवार से ससुराल की तरफ़...जो भी अधूरी रही। पति के रूप में नेक इन्सान भी तो मिल सकता था!

अधूरा प्रेमी जो यह है...इसे ही नियति मानकर संतुष्ट हो जाऊं। अगर ऐसे ही दिन बीतते हैं तो भी क्या बुरा है...मन तो क्या-क्या मांगता है।

यह क्या कम है कि एक व्यक्ति मुझे आदर देता है, मुझसे प्रेम करता है, उज्जवलता भरता है...जिनके बल पर मैं एक दानव के साथ भी खुद को बचाये चल रही हूं।

लेकिन आश्रिता—भौतिक या मानसिक रूप से—अब प्रेमी की भी नहीं होऊंगी। कैरियर में या अपने संघर्ष में किसी की मदद नहीं। अपना संघर्ष अपने दम पर। प्रेमप्रकाश ऐसा ही मुझे बनाना चाहते थे। उनसे अब बराबरी का रिश्ता होगा। प्रेम मिलता है तो हम देते हैं, देते हैं तो मिलता है। अपने

निर्णय अब मैं स्वयं करूंगी, बिना किसी से पूछे। अपना भविष्य खुद देखूंगी।

...उसने रास्ते भर सोचा रेल में लौटते हुए। जैसी वह बनी है, उसमें दो चीज़ें मुख्य हैं–(1) उसके लिए घर से बाहर, अकेले रहना मुश्किल है। समाज का अकेले सामना करने वाला दमखम उसमें नहीं है, ज़रा देर में ही टूट जाती है।

(2) शुरू से ही उसमें पुरुषों को लेकर अरूचि है। अब तक सिर्फ दो के लिए रूचि पैदा हो पाई–एक अपने पिता के लिए, दूसरे प्रेमप्रकाश के लिए।

उसे पुरुष से सिर्फ सुरक्षा चाहिए...कि भेड़िये न झपटें। बहुत हुआ तो ऐसे कामों के लिए कोई पुरुष सुलभ हो, जहां स्त्री आगे नहीं बढ़ पाती... मुश्किल यही है कि जो पुरुष ये छोटी चीज़ें देता है, वह मांगने लगता है बड़ी-बड़ी, फट से। क्या ऐसा हो सकता है कि वह अपने पति से सिर्फ ये दो चीज़ें मांगे–(1) घर वाली सुरक्षा जिसके लिए पति को कुछ करना नहीं है। (2) कभी-कभार ऐसे किसी काम में जहां पुरुष की ज़रूरत पड़ती है, वहां आगे आना। बदले में वह उसके घर का रखरखाव करेगी, खाना बनाये-खिलायेगी, बच्चे को देखेगी। उन दोनों के सम्बन्ध घर से जुड़े हों...दो व्यक्तियों के न हों। दोनों अपनी-अपनी सीमाओं में रहें। उसका लक्ष्य है–बच्चे को पढ़ाना... उसका विकास। उसकी खातिर वह युवागुरु से समझौता करेगी, अपने अहं को दरकिनार कर। बच्चे का यह साल तो गया, अगले साल से उसकी पढ़ाई का पूरा ध्यान रखा जाये और यह उसे ही करना होगा क्योंकि वहां किसी को पढ़ाई में दिलचस्पी नहीं है।

जो वह अपने लिए चाहती है वह युवागुरु को भी देगी–स्वतंत्रता। वह युवागुरु को पूरा मौका देगी सोचने के लिए। एक हफ्ते के भीतर उसने फोन पर युवागुरु को अपनी शर्तें सुना दीं–

1. हर हाल में अगले साल से सिद्धार्थ उसके पास रहेगा। वह बिना नौकरी के भी नहीं रहेगी। वहां आ सकती है, अगर उधर कोई नौकरी मिल जाती है, नहीं तो सिद्धार्थ को यहां ले आयेगी।
2. दोनों पति-पत्नी की तरह सिद्धार्थ के अभिभावक के रूप में एक छत के नीचे रहें। पति-पत्नी सिर्फ बाहर दिखाने के लिए। उनके बीच शारीरिक सम्बन्ध नहीं होंगे। नौकरी के बाद समय और शक्ति के अनुसार वह घर का काम करेगी।
3. अपनी पूरी तनख्वाह वह सिद्धार्थ और खुद पर खर्च करेगी। उससे या घर से कुछ नहीं मांगेगी, न ही उन्हें कुछ देगी।
4. वे दोनों अपने जीवन में स्वतंत्र होंगे। युवागुरु चाहे चौकरी करे या नहीं, जो काम चाहे करे। एक दूसरे के कामों में दखल नहीं देंगे। यही बात मिलने-जुलने

पर लागू रहेगी। वे दूसरे को किसी से मिलने या न मिलने को बाध्य नहीं करेंगे। वह अपने आने-जाने, मिलने आदि में घर की प्रतिष्ठा का ख्याल रखेगी।

5. उनके बीच शारीरिक सम्बन्ध, जिस पर युवागुरु इतना ज़ोर देता है, हो सकते हैं लेकिन विवाह हुआ था...सिर्फ यह काफी नहीं। मन बंधना चाहिए। भविष्य में ऐसा हो सकता है, नहीं भी हो सकता। यह उन दोनों के आचरण-व्यवहार आदि पर निर्भर होगा।

अपनी तरफ़ से उसने बहुत ही मोटी-मोटी और साफ शर्तें रखीं थीं। उधर युवागुरु झट से तैयार हो गया। उसके दो उद्देश्य पूरे हो रहे थे—पत्नी वहां जम न पाये, दूसरे यहां रहेगी तो उसकी प्रतिष्ठा बनी रहेगी, निशा से मिलने की स्वतंत्रता भी। वह सारी जिम्मेदारियां उठायेगी, युवागुरु के पास समय ही समय होगा निशा से मिलने के लिए। उसने अतिरिक्त उत्साह दिखाते हुए कहा—

"तो मैं क्या यहां तेरे लिए नौकरी देखना शुरू कर दूं।" उसके भीतर हंसी उठी—जो अपने लिए नौकरी नहीं ढूंढ़ सकता, वह दूसरे के लिए ढूंढेगा...कुर्सी-नुमा जिस सिंहासन पर वह बैठता है—उसके बल पर! फिर भी कहा उसने कुछ और...

"नौकरी के लिए जब मैं किसी की भी मदद ले सकती हूं तो आपकी क्यों नहीं...लेकिन बाद में कोई अहसान मुझ पर न जतायेंगे, न ही बदले में कुछ खास करने को कहेंगे। मैं जानती हूं—आप ऐसा करते हैं।"

"नहीं, नहीं। सभी कोशिश करें...मैं, तू, प्रेमप्रकाश सर भी। नगरबंध, अखबार ग्रुप के मालिक मेरे भक्त हैं। एक बड़ा स्कूल उन्होंने खोला है। तू कहे तो बात करूं...तेरा बायडेटा दे दूं।"

"मुझे आपत्ति नहीं...पर वह अहसान वाली बात याद रहे। हमारी शर्तें वही रहेंगी जो मैंने बतायी हैं।

"हां...हां...

युवागुरु फिच्च से हंस दिया।

•••

प्रेमप्रकाश नहीं, युवागुरु नहीं...अपने बल पर ही उसे नौकरी मिल गयी इस बार। नगरबंधु के स्कूल में नहीं, एक दूसरे स्कूल में। नये शहर के जिस स्कूल में वह पढ़ाने आयी थी, वह इतना प्रतिष्ठित था कि वहां के अनुभव को बहुत महत्व दिया जाता था। ससुराल वाले साधारण से शहर के लिए वह अनुभव बहुत प्रभावशाली साबित हुआ।

वापस आ जाने के बाद अक्सर उसे लगता कि यहां से निकलने का मौका कितना मुश्किल से मिला था...उस नये शहर में जम भी रही थी कि फिर उसने खुद को वापस उसी दलदल में डाल दिया जिससे निकलकर गयी थी। पुत्र-मोह...तो बेटे को वहां ले जा सकती थी। बेटे की पढ़ाई की खातिर...तो वहां उसे पढ़ा भी सकती थी। बड़े स्कूल में न सही, मध्यम श्रेणी के किसी स्कूल में दाखिला मिल ही जाता। ज़ोर लगाती तो जिस स्कूल में पढ़ा रही थी, वहीं मिल जाता। कहीं ऐसा तो नहीं कि पढ़ाई सिर्फ बहाना था लौटने का...असल बात कि उसे घर की चहारदीवारी, पति की सुरक्षा चाहिए। हर कदम पर खुद आगे बढ़कर घर गृहस्थी जमाना, उसे चलाना...उस दर्म्यान लोगों की घूरती नज़रों से बेधे जाना...चारों तरफ़ युवा, बुजुर्ग, बूढ़े पुरुषों की लालची नज़रें...जैसे चीटियों की कतार बदन पर चल रही हो...इन सबका सामना करने का बूता उसमें नहीं था। वह भाग आयी।

प्रेमप्रकाश से मिलने की हिम्मत उसकी नहीं हुई। उनके बीच जो तन्तु था—उसमें महत्वकांक्षा अंकुरित हो, आगे बढ़ने की लालसा फूटे—वह टूट गया था। उनकी नज़रों में वह ज़रूर गिर गयी होगी, किस मुंह से उनके पास जाये...और किसलिये जाय...क्या इस ढहते हुए घर को संभालने के लिए उनकी मदद चाहिए...यहां वे क्या कर सकते हैं, जो करना है अब उसी को करना है।

अगर उनकी नज़रों में वह गिरी है तो उसकी नज़रों में वह भी तो वे कहां रहे। जो प्रेम उनके बीच पल्लवित हुआ, जिस प्रेम में वह भीगी, जो उन्होंने भी महसूस किया...उसकी खातिर जो किया जाना चाहिए...उन्होंने किया क्या? वे ऐसा प्रेम करना चाहते हैं...जो उनकी बनी बनायीं उस दुनियां में कोई सेंध न लगाये। वह दुनिया सुरक्षित रहे, ऊपर थोड़ा-बहुत जो चलता है चल ले, जीवन में चटपटाहट का मसाला। उनकी दुनिया में आंच आने को हुई, वे फट से पीछे हट लिये...कायरता! उसे नहीं जाना अब उनके पास। वे अगर अपने घर को देखते हैं तो वह भी अपने घर को देखेगी। सिद्धार्थ में फिर से आत्मविश्वास आने लगा था...देखकर उसे तसल्ली होती।

समझौते के तहत नहीं, पहले से ही पति के कार्यकलापों के लिए उसमें एक सूखी तटस्थता, निस्संगता का भाव था। जब तक उसका कोई व्यवहार उसे या बेटे को प्रभावित न करे, उसे कोई मतलब नहीं था। अपने लिए या बेटे के लिए, यहां तक

कि स्कूल की फीस, स्कूल के दीगर खर्चे...जैसे ड्रैस, पिकनिक पर जाना आदि, ट्यूटर की तनख्वाह...किसी भी चीज़ के लिए वह न पति, न सास-ससुर के आगे हाथ फैलाती। उन्हें कुछ देती भी नहीं थी जिसकी आदत उन्हें उसके उस शहर में रहते हुए पड़ गयी थी।

निशा का आना-जाना उसे पहले जैसा ही लगा। गौर से देखने, खोजबीन करने...इस सबमें उसे कोई दिलचस्पी नहीं थी, न ही उसके पास समय था। कभी उड़ती-उड़ती खबर आती कि देर रात निशा की बाइक अब भी मंदिर के बाहर खड़ी है...तब भी एक पत्नी के भीतर जो स्वाभाविक जलन उठना चाहिए, वह दूर-दूर तक न उठती। उल्टे राहत होती कि युवागुरु जितना निशा में उलझा रहेगा, उतना ही वह बची रहेगी। यह भी नहीं कि वह युवागुरु को निशा की तरफ़ ढकेलती हो। बस निरपेक्षता...ओढ़ी हुई निरपेक्षता नहीं, वह जो बीज़ रूप से पहले से ही उसमें थी, अब पौधे की शक्ल ले फैल गयी थी, क्योंकि उसके पीछे अब सोच था...जिस तक उस नये शहर में वह क्रमशः पहुंची थी। इसीलिए जब उस तक यह खबर भी आयी कि निशा को मोटर बाइक भी युवगुरु ने खरीद कर दी है, उसे कुछ भी महसूस नहीं हुआ। वह इसमें सुखी थी कि युवागुरु की किसी चीज़ में उसे कोई दिलचस्पी नहीं थी और ऐसा ही वह उस आदमी में अपने लिए चाहती थी।

दुर्भाग्य कि ऐसा बहुत दिनों तक नहीं चला। युवागुरु से दूरी—इतनी कि वह उसके ख्याल में ही न आये—ढहने लगी। तीन-चार महीने ही बीते कि युवागुरु के व्यवहार में फर्क आने लगा। अब घर में आते-जाते वह कभी उसके कन्धे छू देता, कभी कुछ कहने के लिए हल्के से उसकी बांह पकड़ उसे अपनी तरफ़ करता...ऐसे जैसे चलते-चलते और औपचारिकता में ही वह हुआ हो। हो सकता है वही हो, लेकिन इस पर जैसे छिपकली चढ़ जाती, घिन छूट जाती...कभी-कभी मितली तक आने लगती...पर वह टालती रही—आखिर वे दोनों एक ही घर में रहते थे, दिखावे को ही सही पर पति-पत्नी थे, जितनी दूरी वह चाहती थी वह कहां संभव थी। फिर युवागुरु की तरफ़ से हल्की—हल्की शिकायतें आने लगीं—तू तो मेरे पास ज़रा भी नहीं बैठती, खाना बनाकर मेज़ पर रख देती है...साथ खाने भी कभी नहीं बैठती, मुझसे दो बात करने की भी फुर्सत नहीं...। वैसे बात फुर्सत की भी थी। स्कूल में छः घंटे, आने-जाने के दो घंटे...ढेर सारा स्कूल का वह काम जो उसे घर बैठकर करना होता था, कापियां जांचना वगैरह फिर घर का वह काम जो उसने अपने ऊपर ले रखा था। छुट्टियों में अपने और सिद्धार्थ के कपड़े धोना, प्रैस करना, पूरे हफ्ते के लिए तैयारी करना...समय कहां था, जब कि युवागुरु को दिन भर घर में पड़ा रहना। जब स्कूल से वह घर आती तो मन होता कोई उससे न बोले, स्कूल में बोल-बोल कर थक चुकी होती, चाहती कि

उसे ज़रा भी न बोलना पड़े...इधर दिन भर अकेले और बेकार बैठा युवागुरु बातचीत के लिए प्यासा होता। वह चाहता कि बेटा ही उससे बातें करे, यही बताये कि स्कूल में आज क्या हुआ...बेटा भी थका होता, मां की नकल में वह भी पिता से कन्नी काटता इधर से उधर हो जाता। युवागुरु फड़फड़ाता रह जाता। वह युवागुरु की परेशानी समझती थी...पर तीखेपन से सोच जाती कि उस परेशानी का निदान युवागुरु के हाथ में ही है, वह क्यों नहीं कोई काम करता? एक दिन छुट्टी के रोज़ युवागुरु ने उसे घेर लिया। खाना खत्म करके जैसे ही वह ऊपर कमरे में आयी, पीछे-पीछे चला आया और उसे पकड़कर बिस्तर पर बिठा लिया, सामने खुद बैठ गया।

"मैं क्या दो बात करने लायक भी नहीं?" उसने सीधे-सीधे पूछा।

"क्यों नहीं, हम ज़रूरत की बातें करते नहीं रहते क्या। कुछ रूकता है। बोलिये क्या कहना है।"

"ज़रूरत की ही बातें...और बातें तो नहीं ही करते।"

वह कुछ नहीं बोली। युवागुरु को समझना चाहिए, याद होना चाहिए—जो-जो उनके बीच से गुजरा इस बीच, वह करार भी जो उनके बीच हुआ था...उसके लौटने के पहले। मुश्किल यही थी कि युवागुरु इत्मीनान से हर वह चीज़ भूल जाता था जो उसके लिए असुविधाजनक होती थी, जबकि वह कुछ भी नहीं भूल पाती थी, एक-एक बात याद रहती थी उसे।

"मैं तेरा क्या कुछ भी नहीं हूं।"

"क्यों नहीं हैं, हम एक साथ रहते हैं, इतने सालों से रह रहे हैं। बीमारी में एक-दूसरे का साथ देते हैं। आप मेरे बच्चे के पिता हैं, उसे मैं पढ़ा रही हूं। आपको, आपके मां-बाप को खाना बनाकर खिलाती हूं...कोई बाई नहीं आती तो उसकी जगह काम करती हूं—यह सब इसीलिए न कि आप मेरे कुछ हैं।"

"हमारे बीच वह तो नहीं है जो पति-पत्नी में होता है।"

"वही सब कुछ नहीं होता। आप शायद भूल गये कि हमारे बीच क्या तय हुआ था आपकी सहमति के बाद ही मैं लौटी थी।"

"मैंने सोचा था कि समय के साथ-साथ तू सुधर जायेगी...

"फिर वही भाषा"—वह तमक पड़ी—आप मुझे सुधारने वाले हैं कौन, खुद को तो सुधार लीजिये पहले..."

"क्या सुधारना है मुझे...बता...तू क्या चाहती है। मैं वह करूंगा।"

"फिर वही बहस, मुझे इस बहसबाजी में नहीं पड़ना है जो हम पहले करते रहे

हैं। आप सोचिये जो आपको करना है, मुझे क्या मतलब। आप...अपना देखिये, मैं अपना देख रही हूं। और वह उठ गयी।

•••

पुरानी बातें फिर लौट आयी हैं। इतने झगड़ा-झंझट हुए और हम तिल भर भी आगे नहीं बढ़े। इस आदमी की जीवन घड़ी तो जैसे एक बिंदु पर अटककर रह गयी है...वहीं घिर्रघिर्र करती रहती है। मुझमें भी बहुत फर्क कहां...एक कदम आगे बढ़ी तो दो कदम पीछे आ गयी। वापस फिर उसी जंजाल में लाकर डाल दिया खुद को जिससे निकल भागने की कितनी कशमकश थी कभी। तब प्रेमप्रकाश साथ थे...यहां से निकल जाने के लिए उनका भी कितना समय, कितनी ऊर्जा खर्च करायी। एक साल में ही सब स्वाह खुद कर बैठी। आगे बढ़ने, कुछ और बनने, अपना जीवन संवारने...ऐसी कोई इच्छा अब भीतर नहीं। प्रेमप्रकाश के होने से ही तो वह थी। अब उनसे मिलने की हिम्मत ही नहीं होती और वे...उन्हें पता है कि आ गयी हूं, पर कभी अपनी तरफ़ से फोन नहीं किया...याने आहत हैं। क्या पता वे मुझे पति से अपने सम्बन्ध सुधारने, अपने घर को संवारने के लिए छोड़ अलग हट गये हों...वे ऐसे ही हैं।

घर...जैसा था वैसा ही है, वैसा ही रहेगा। पति से सम्बन्ध सुधर सकते हैं, शायद...पर मैं ही नहीं चाहती। वैसे कभी-कभी इस आदमी पर दया आती है...क्या देती हूं मैं उसे, जबकि वह अपने मकान में रखे हुए है, एक तरह से मुझमें भले शरीर को लेकर वितृष्णा हो पर उसमें तो शरीर के लिए भूख है...पुरुष है, जवान है। क्या करूं...खोजने चलती हूं कि उसमें कुछ अच्छा दिखे, कुछ भी नहीं दिखता... उसके मोटे-मोटे होठ, छोटे-छोटे बाल, लाल-लाल वस्त्र और ऊपर वह मुस्कान जिसे चेहरे पर बिछाकर वह मेरी तरफ़ देखता है...पीछे कुटिलता साफ झलक जाती है। सब चीजें मिलाकर भीतर वह घृणा पैदा करते हैं कि उबकाई आने लगती है, लगता है कि उन होठों ने मुझे छुआ...या उसकी आँखों में मैं उतरी कि भड़ से उल्टी आ जायेगी, उसी के मुंह

पर जा गिरेगी। इस आदमी को शरीर एक ही तरीके से दे सकती हूं जैसे पहले करती थी मशीन बनकर पड़े रहो, उसे कर लेने दो जो करना चाहता है, ऊपर सीलिंग की तरफ ताकते रहो, उस क्षण का इन्तजार करो जब यह गन्दी क्रिया खत्म होगी। तो याने यहां भी वापस, पहले जैसा ही। पिछले दो सालों के संघर्ष का कुछ भी हासिल नहीं। फिर यह एक बार की ही तो बात नहीं... वह हर रात दबोचेगा। स्कूल से निचुड़ी आयी मैं, फिर निचोड़ी जाऊं, इतना दम बचता है क्या... जबकि इसे तो सांड़ की तरह घर में पड़े-पड़े पगुराना।

मैं स्त्री हूं। सभी कहेंगे कि घर को बचाने, संभालने-सुधारने की जिम्मेदारी मेरी बनती है। उसके लिए मैं इस आदमी को सुधारूं। वह पूछ भी रहा है कि क्या करे वह जिससे...क्या इस तरह सोचा जा सकता है कि वह यह करे तो दूसरा वह करने लगेगा? क्या करे युवागुरु कि वह उसे पसन्द नहीं तो काबलेबर्दाश्त तो लगने लगे कम-से-कम। मंदिर छोड़ दे, नौकरी करने लगे, रुपये लाकर मुझे दे, मेरी और बच्चे की ज़रूरतें पूरी करे, जिम्मेदार हो जाये...तब कुछ हो सकता है? शायद धीरे-धीरे मेरी नज़रों में वह उठे...लेकिन वह तो तत्काल फल चाहता है, नौकरी जाने के पहले दिन ही कहेगा—तेरे कहने से मैं नौकरी पर जाने लगा, अब दे शरीर। मन में कुछ उगे—इसका समय दिया जाये, यह सोच ही नहीं पाता, मन की दुनिया की कल्पना ही नहीं उसके यहां। बस शरीर, शरीर।

और इस आदमी ने मां-बाप के सामने जो लांछन लगाये, सीढ़ियों से घसीटते लाया—'निकल जा'... उसे क्या सिर्फ इसलिए भूला जा सकता है कि मैं लौट आयी, वह पति-पत्नी का सामान्य झगड़ा था?

उसने शुरूआत की...उसने नहीं उसके अन्तस ने की...हो गयी।

रात के अपने बिस्तर तह करके रखती तो युवागुरु के भी रख देती, कभी अपने और सिद्धार्थ के कपड़ों के साथ युवागुरु के पैंट-कमीज भी धो देती, इस्तरी कर देती...लाल कपड़े कतई नहीं। युवागुरु खाये और वह सामने बैठी देखा करे—यह नहीं हो सका, लेकिन कोशिश करती कि रात का खाना सिद्धार्थ और वह युवागुरु के साथ खायें...जैसा सब परिवारों में होता है। वह इंतज़ार करती...युवागुरु मंदिर में हुआ तो सिद्धार्थ से उसे खबर भिजवाती।

कुछ हो सकता है अगर युवागुरु बदल जाय...लेकिन मेरे या किसी के कहने से वह बदला तो वह सचमुच का बदलना तो नहीं होगा, मुझे दिखाने भर के लिए होगा। वह बदल सकता है अगर सचमुच उसके भीतर कुछ उगे और

वह इतने ज़ोर से उठे कि वह बदले बिना न रह सके। उसके भीतर अपने आप कुछ नहीं उगता तो बाहर से कोई आकर रोप दे...जैसे मुझमें प्रेमप्रकाश सर ने किया था। मेरा उस पर वह प्रभाव नहीं हो सकता क्योंकि उसके लिए प्रेमप्रकाश सर वाली कोमलता मुझमें नहीं...तो निशा से ही हो जाये यह...

वापस आने के बाद युवागुरु की तरह निशा से भी उसका व्यवहार सूखा-सूखा हो गया था। अब वहां वह थोड़ी तरलता लाने की कोशिश करने लगी। युवागुरु की आलोचना करना बंद कर दिया था, उकसाने पर जो हो जाती थी, उससे भी बचने की कोशिश करती थी।

शायद उसके व्यवहार की कोमलता कुछ परिवर्तन पैदा करे युवागुरु में...और फिर उसमें भी।

•••

वह कोशिश कर ही रही थी कि एक रात हंगामा खड़ा हो गया। सिद्धार्थ और वह सो गये थे, युवागुरु नहीं आया था। वह अक्सर ही मंदिर से देर में आता था—तब तक ये दोनों सो चुके होते थे, क्योंकि उन्हें सवेरे जगना होता था। युवागुरु देर रात जब आता चुपचाप सिद्धार्थ की दूसरी तरफ़ अपनी जगह सो जाता। उसे सवेरे जगने की जल्दी नहीं होती थी।

ससुर उसे झिंझोड़कर जगा रहे थे...

"भैया ने खुद को मंदिर में बंद कर रखा है। हम दरवाज़ा पीट-पीट कर थक गये। वह कहीं कुछ अनहोनी न कर ले जल्दी नीचे आ जा..."

रात के सवा बारह बजे थे। इतनी देर युवागुरु कभी नहीं करता था...वह ससुर के पीछे-पीछे मंदिर की तरफ़ दौड़ गयी। मंदिर के भीतर वाला दरवाज़ा अंदर से बंद था, सास-ससुर...दो तीन अन्य लोग बाहर से युवागुरु को पुकार रहे थे, भीतर से कोई आवाज़ नहीं आ रही थी। बाहर के लोग दरवाज़ा पीट रहे थे, आधी रात के सन्नाटे में वह आवाज़ और भी ज्यादा शोर के साथ बाहर फैल रही थी...जिसे सुनकर एक-दो करके और लोग इकट्ठे हो रहे थे।

आखिर बाहर के एक आदमी ने सुझाव दिया—'हमें ज्यादा देर नहीं करना चाहिए, दरवाज़ा तोड़ देना चाहिए।' बिना दूसरों की प्रतीक्षा किये वह पास में ही अपने घर दौड़ गया और कुल्हाड़ा ले आया। अब दरवाज़े पर भारी चोटें पड़ने लगी...आवाज़ों से पास पड़ोस के और लोग इकट्ठा हो गये।

'देखना, दरवाज़ा टूट कर उधर न गिरे...कहीं उसके ऊपर न गिर जाये...' भीड़ में एक ने सलाह दी। कुल्हाड़ा चलाने वाला ऊपर या बीच में चोट करने के बजाय दरवाज़े के निचले कोने में एक बड़ा सुराख सा करने लगा। जैसे ही छेद हुआ उसने भीतर झांका—युवागुरु फर्श पर पड़ा आंखें फाड़े किवाड़ की तरफ़ देख रहा था...

"गुरु जी... गुरु जी...आप ठीक तो हैं? दरवाज़ा खोलिये।"

युवागुरु आंखें फाड़े उसे देखता रहा, कुछ नहीं बोला... पर उसने दरवाज़ा भी नहीं खोला। बाहर से कितनी मिन्नतों के बाद भी जब स्थिति वही रही तो कुल्हाड़ा चलाने वाले ने किवाड़ के छेद को और बड़ा करना शुरू कर दिया। अब भीतर से हल्की-हल्की आवाज़ें उठने लगी थीं...आखिर में लोहे की अल्मारी खुलने, फिर बंद होने की आवाज़ आई। कुल्हाड़ा चलाने वाले ने किवाड़ के छेद से झांक कर देखा और फुसफसाया—'उठ गये हैं।'

"गुरु जी खोल दें दरवाज़ा...हमें आपकी चिन्ता है। बेकार में दरवाज़ा तोड़ना पड़ेगा।"

थोड़ी देर में दरवाज़ा भीतर से खुला। लाल कपड़ों में युवागुरु...चेहरा, आंखें लाल...अपने पीछे दरवाज़े को बंद करते हुए निकला, देवी के सिंहासन को पीछे छोड़ते हुए धीरे-धीरे बाहर आ गया, खुले में। पीछे-पीछे पास पड़ोस की आदमी-औरतें जो इस बीच इकट्ठा हो गये थे। कुछ कदम खुले में चलने के बाद युवागुरु पल्टा और ऊंची आवाज़ में बोलने लगा—

"मैं सत्येन्द्र बोल रहा हूं (सत्येन्द्र उसके गोद लिये गये भाई का नाम था जिसने आत्महत्या कर ली थी)। इस घर में जो औरत है उसके परपुरुष से सम्बन्ध हैं। तुम लोग नहीं देखते, मैं ऊपर हूं...इसलिए मुझे सब दिखाई देता है। तुम मुझे भी नहीं देखते, जब कि मैं यहीं हूं। मैं सब जगह हूं, सब कुछ देखता हूं..."

"यह तो बड़े की आवाज़ है, उसकी आत्मा भटक रही है, भैया में प्रवेश कर गयी रे...

वे रोने लगे, युवागुरु के पिता। आत्मा वाली बात सुनकर लोग थोड़ा पीछे हटने लगे, युवागुरु से फासला रखते हुए। उन्हें युवागुरु से डर लगने लगा था। साधारण मामला होता तो अब तक भीड़ में से कोई आगे बढ़कर युवागुरु के काफी करीब आ चुका होता। युवागुरु देवदूत के समान धीरे-धीरे चलते हुए सामने वालों को सम्बोधित

कर रहा था–

'उसे निकालो...उस दुश्चरित्रा को घर से बाहर निकालो...अन्यथा इस घर का, इस बस्ती का विनाश है...विनाश...युवागुरु की आवाज़ एकाएक तेज़ हो गयी थी... 'तीन वर्ष बीत गये, उसने अपने पति से कोई शारीरिक सम्बन्ध स्थापित नहीं किया क्योंकि उसके अन्य से सम्बन्ध हैं। उसे निष्कासित करो, अपनी सुरक्षा चाहते हो तो उसे तत्काल घर से बाहर निकाल दो...'

वह घर के द्वार पर खड़ी देख रही थी, सुन रही थी। ऊपर सोने वाले कमरे की बाल्कनी में सिद्धार्थ खड़ा था...शोरगुल सुनकर वह जाग गया था। युवागुरु ने जब आवाज़ उठा-उठाकर निकालने की बात दोहरायी-तेहरायी तो वह भीतर भाग आयी...उसी घर में जिससे निकल जाने की बात युवागुरु ने एक साल पहले घर के भीतर से कही थी, आज बाहर से कह रहा था, सबके सामने...करीब-करीब चिल्लाकर...

कितना अपमान! घर के भीतर गालियां, मारपीट झेलना कुछ भी नहीं था इसके सामने। कैसा है यह आदमी...सबके सामने अपनी बीवी की भद्द उड़ा रहा है, साथ-साथ अपनी बदनामी कर रहा है...पर कौन जाने सचमुच उसके भाई का भूत है यह जो बोल रहा है, आवाज़ थोड़ी बदली हुई है।

वह मुकाम...जहां हम पूर्ण असहाय होकर सब कुछ परिस्थिति...बाहर...ईश्वर को सौंप भाग आते हैं...जो भी तब सुलभ हुआ उसकी शरण...घर, दीवार, कमरा...और कुछ नहीं तो अपने शरीर का पिंजरा ही...कैद कर लो स्वयं को उसके भीतर...होने दो जो हो रहा है, क्योंकि उस पर तुम्हारा कुछ भी वश नहीं है।

बाहर की आवाज़ें उसने उतनी दूर कर दीं जितना कर सकती थी। बाहर इकट्ठा लोगों ने थोड़ा चटखारा लिया, फिर युवागुरु को उसके मां-बाप के साथ उनके घर में ठेलकर अपने-अपने घर सोने चले गये। पिता युवागुरु को उसकी मां के पास छोड़ मंदिर को बाहर से ताला लगा आया।

वह ऊपर अपने कमरे में थी, बेटे के साथ...जो डरा हुआ सब कुछ देख रहा था। घर के किवाड़ बंद कर लिये गये थे...पर आवाज़ें अब भीतर थीं। मां-बाप युवागुरु को पुचकारने, ठंडा पानी सिर पर डालने, तुलसी दल डाल दही चटाने में लगे थे, और युवागुरु के भीतर का सत्येन्द्र बोले जा रहा था...

"उस कुलक्षणा को बाहर निकालो, अभी...इसी समय। उसे निकाले बिना मैं यहां से नहीं जाऊंगा। प्रण करके आया हूं। वह नहीं गयी तो मैं यहीं रहूंगा...इसी शरीर में, जब तक वह नहीं निकल जाती।"

"भैया...कहां भेजें उसे...पुराना घर तो हम बेच चुके। उसके कोई रिश्तेदार भी

नहीं है यहां...कहां जायेगी" ससुर जी ने हाथ जोड़ लिये।

"कहीं जाये, वह निकल जाये...तभी मैं यह घर, यह शरीर छोड़ूंगा।"

जितना ही बाप धीमी आवाज़ में मिन्नतें करता, उतना ही बेटा—छोटा या बड़ा, जीवित या मृत—तेज़ आवाज़ में बोलता— "कुछ नहीं...उसे बहुत स्वतंत्रता दे दी गई है, स्वतंत्रता ने ही उसे बिगाड़ा है, वह इसी समय निकल जाये..."

"इतनी रात को..."

"मैं जहां हूं वहां कोई रात या दिन नहीं है...पूजा-पाठ वाले घर में, मंदिर के इतने समीप एक दुश्चरित्रा नहीं रह सकती? उसे निकालो?"

ससुर डरा, रोता हुआ उसके पास आया—

"बड़े की आत्म-विद्रोह पर उतर आयी है। जिद्द पर अड़ी है। तू अभी कहीं चली जा...सवेरे आ जाना। तेरे जाने से बड़े की आत्मा इसे छोड़ देगी, अभी जा तू...कहीं भी। भैया को कुछ हो गया तो..."

बिना कुछ कहे उसने अल्मारी से बैग निकाला। कपड़े जो कल स्कूल पहन कर जाने थे वे रखे, ऊपर सिद्धार्थ के। जितने रुपये थे सब रख लिये। फिर बेटे को बांह से पकड़ा और सीढ़ियां उतर गयी। दीवान पर युवागुरु अपनी मां के पास बैठा था, उसने उन्हें एक नज़र भी नहीं देखा। सिद्धार्थ ज़रूर अपने पिता को मुड़-मुड़ कर देख रहा था। वह बेहद डरा हुआ था।

बाहर...खुले में। जहां थोड़ी देर पहले युवागुरु का शोर था, वहां अब सन्नाटा था। इस समय कहीं के लिए थ्री व्हीलर भी नहीं मिलेंगे...बची रात किसी पार्क में...वहां खतरा था, वह स्त्री थी। उसने अपना स्कूटर उठाया, सिद्धार्थ को पीछे बिठाया और चल पड़ी। कहीं नहीं तो स्टेशन का प्लेटफार्म है, लेकिन सवेरे बाथरूम? ससुर ने कहा है—सवेरे आ जाना, तो यों ही कहीं घूमघाम कर सवेरे होते होते वहीं लौट आये जहां से जब चाहे निकाल दी जाती है! फौरन स्कूल के लिए तैयार होना होगा... स्कूल जाना है, उसे भी, सिद्धार्थ को भी...काम, काम में डाल देने से ही इस रात का यह... दुःस्वप्न-सा, घुल सकेगा...उसके मन से, सिद्धार्थ के मन से भी। इसके लिए अच्छा है कि अभी से लगाकर दूसरे दिन स्कूल से लौटने तक वे दोनों बाहर रहें।

वह पास के ही एक होटल चली गयी। स्कूल के लिए सवेरे वहीं से निकल गये दोनों...स्कूटर बीच में एक जगह रखकर वहां से स्कूल की बस पकड़ ली।

दोपहर को वापस...फिर वही घर...जहां से किस-किस तरह वह निकाली जाती है और किस-किस तरह वह लौट आती है!

सब कुछ रोज़ जैसा ही था...सपाट, जैसे पिछली रात कुछ हुआ ही न था। सास-ससुर अपने-अपने कमरे में, मेज़ पर उसके और सिद्धार्थ के लिए खाना लगा

हुआ। ऊपर कमरे में युवागुरु सोया पड़ा, जैसे हमेशा मिलता था। कपड़े बदल, खाना खाकर उसने सिद्धार्थ को होमवर्क पर बिठा दिया, खुद स्कूल की कापियां जांचने बैठ गई...जैसे हमेशा करती थी। अपरान्ह की नींद उनके नसीब की थी जिन्हें कोई काम नहीं था, जो दिन-रात घर में ही रहते थे।

शाम पांच बजे युवागुरु नींद से उठा। करीब-करीब उस समय जब वह कौफी बनाती थी। आज भी बनायी तो उसके लिए भी ऊपर लेती आयी। सिद्धार्थ के लिए दूध...जैसे हमेशा करती थी।

सिद्धार्थ के ऊपर रहने तक कोई कुछ नहीं बोला। जब वह खेलने बाहर निकल गया तब युवागुरु ने ही शुरू किया...

"स्कूल से आकर कापियां लेकर बैठ जाती है। मुझसे एक शब्द तक नहीं बोलती...जैसे मैं घर में हूं ही नहीं।"

"बोलने लायक रखा क्या आपने?"

"वही कहेगी न कि नौकरी नहीं करता, दिन भर घर में पड़ा रहता है। कह, वही कह।"

"वह तो जाहिर है। जो नहीं जाहिर उसे सबके सामने अनाप-शनाप बोलकर जाहिर करते हो। पहले जो बातें घर के अंदर करते थे, अब सबके सामने बाहर करते हो। शर्म नहीं आयी अपनी बीवी और खुद को मौहल्ले भर के सामने नंगा करते..."

आक्रोश आखिर फूट पड़ा। युवागुरु का चेहरा आश्चर्य में थोड़ा खिंचा...

"मैंने क्या...किससे कहा?"

"आधी रात मंदिर के कमरे में...बाहर...नाटक करने की क्या ज़रूरत थी।"

"आधी रात...कब?"

"मैं तो सोया हुआ था, और दिनों की अपेक्षा कल नींद बहुत गहरी आयी। अब जाकर उठा...सवेरे तुम लोग कब स्कूल चले गये, मुझे पता ही नहीं चला।"

"आपका धर्म, पूजा-पाठ क्या इतना झूठ बोलना सिखाता है—जो आपने लोगों को बुलाकर मैदान में बोला, झूठ पर झूठ...सबके सामने मुझ पर लांछन लगाये, कहा कि मेरे दूसरे पुरुष से सम्बन्ध हैं...इससे आपकी अपनी जो फजीहत होनी है उसका भी कोई ध्यान नहीं रहा। रात को मुझे घर से निकाला, सिद्धार्थ को लेकर मैं होटल में रही। मेरे पास पैसे होते तो वहीं रहती, यहां लौटकर कभी न आती..."

"यह सब झूठ है, मैंने किसी से कुछ नहीं कहा...कल रात तो मैं सोया था...यहां, इसी पलंग पर!"

"वाह! क्या निश्छलता है...जाओ, जिन्होंने आपको पैदा किया है उनसे पूछो अपनी करतूतों के बारे में, मंदिर के कमरे के किवाड़ों को देखो जिन्हें कुल्हाड़ी से

तोड़ना पड़ा। लोगों के आगे क्या इज़्ज़त रही...मेरी, सिद्धार्थ की...आपकी तो खैर कभी थी ही नहीं...छिः। इसके बाद भी आप उम्मीद करते हो कि कोई स्त्री आपको अपना शरीर छूने देगी...छूने दे तो कल के दिन वैसा ही नाटक कर सबके सामने एलान करता... कि वह अब मेरे साथ सोने लगी है..."

युवागुरु और आगे नहीं सुन सका, तौलिया उठाकर बाथरूम में घुस गया।

•••

युवागुरु बीमार था।

वह डॉक्टर को बुलाकर लायी। गैस, एसीडिटी और थोड़ा लिवर भी खराब। डॉक्टर की बतायी दवाइयां खरीद लायी। जब तक घर में रहती खुद दवा देती, फिर समझाकर जाती–ये ये, यों यों, इतने बजे। परहेजी खाना दिन के लिए बनाकर रख जाती, शाम का बनाकर परोस भी देती।

सब कुछ निस्पृह भाव से, सारी रंजिश भूलकर...जैसे कि घर एक हस्पताल था, युवागुरु रोगी और वह नर्स। बीमार आदमी से क्या बैर पाला जा सकता है! हो सकता है सचमुच प्रेतात्मा युवागुरु के चोले को झकझोर गयी।

आगे के लिए डॉक्टर से पूछने उनके क्लिनिक जाना था। जो दवाइयां वह लिखेगा उसे खरीदकर लानी थीं। उसके पास उतने पैसे नहीं थे। उसने सास से रुपये मांगे।

"भैया के पर्स से निकाल ले। मंदिर की उसकी अल्मारी में होगा।"

सास ने चाबी का एक छोटा गुच्छा पकड़ा दिया। तीन चाबियां–बाहर मंदिर के गेट की, भीतर के कमरे की, अल्मारी की।

कमरे के बाहर...वह किवाड़ जहां नीचे छेद किया गया था। उसे पैबन्द लगाकर दुरुस्त कर लिया गया था। कमरे के भीतर आज वह दूसरी बार जा रही थी। पहली बार तब जब युवागुरु ने बनवाया था...खास अपने लिए। क्या भव्य था, आज जैसे ही उसमें कदम रखा बदबू ने उसे चारों तरफ़ से लपेट लिया, दम घुटने को हो आया...जैसे कोई पुरानी साड़ी से उसकी गर्दन कसता जा रहा हो...एक पल के लिए वह डर गयी, कहीं वही प्रेतात्मा तो नहीं...यहां छिपी बैठी थी, और वह तो दुश्मन थी

उसकी। वह भड़ से बाहर आ गयी। साफ हवा फेफड़ों में जाने से हल्की हुई, कुछ देर किवाड़ खोले खड़ी रही—कमरा कितने दिनों से बंद था, बदबू भीतर कैद रही होगी. ..उसे तार्किक ढंग से सोचना चाहिए, प्रेतात्मा जैसी चीज़ों को मानना अन्धविश्वास है, फिर पढ़ाई का फायदा?

भीतर की बदबू थोड़ा कम हुई पर गयी नहीं। उसे क्या मतलब, कौन यहां बैठे रहना है, झट से पर्स निकाल, अल्मारी बंद कर बाहर-भीतर इधर-उधर नहीं देखना है। दुपट्टे को नाक पर लपेट वह सीधा लोहे की अल्मारी की तरफ़ बढ़ गयी...खोला तो बदबू का भभका तमाचा मारता उस पर आया...अल्मारी में वोदका, रम, व्हिस्की की खाली, भरी, अधभरी बोतलें बिना धुले मैले से गिलास रखे थे। कुछ गिलासों की तलछट में शराब अब भी पड़ी थी...

दीक्षा ले चुका यह आदमी, लाल पोशाकों वाला स्वामी, गुरु, उपासक, साधक, लोगों को प्रवचन देने वाला, उन्हें सुधारने वाला...श्री श्री एक सौ आठ श्री स्वामी... फलां, आनंद, ज्योतिषाचार्य...

गाली गलौज में वह कभी-कभी बोल दिया करती थी—पर यह तो सचमुच पाखंडी निकला। क्या पता...यहां मांस मछली भी चलता हो, मंदिर के एकदम बगल में! प्लेटें थी ही...हालांकि वे साफ़ एक तरफ़ रखी थीं।

उसने पर्स उठाया, अल्मारी भड़ से बंद की और फड़फड़ कमरे से बाहर निकल आयी। घर पहुंच पर्स-चाबी सास को थमाते हुए कहा—

"दो सौ रुपये निकालकर मुझे दे दें...और चाहें तो आप भी देख आयें अल्मारी में देवी-देवता जो आपके सुपुत्र ने सजा रखे हैं और जिनकी यह पूजा करता है..."

सास ने बिना कुछ कहे चाभी पर्स ले लिये, रुपये निकालकर उसे दिये और मुड़कर रसोई में घुस गयीं, जैसे न कुछ कहा गया था, न कुछ सुना था।

युवागुरु से उसने कुछ नहीं कहा, उनके वे सम्बन्ध नहीं थे। बीमार की तीमारदारी में जो थोड़ी करुणा, कोमलता उतरती आ रही थीं, तिरोहित हो गयीं... खानापूरी रह गयी।

किसी से उस बाबत बात नहीं की। निशा—जिसे पिछले दिनों वह थोड़ा आदर, थोड़ा प्यार से लेने लगी थी...उससे ज़रूर एक दिन अकेले में ज़िक चल गया, अनियोजित।

"तुम जानती हो तुम्हारे ये गुरु जी शराब पीते हैं।"

"हां कभी-कभी लेते हैं। उन्होंने मुझे बताया था।" निशा ने उस इतमीनान से कहा कि वह दंग रह गयी। शायद उसने अल्मारी में रखी बोतलों की कतार नहीं देखी थी।

"तुमने कभी मना नहीं किया?"

"वे ज्यादा अच्छा समझते हैं, वे जानें। मेरे सामने कभी नहीं ली, न ही मुझे कभी

पिये मिले। बताया था कि कभी-कभी लेते हैं...आजकल सभी लेते हैं।"

निशा उससे थोड़ा ही छोटी थी...पर जैसे वह दूसरी और नयी पीढ़ी की थी।

"तुम्हें कोई परेशानी नहीं होती?"

"मुझे क्या..." निशा ने कन्धे उचकाये...यह उनका निजी मामला है।"

"तुम्हें मना करना चाहिए था।"

"मैं क्यों पड़ूं इस सब में। आप जानें, वे जानें।"

उसने देखा कि निशा ने खुद को साफ़ अलग कर लिया था। शराब से जो गुरु की खराब सोहबत बनेगी या गुरु के स्वास्थ्य पर जो खराब असर होगा...उसे इस सबसे कोई मतलब नहीं था। घर में उन सभी को मालूम था कि निशा युवागुरु की करीबी है...पर न निशा ने, न ही कभी सास-ससुर ने युवगुरु को चेताया, कोई तकलीफ़ तक महसूस नहीं की। वह महसूस कर रही थी...जो मानसिक रूप से युवागुरु से दूर थी...क्या इसलिए कि कुछ हो वह पत्नी थी, पत्नी के संस्कार? वह था...लेकिन ज्यादा शायद इसलिए कि सुधारने के जिस रास्ते पिछले दिनों वह ईमानदारी से चल पड़ी थी, उस पर आघात हुआ था। प्रेतात्मा...पहले कभी-कभी मानने लग जाती थी कि शायद चढ़ आई हो, लेकिन जो उसने देखा—शराब की बोतलें, गिलास, प्लेटें...यह सिलसिला जाने कब से चल रहा है। बिल्कुल हो सकता है कि उस रात युवागुरु पिये हुए था, प्रेतात्मा का नाटक कर रहा था।

वह हताश हुई थी...जिन चीज़ों को ठीक नहीं होना होता, वे नहीं सुधरतीं, कुछ भी कर लो।

एक समय था जब इस आदमी के मन का करने की दिशा में वह किस हद तक गयी थी। दीक्षा...पूजा-पाठ में इसके उत्साह में वह बराबरी का साथ देती...यह लंगर का आयोजन करता तो दो-दो सौ लोगों के लिए वह खाना बनाती थी...सवेरे से लग जाती, दिन भर रसोई में। बड़ी पूजा-पाठ के मौकों पर दूसरी औरतों के साथ नाचती...कभी-कभी तो तब तक जब तक पैरों में छाले न पड़ जायें। विरक्ति होना शुरू हुई जब देखा, धर्म का जो सत्व है—करुणा वह तो इस आदमी को छू भी नहीं गयी। यह सिर्फ बाहरी आडम्बर, दिखावे में लगा हुआ है, धर्म इसे भीतर से बदले...यह तो इसकी चिंता ही नहीं है।

कैसा उसका जीवन कि दो कदम आगे जाकर ढाई कदम पीछे आ जाता है। फिर वहीं जहां तब था जब प्रेमप्रकाश जीवन में आये। वे कहते थे जीवन में होता है ऐसा—आगे जाना, फिर लौटना, फिर जाना...पर ऐसा क्या लौटना हुआ कि वहीं के वहीं, फिर जंस के तस! आगे जाने के दो चार कदम जो उठाये उनका कोई असर होना तो दूर, नामो-निशान तक नहीं। इस चौखट से जो चिपका था जीवन तो यहां से उखड़ने का नाम ही नहीं लेता...

गल्ती उससे हुई। एक मौका मिला था...उसी रास्ते चलती जाती सीध में तो आगे ही आगे जाना था। वह नहीं तो यहां से दूर तो रहती कम से कम। डगमगा गयी, लाकर फिर डाल दिया खुद को यहां-असुरक्षा की भावना, आत्मविश्वास की कमी... आड़ ले ली कि बेटे की खातिर...और अब उसी बेटे के मन पर कैसे-कैसे प्रहार होते देख रही है—बाप को पिये हुए जो वह हर दूसरे रोज़ देखता है, नाटक जो बाप करता है, शरीर को पाने के लिए जो तमाशा वह खड़ा करता है, अपनी बीवी को सरेआम बदनाम करता है...ज़रा भी ख्याल नहीं कि इस सबका उसकी औलाद पर क्या असर पड़ता है, उसके किशोर मन पर मां-बाप की कौन-सी छवि अंकित हो रही है—शराबी बाप, व्यभिचारिणी मां! अगर किसी तरह दिख जाता कि यह होना है तो कभी नहीं लौटती।

अब यहां से? फिर कहीं निकल भागने का मौका कब हाथ आयेगा...नहीं जानती। इस घर से वह चिपकी है और उससे चिपकी है हताशा...पस्ती। जैसे मशीन को एक जगह नट-बोल्ट से कस देते हैं, चिपकी रह जाती है वहां वहीं खड़खड़ करती हुई। स्कूल-घर, घर-स्कूल...स्कूल के काम, घर के काम, फिर स्कूल के काम। कोई ऐसी जगह नहीं जहां छुट्टियों में परिवर्तन को ही जा सके। उम्र नहीं हुई पर जैसे जीते-जीते थक आयी है। महीनों गुज़र आते हैं और एक हंसी भी नहीं। कोई दिशा नहीं, कोई उम्मीद नहीं। किसी किस्म का उत्साह नहीं। लगता है। पच्चीस-तीस की उम्र के बीच एक बार ही उचाक मारती है जिंदगी, खिंच गयी ऊपर तो खिंच गयी...वर्ना फिर ताजिंदगी गीले कच्चे फर्श पर रेंगता केंचुआ...धूल भरा, लिस-लिस...

जिनमें उत्साह नहीं बचता, वे भी तो जीते हैं आखिर...वह जी ही रही थी कि प्रेमप्रकाश ने सुल्गा दिया। उम्मीद, उत्साह, गति, सपने...सब तारों की भांति फूट आये जीवन में, एक-एक करके। लेकिन वे थोड़ी ही देर में कहां गुम हो गये। रात रह गयी, नक्षत्रविहीन...सूनी, काली...पहले से ज्यादा। प्रेमप्रकाश भी इस बीच कहां झर गये। उसने ही तय किया था कि अब अपने जीवन से खुद निपटेगी, उसके साथ जो-जो होता है उसकी उन्हें खबर भी नहीं करेगी। उन्हें फोन करना बंद कर दिया। वे भी तो यही चाहते थे कि वह स्वावलम्बी बने, अपने निर्णय स्वयं ले...

अब कुछ नहीं होना जीवन में। मशीन की तरह यहीं गड़ी, पड़ी रहेगी यों ही खड़खड़ चलती रहेगी। पांच छः साल में सिद्धार्थ अपना भला-बुरा सोचने लायक हो जायेगा...वह पैंतीस-चालीस छूने को हो आयेगी...बस जिंदगी पार।

कितनी जिंदगियां इस तरह भी तो बीतती हैं, अध-रास्ते यों खत्म हो जाती हैं।

•••

वह आना चाहती है...इतने दिनों बाद...फिर...

फिर गेट खोलेगी...जैसे तब जब वह मुझे अपने कॉलेज के लिए बुलाने आयी थी। तब उसकी आवाज़ में कैसी खुनक थी, कितना आत्मविश्वास! आज कितनी दबी-दबी, पस्त।

क्या बना डाला मैंने उसका जीवन...हां जिम्मेदार मैं भी हूं। वह तो नयी उम्र की थी, मैं खुद भावनाओं में बहता चला गया, उसे बहाता ले गया। इधर ज़रूर जब वह लौटकर आयी और मुझे लगा कि वह अपना घर संवारने में लगी है, मैंने खुद को खींचकर रखा...खुद को बार-बार समझाया कि मुझे दैहिक मोह से ऊपर उठना चाहिए। वह आ रही है, फिर वही सवाल उठेगा, हमेशा उठता है।

उस लड़की ने अपने जीवन में जिस-जिस पर सिर टिकाया वह उससे छूटता चला गया—मां, पिता, भाई, पति। अब मैं भी?

उसकी मां...एक प्रेमिका। कहीं से आये किसी विवाहित व्यक्ति से मन मिल गया तो उसे अपना सब कुछ दे बैठी। जब तक जीवित रही अपने जाये बच्चों को खुद से चिपकाये भी रही कि प्रेमी के पारिवारिक जीवन में खलल न पड़े।

उसका पिता...प्रेमी, प्रेम को स्वीकारा। प्रेमिका के देहान्त के बाद पारिवारिक कलह का जोखिम उठाते हुए अपने प्रेम के फूलों को घर ले आया, जब तक जीवित रहा उन बच्चों को परवरिश दी, प्रेम दिया...

ये दोनों कहां से गलत थे? दोनों प्रेमियों ने अपना प्रेम-धर्म निबाहा। दो प्रेमियों की इस संतान में अगर प्रेम...प्रेम की प्यास है तो अचरज क्या...उसमें ही तो होगा...उसमें नहीं होगा तो किसमें होगा?

उसका भाई...माता-पिता की अनुपस्थिति में उसने अपनी बहन के चारों तरफ़ घेरा बना रखा था। वह भी...

मृतकों की दुनियां से उठकर ये तीनों मुझ तक आते हैं...

भरे-भरे जिस्म वाली, चमकते सांवले रंग की स्त्री...नाक में बड़ी लौंग, कानों से झूलते बड़े-बड़े बुन्दे, मांग पर पड़ी चांदी की जंजीर जिसका एक छोर माथे पर है, जहां जंजीर की ही चपटी-चपटी चन्द्राकार बिन्दिया-सी माथे पर इधर-उधर होती है। चन्द्राकार सिरे वाली जंजीर कभी मांग से इधर सरक जाती है, कभी उधर। वह अपनी रसोई के काले बर्तनों को राख से घिस रही है। खेमों में लगी बन्जारों की बस्ती से धुंआ उठ रहा है। कोई सौ गज़ दूरी पर उनके बच्चे खेल रहे हैं...वहां एक नन्हीं मुन्नी गोरी लड़की है, जिसकी बाहें बेहद चिकनी हैं। भरे जिस्म वाली औरत थोड़ी दूर पर खेलते अपने लड़के को

आवाज़ देती है...चन्दू बेटा! चुनमुन का ख्याल रखना। वह आवाज़ मुझ तक आती है, मैं उसे सुन सकता हूं।

ज़मीन पर पड़ा चादर में लिपटा एक मृत शरीर, नथुनों पर रूई...सहसा चादर उठाकर उठ बैठता है। उतरती अवस्था, ढीला चेहरा, मृदुल-मृदुल, माथे पर पूजा की सफेद बड़ी बिन्दी, सिर पर छोटे-छोटे सफेद बाल, स्नेहसिक्त मूर्ति, मिठास ही मिठास। वह कपड़े के जूतों में पैर डाल बाहर को निकलता है—'चन्दू' कहां हो तुम, मैंने तुम दोनों के लिए खुद को बहुत संभालकर रखा था...अपनी छोटी बहन को संभालना बेटा! कहां हो तुम, तुम्हारी साईकिल कहां है...'

मेरी आंखें साईकिल तलाशने लगती हैं...

आग के बवंडर में घिरा, उसे फाड़कर बाहर आने की कोशिश करता एक युवक...दुबला-पतला, पायजामा-कमीज-चप्पल में हाथों से आग की लपटों को हटाता हुआ—'पिताजी मैंने आपकी आवाज़ सुनी थी, मैं आता हूं, मैं जीना चाहता हूं मैं आ रहा हूं...'

सफेद कमीज-पायजामा, लाल-लाल लपटों में धू धू करते मेरी तरफ़ आ रहे हैं। वह अगर आज होता तो मुझसे थोड़ा ही छोटा होता!

मैं अपनी पत्नी का सिर्फ पति हूं इस लड़की का मां, पिता, भाई भी हूं...सब एक उसमें गुंथे हुए जिसे प्रेमी कह सकते हैं। मेरे रहने या न रहने से पत्नी के जीवन का कुछ नहीं होगा, थोड़ा मानसिक क्लेश हो जो हो...बड़े लोगों की लक्ज़री! पत्नी ऐसे ही रहती रहेगी...लेकिन इस लड़की के तो जीवन-मरण का प्रश्न है। यह अपने माता, पिता, भाई के रास्ते जा सकती है।

जो सब पाना इस लड़की का हक था—मां, बाप, भाई, ठीक-ठीक पति भी उसे नहीं मिला। इन लोगों की थोड़ी-थोड़ी प्रतीति उसे मेरे रास्ते मिलती है तो जैसे उसमें प्राण पड़ जाते हैं। मेरे वृत्त से चिपके अन्य सब लोग...उन लोगों की चिंता करूं या इसकी? नन्हीं-मुन्नी चुनमुन! मिठास भरे एक पिता की चुनमुन...चुनमुन जिसका न बचपन हुआ, न युवावस्था...आगे भी शून्य...

लेकिन प्रेम की जैसी अगाध प्यास उसमें है...क्या कभी किसी की बुझी जो इसकी ही बुझेगी? देर सवेर उसे ठंडे सूखे जीवन पर उतरना होगा...चाहे मेरे या किसी के साथ जाये। प्रेम तो हवा में एक उछाल है, कोई कब तक हवा में टंगा रह सकता है!

उस लड़की का जीव अगर प्रेम ही प्रेम है, कोई ज़रूरी नहीं वह मेरा भी हो। मैं मकड़ी की नस्ल का हो सकता हूं—अपने लिए एक जाल बुनता, उसी पर रेंगता। दोनों को अपने-अपने जीवन को पहचानने, अपने स्वभाव के

अनुसार चलने का अधिकार है। अधिकार क्या वे चलेंगे ही वैसे। वह अगर मुझे अपने जैसा नहीं बना पाती तो सोचती है मर रही है...जबकि मैं सिर्फ अपने स्वभाव के अनुसार चल रहा हूं, उस लड़की के लिए प्रेम को लिये हुए भी...

वह अज्ञान है...रौ में बहती चली जाती है, स्वयं को स्थिर करना नहीं सीख रही। उसे बचना है तो यह सीखना होगा। क्या मुझसे सीख सकेगी? जीवन ही उसे सिखायेगा...जीवन की थपेडें। और मैं हूं कि उसे थपेड़ों से बचाने की फिराक में रहता हूं। वह जैसा प्रेम चाहती है, नहीं दे सकता। अपने जैसा देता हूं...कि वह बची तो रहे।

लेकिन कब तक वह मेरे माध्यम से बचने और मैं उसे बचाने की चेष्टाएं करते रहेंगे। क्या मैं उसके जीवन को कोई दिशा दे सकूंगा?

और ये बचाना-अचाना, दिशा देना...ये सब क्या भ्रम नहीं हैं?

जिंदगी की एक रहस्यात्मकता है कि वह थोड़ी दूर तक हमें ऐसे भ्रमों में चलने का सुख देती है...फिर एकाएक खुद प्रकट होकर भ्रमजाल को तार-तार कर देती है। हम जिंदगी को देख नहीं पाते...पर जो हुआ उसे ज़रूर देख पाते हैं। उसे ही नियति कहते हैं।

शायद भ्रमों को जीना अपनी-अपनी नियति के प्रकट होने तक...यही है जो हम कर सकते हैं...उसके बाद अपनी-अपनी नियति को ढोना...

•••

भल-भल, भल-भल...जब यहां लौटकर आयी थी तब से अब तक के पूरे हाल सुनाने के बाद उसने कहा—

"मैंने सोचा था कि अपनी लड़ाई मैं खुद लड़ूं, आपको परेशान न करूं...लेकिन मैं क्या करूं अगर आपके बिना मेरा चलता नहीं। ऐसा लगता है लौट आना बड़ी गल्ती थी जो मैंने की, सीढ़ी सांप का खेल हो गया। मैं सांप के मुंह आ गयी। मैंने सुधारने की कोशिश की, हालात और बदतर हो गये।"

"सब कुछ हमारे हाथ में नहीं होता।"

"आपसे दूर रहकर भी देख लिया।"

"अब क्या सोचती हो?"

"कुछ नहीं सोच पाती। आप कुछ सोच सके?"

"किस बारे में?"

"अपने बारे में...मेरे बारे में।"

"तुमने सही कहा था कि मैंने अपने लिए कभी नहीं सोचा। मैं जिस तरह का बना हूं, उसने अपने लिए कुछ खींच कर हासिल करने की बजाय देने, अपने इर्द-गिर्द के लोगों को देना, उसे ही वरीयता दी। उसी के तहत मैं तुम्हें उठाने के लिए आगे बढ़ा। उसी की यह मांग है कि मैं अपनी पत्नी को नहीं छोड़ सकता। तुम तो कमा सकती हो, वह तो बैंक से रुपये निकालना भी नहीं जानती। मैं अगर तुम्हारी सहायता को आगे आ सकता हूं तो उसे असहाय कैसे छोड़ सकता हूं!"

"आप उन्हें प्यार नहीं करते।"

"प्यार भले न हो, हमने इतने साल साथ बिताये हैं, साथ चले हैं। वह कुछ न हो, सहयात्री तो है, उसे बीच रास्ते में छोड़ देना...

फिर जिस मुकाम पर अब मैं हूं वहां पहुंचते-पहुंचते जिंदगी आपके इर्द-गिर्द एक जाल बुन चुकी होती है। वह जाल ही आपकी पहचान होता है। मेरा जो जाल है वह यह पद, समाज में यह प्रतिष्ठा, ऐसा व्यक्ति...जैसे तारों से बना है, बन गया है। अगर मैं इस जाल को फाड़ता हूं तो अपनी पहचान ही खो बैठता हूं..."

"यह तो समाज में आपकी पहचान है, असली पहचान तो भीतर की होती है।"

"हां...तुम कह सकती हो। पर साधारण आदमी बाहर की उसी पहचान को छाती से लगाकर जीता है।"

"आप साधारण आदमी नहीं हैं।"

"जीने के स्तर पर सभी साधारण होते हैं। तुम्हारे जीवन को मैं पूर्णता नहीं दे सकता। शायद कोई नहीं दे सकता क्योंकि तुम्हारा बेटा किसी को स्वीकार नहीं कर पायेगा...और तुम उसे छोड़ने की लाख कहो, छोड़ नहीं सकोगी...तैश में छोड़ भी दो तो मन से विभक्त ही रहोगी...

"माने हमारा प्यार कुछ नहीं...जो पिछले सालों हमने एक दूसरे को लिया-दिया, वह कुछ नहीं।"

"वह सबसे बड़ा सच है। यही तो मुश्किल है। ऐसा उलझाकर रख देती है जिंदगी सच को कि वह दिखाई नहीं देता।"

"मैं ये रहस्यभरी बातें नहीं जानती। सीधे-सीधे जानना चाहती हूं कि आप क्या हैं मेरे जीवन में...और मुझे आज ही जानना है, अभी, इसी वक्त..."

वह एकाएक हल्के तैश में आ गयी थी, जैसे अक्सर आ जाती थी। प्रेमप्रकाश

अकबका गये, संभाला उन्होंने खुद को।

"तुम कहा करती थी न कि मैं सोचता बहुत हूं। सोचते हुए अगर हम कहीं नहीं पहुंच पाते...तो क्यों न जीवन ने जहां हमें पहुंचा दिया, उसे ही अपना सोचा हुआ मान लें।

तुम जानना चाहती हो कि मैं क्या हूं तुम्हारे जीवन में तो सुनो—जीवन ने मुझे तुम्हारा जो बना दिया है, मैं वही हूं। मैं तुम्हारी मां हूं, पिता हूं, भाई हूं,...जो-जो तुमसे छिनता चला गया, जो तुम्हें मिला नहीं—प्रेम भी, वह सब मैं हूं। मैं तुम्हारा मायका हूं —जो तुम्हें नसीब नहीं हुआ। मायका माने वह जगह...जहां भारतीय लड़की हर तकलीफ़ के वक्त पहुंचती है, वहां संभलती है और फिर आगे चल पड़ती है...जैसे तुम अभी मेरे पास आयी हो..."

"मैं यहां रह तो नहीं सकती।"

"रहना न सही, आधार तो है जिस पर तुम मानसिक रूप से टिक सकती हो। रहने के साथ-साथ तो झंझटें भी आती हैं—बर्तनों के खड़खड़ करने वाली बात-अवसर आधार ही खिसक जाता है जो मुख्य चीज़ है। वह जो तुम्हारे जीवन को कोई अर्थ दे सकता है और जो तुम्हारे अवचेतन में तुम्हारे जीवन का लक्ष्य भी बना बैठा है वह है बेटे के जीवन को संवारना, जो अपूर्णता तुम्हारे जीवन में रही, जो चूकें हुईं वे उसके जीवन में न हों...उस पर ही मन को एकाग्र करो। कुछ खास नहीं हुआ है। तुम सिर्फ गिर पड़ी हो...उठो, संभलो और फिर चलो। मैं तुम्हारे साथ हूं...हमेशा रहूंगा। अब फिर बोलो—'मुझे अपने संग रखना।"

उसकी आंखों में आंसू चमक आये। भीतर का तैश, कडुवाहट घुल गये। प्रेमप्रकाश ने उसे चिपका लिया। उसकी आंखों से पनाले बह निकले, उनकी कमीज़ को भिगोने लगे। आंसुओं के गीलेपन के पार जो था, वह साफ़, धुला हुआ था... प्रेमप्रकाश भी। वह स्वयं नहायी जैसी निकल आयी थी।

"मैं जल्दी ही बाहर नौकरी पर जाऊंगी, बेटे को साथ लेकर जाऊंगी और फिर उस घर लौटूंगी नहीं।"

प्रेमप्रकाश की कमीज़ से ही गीली आंखों को पोछते हुए उसने कहा। प्रेमप्रकाश ने उसकी पीठ थपथपा दी।

•••